长安一百零八案

蚍蜉杀

廖舒波 著

北京联合出版公司
Beijing United Publishing Co.,Ltd.

图书在版编目（CIP）数据

长安一百零八案：蚍蜉杀 / 廖舒波著. -- 北京：北京联合出版公司，2025.6. -- ISBN 978-7-5596-8464-6

Ⅰ.Ⅰ247.5

中国国家版本馆 CIP 数据核字第 2025PR7295 号

长安一百零八案：蚍蜉杀

作　　者：廖舒波
出 品 人：赵红仕
策 划 人：王唯径　沈澈
策　　划：上海紫焰文化传媒有限公司
责任编辑：肖　桓
特约编辑：计双羽　王菁菁
营销编辑：李新雨　谢灵芝
封面设计：郭　紫
封面插画：宵空酱
内文排版：吴星火

北京联合出版公司出版
（北京市西城区德外大街 83 号楼 9 层　100088）
北京联合天畅文化传播公司发行
河北文扬印刷有限公司印刷　新华书店经销
字数：243 千字　710mm×1000mm　1/16　19 印张
2025 年 6 月第 1 版　2025 年 6 月第 1 次印刷
ISBN 978-7-5596-8464-6
定价：59.80 元

版权所有，侵权必究
未经书面许可，不得以任何方式转载、复制、翻印本书部分或全部内容。
本书若有质量问题，请与本公司图书销售中心联系调换。电话：（010）64258472-800

时右卫大将军慕容宝节有爱妾，置于别宅，尝邀思训就之宴乐。思训深责宝节与其妻隔绝，妾等怒，密以毒药置酒中，思训饮尽便死。宝节坐是配流岭表。思训妻又诣阙称冤……

——《旧唐书·杨思训传》

唐长安城一百零八坊分布图

					重玄门					
					大明宫					
				西 苑	丹凤门	东苑				
修真坊	安定坊	修德坊	掖庭宫	玄武门		东宫	光宅坊 翊善坊	长乐坊	十六王宅	
普宁坊	休祥坊	辅兴坊		宫 城 承天门			永昌坊 来庭坊	大宁坊	兴宁坊	
义宁坊	金城坊	颁政坊		皇 城 御史台 含光门 朱雀门 安上门			永兴坊	安兴坊	永嘉坊	
居德坊	醴泉坊	布政坊					崇仁坊	胜业坊	兴庆宫	
群贤坊	西 市	延寿坊	太平坊	善和坊	兴道坊	务本坊	平康坊	东 市	道政坊	
怀德坊		光德坊	通义坊	通化坊	开化坊	崇义坊	宣阳坊		常乐坊	
崇化坊	怀远坊	延康坊	兴化坊	丰乐坊	安仁坊	长兴坊	亲仁坊	安邑坊	靖恭坊	
丰邑坊	长寿坊	崇贤坊	崇德坊	安业坊	光福坊	永乐坊	永宁坊	宣平坊	新昌坊	
待贤坊	嘉会坊	延福坊	怀贞坊	崇业坊	靖善坊	靖安坊	永崇坊	升平坊	升道坊	
永和坊	永平坊	永安坊	宣义坊	永达坊	兰陵坊	安善坊	昭国坊	修行坊	立政坊	
常安坊	通轨坊	敦义坊	丰安坊	道德坊	开明坊	大业坊	晋昌坊	修政坊	敦化坊	
和平坊	归义坊	大通坊	昌明坊	光行坊	保宁坊	昌乐坊	通善坊	青龙坊	芙蓉园 曲江池	
永阳坊	昭行坊	大安坊	安乐坊	延祚坊	安义坊	安德坊	通济坊	曲池坊		

开远门　金光门　延平门　　　　安化门　明德门　启夏门　　　　延兴门　春明门　通化门

目录

楔子 /1

第一章　　御史台 /5

第二章　　台外劫 /13

第三章　　卢夫人 /21

第四章　　别宅妇 /29

第五章　　绿槐女 /39

第六章　　细查问 /47

第七章　　高门姝 /55

第八章　　夜之宴 /69

第九章　　昔日事 /81

第十章　　蛛丝觅 /95

第十一章　　源头探 /111

第十二章　　琉璃窗 /125

第十三章　　吐谷浑 /137

第十四章　　迎佛骨 / 151

第十五章　　验罪证 / 165

第十六章　　真身现 / 179

第十七章　　暗室辩 / 191

第十八章　　线串珠 / 201

第十九章　　新路明 / 213

第二十章　　谜画师 / 225

第二十一章　　再夜宴 / 241

第二十二章　　终局现 / 253

第二十三章　　是何人 / 265

尾声 / 281

后记 / 287

参考文献 / 293

楔子

——小郎君，现出你的身形来吧。

我知道你的身份，你并不是什么可怕的刺客。区区刺客，我这一生遇到的已经足够多了。你跟他们不一样。你没有黑猫一样轻捷的脚步，也没有刻意地把气息隐藏。从你在酒肆第一次接近我开始，我就闻到了你身上的气味。松墨的味道，颜料的味道，这些略带干涩的草木香气让我想起一个旧地，一个曾经开满了松花的地方。在某一个时刻，我听见你和当垆卖酒的胡姬说话调笑，你曾说起她们鬓边的海棠，说它们是胭脂、品红、绯霞、茜草，在那时我立刻明白过来，你，是一个画师。

一个画师跟着我做什么呢？在别人看来，我已是一具快要埋入地下的枯骨。我的双手不受控制地颤抖不停，仅剩的一只脚，也只能靠着松木拐杖，勉强撑住布袍包裹的瘦弱身躯。每一日，我都艰难地跛步到那家曾经叫香苓斋的酒肆，倚在勾栏上，仰望着今时今日长安的天空。天色，我早已看不清了。我的双眼因衰老而昏花，它们看不清世间，正如世间已经不在乎我的存在。这样一个老迈之人，怎么还会引起一位画师的注意？你若是想用墨笔勾出一派仙风道骨，大可以多走几步，去则天皇帝设下的御鹤堂。在那里有更多的老叟，刻意的飘逸神采使得他们仿佛从上天降下的神人，既高贵又骄傲。你完全没有必要偷偷跟着我，甚至一直跟到我破败的家中。

想来，你的到来，应该和张元昙有关吧？

不要惊讶，和你的身份一样，我早已猜到了你的目的。毕竟这些日子，我也听见了从远方传来的诸多消息，传闻中御史台近乎破了一百零八坊内奇案的台官张元昙去世，比起天后那宏伟的明堂被烧毁之事，张元昙的故去微不足道。我知道这个消息的那天正好是谷雨，细密的雨丝稀稀拉拉地下着，令我在屋檐下徘徊许久。我知道，除了我，关心这些事情的只有文人墨客。他们钻进故纸堆，想找些他的旧事，写几首诗，或是编几篇传奇摆在达官贵人的案台上，以展现自己的文笔，并借着歌颂这位刚正不阿的清官，博取一些清名，换得一官半职。一个清官的死，却成了许多人的敲门砖，很讽刺是不是？

你不是这样吗？不是？你只是想画下张元昙真正的模样？真正的历史？

这说法真是……哦，我好像想起你的名字了，尉迟安，你的养父是有名的画师尉迟乙僧，他画在光宅寺东院的那幅降魔图凹凸不平，据说直到今日还栩栩如生。不过，那还不是他最好的作品，他最得意的作品名叫《地狱变》，毁于一场突如其来的大火……坐下吧，不必再为自己辩白。因为你的身份，你的养父，我也会告诉你张元昙的旧事，只是我不知道你愿不愿意相信。

人的话语总是有欺骗性的。你看见这盘棋了吗？横平竖直，像不像长安城整齐划一的一百零八坊？不，不要动它，除去外出的时光，我每天都在把玩这盘未完的残局。这是张元昙留给我的，你相信吗？这是他挑衅我的谜题，也是他深沉的启示。

尉迟，你下棋吗？如果下的话，你应该知道，当我在这里再投下一枚白子，围困其中的黑子就会被吃掉，然后被拿下棋盘，放置到一旁。很简单的事，是不是？

倘若这枚棋子是一个人呢？他在孤军奋斗后，残酷地死去了，他会感到壮烈，还是悲哀？他会知道自己死去的价值吗？会知道自己在一盘棋中的位置吗？如果知道黑子终将胜利，他会不会感到高兴？而如果知道黑子终将败退，他会不会怀疑自己死去的意义？

如果，你相信的话，我会告诉你，这都是张元昙亲口所问的问题。

我知道你会相信。尉迟，你和你的养父一样，有一双善于绘画和修复的巧手，也有一双善于观察的眼睛。那么，看在他的面子上，就让我好好跟你说说吧。说说张元昙，这个我一生的挚友，也是我一生的敌人。我们相识于明庆①三年，而最重要的故事则发生在两年之后，无论哪一件，距离现在都差不多三十年了。

尉迟，你要听好接下来的故事，它几乎与张元昙无关，却是一切的开始……

---

① 即唐高宗李治的年号显庆，后因避讳唐中宗李显的名字，唐人追称显庆为明庆，或光庆。

第一章
御史台

大唐显庆五年,二月。

这年开春的长安出奇地冷,冷得可以说是滴水成冰。人们都说,那是圣人、皇后不在长安的缘故。前一年的年尾,大唐王朝的主宰者与他的皇后武氏自长安出发,进行了一场声势浩大的皇室出行,行程的终点是远方的并州。

并州在长安东北,是皇后的故乡,也是她童年和少女时代生活的地方。

后宫众人不止一次听她抱怨在并州的生活,可在圣人面前,她却总是说起那里可远望的青山、广阔的原野,以及母亲杨氏家族的院里,一棵巨大到足要五人环抱的古杏。

杏树长荣百年,至今仍能结实,因了此,也因皇后思乡情切,圣人终于决定驾起仪仗,陪同妻子回乡省亲。

——这一年,也是皇后获准协理政事的初年。

圣人饱受风疾困扰,日日头疼不已,于是特许皇后协理政事。皇后亦是勤勉,每日天不亮便起来批阅奏折,由内侍传话,与近臣商讨诸事,即使在前往并州的旅途之中也不例外。

那桩发生在长安永乐坊的毒杀案，就在此时呈到了皇后面前。

杨思训，右屯卫大将军，于正月甲子之日，亡于同僚右卫大将军慕容宝节永乐坊别宅。慕容家姬妾因对其心怀怨恨，在宴席间暗中以毒药置酒。

经大理寺、刑部、御史台三司会审，此案证据确凿，人犯供认不讳。大理寺即刻将那姬妾羁押，择日问斩。

然而此时，死者杨思训之妻却出面坚称此案有冤，凶手不是此女。大理寺便将此案连同那姬妾一起，转交负责核审、申冤的御史台进行最后的讯问与审议。

此案依大唐律令，按说不至于递到圣人御前。只因死者杨思训算来是皇后远房表弟，有些亲缘，其中又夹杂异状，即死者亲属反为嫌犯申冤，诸官都不敢做主，只得上报，层层流转，最终竟到了皇后案前——

再小的案子，上了御案，都会牵扯各方势力。

不出所料，皇后并没有立刻决议。据她贴身的邓内侍说，皇后目视案卷，思虑长久，有时甚至会花上整个时辰，直到外间报时钟重重响起，一声，两声……

——并州的报时钟响起，远方的长安城也回应以同样的报时声。

钟鼓声沿长安正中朱雀大街往皇城传去，即使城中圣人、皇后不在，长安城的秩序也没有丝毫改变。一百零八坊坊墙高耸、街道笔直，数以十万计的官、民、商散在坊中，连同各方前来的粟特、回鹘等胡人，仍旧如往日般日出而作，日入而息。

天未明，诸多官员早早起身，或骑马，或步行，沿道穿过诸坊，匆匆往皇城赶去。稍晚些，东西市商铺开门，售卖汤饼、蒸饼的店铺，守着烘炉卖毕罗、胡饼的商人，于热气中大声吆喝，造纸、制香、织锦等大铺逐个开业，坊间自寂静向繁华。

繁华于午时最盛。此时，长安城中少年们打马跑过，于平康、宣阳、怀远、崇化等坊间流连，斗鸡观戏，调笑胡姬，吟句赋诗，带着香粉味道的甜腻吹过城中五渠八水，连路边柳枝和槐叶都染上了熏香气。

酉时至，火球般的太阳缓慢落下，官员、商贩、旅客随报时钟鼓催促，沿坊间道和坊内曲巷匆匆而行，如倦鸟归林。又一时辰，坊门悉数关闭，不通往来。大街上，除去巡视金吾，再不见行路人。

此时，长安城中最不缺少的大官和巨贾，于家宅中、别业内，开始宴饮。在那七八进①的豪宅楼宇深处，歌伎舞姬尽情献艺，一派丝竹管弦之声，混着美食酒香。酒过三巡，便开始玩起藏钩、双六②等，宾主尽兴。

夜深酒酣，烛火燃尽。

借着仅剩的一点微光，巴结、施恩，训斥、讨好……长安城的传闻和秘事亦在这时悄悄流传，直到次日……

次日，太阳升起，钟鼓敲响，再度周而复始。

显庆五年的三月初五，也是这样一番光景。这一日清晨，年轻的御史台台官杨藏英迎着熹微的晨光，走出自己在崇德坊暂居的寺庙，一路向着北边，朝皇城走去。长安城未全醒，坊内只有星点的灯火。于半明半暗间，杨藏英经过或高或矮的灰砖墙，上一道石桥，绕一处水榭，出了坊笔直向前，穿过含光门，就到了皇城中。

进了去，沿路向前行一段，就是他供职的御史台。

闻着台内传来的松花香，想着远方并州传来的消息，他不自觉地心中一沉。

---

① 唐代房屋以四方形院落纵深往内，每个庭院称为"一进"。
② 藏钩，是猜钩子在左右手的酒令游戏；双六，是当时流行的一种棋类游戏。

片刻后,杨藏英坐在御史台正堂,指尖划过案卷,卷上墨迹早已干透。

他身为御史台八品官,这年只有十八岁,个子矮小,面容白净而姣好,如果不是两道略粗的剑眉,看起来就像漂亮的女子一样。若换了别人,这等外貌肯定会惹来闲言碎语,但在御史台,无人敢因此轻视这位杨小郎君。

"……根据案卷所述,这位新妇子留好遗书后,在青庐①内自缢而亡。"

杨藏英如是说,眼神移到对侧。对侧,同样身着深青袍的八品台官謇为道暗暗打了个哈欠。此人比杨藏英略年长些,家世清贵,擅长诗文,据说祖上是孔圣人弟子。此刻看来,他并无辩案反驳之意。

杨藏英便续话:"此案简易,本该就此了结,但我发现其中有一处矛盾——往来宾客中,有人写了一首催妆诗,提及当日湖上夕阳,照得柳树影子倾斜。"他顿了顿,"但依案卷所示,宅邸内无一处能见此情境,除了……青庐之中。"

謇为道赞同,拱了拱手,转向正中。正中高台,坐着御史台内年逾五旬的梁老主簿。主簿不过七品,但因了年老德高,这主簿掌管台中大小事务,就连堪比朝中宰辅的御史大夫、御史中丞做决断都要问他几句。

"此案确有矛盾之处。"话语威严,梁老主簿面上却带着满意的浅笑,"应当重新审阅,就算宾客仅是偶然为之,也要问清才是。"

"主簿说的是。"杨藏英应诺,低头看,几案前拆开的案卷仅剩下最后一卷,本日的例行讯问已近尾声,若是不提及正月间皇后表弟死去的"那起大案"的话……

眼下圣意不明,还是延宕些时日为好。

他正如是想,果不其然,梁老主簿将此事略过不表,只道:"案卷审阅

---

① 唐代新婚夜新郎、新娘所住的新房。

已毕,除此之外,台中还有他事吗?"

无人答话,正堂内静了下来。

梁老主簿左右看一眼,突地向旁侧阴影开口:"你有事要说?"

不等众人回话,正堂旁侧的阴影中,走出一个人来。他是台中仆役,杨藏英记得他,他姓来,面容俊俏,外间有人称呼他们是台中"双璧",也有人觉得这来姓仆役容貌更胜杨藏英一筹,走在坊间街道,路过的女子隔着幂篱都会发出惊叹。

这些都是题外之思,来姓仆役快步上前,伸手一递:"主簿,来某这里还收着一事。"

"是什么?"梁老主簿有些不以为意。

"有人密告御史台书令史——张元昙,于寒食踏青之时,前往开明坊暗中拜祭无名之人,形容鬼祟。"

话音未落,骞为道已脱口而出:"是那愚汉?"

梁老主簿瞪了他一眼,骞为道立刻收了声。

他停了话,却止不住后面众书令史发出轻笑。梁老主簿面色有些不好,些微停顿,他还是收起夹杂着鄙视的无奈之情,开口道:"开明坊地处偏远,大多是耕田菜地——拜祭,是误会吧?"

看似抱怨,实则开脱,此话一出,再无人低语说笑。于此间,杨藏英站起来,面色严肃,叉手行礼:"在下还要当班,就不参与此事了,告辞。"

彼时,只需提起长安皇城内,承天门西南侧那所方正的三进大院,谁都知晓那是御史台。

台内种满高大松柏,还有终年青翠的龙爪槐。无论冬春,总有淡淡的黄色松花粉落下,在青砖石地面铺上浅浅的一层,每日来往的御史、台官们神色匆匆,在上面留下凌乱的足迹。

台内正中，放有四只石兽，分别面向东南西北。

像狮子，又像麒麟，头上一只角，这是名为獬豸的神兽，象征着司法公正，绝无冤屈。

——这便是御史台。既负责弹劾官员、监察百官，又负责受理词讼、核查冤案。

杨藏英在台中庭院走着，两个身着浅青色九品官服的台官经过，正低声言语，隐隐可听见"又来了""吓人"等话语，神色间有几分不安。杨藏英本欲叉手行礼，见此情状便退却了。他一径向前，心内思虑着方才"讯问"之事。

御史台，与刑部、大理寺并称"三司"，所查之案、所为之事有所重叠，又各有侧重。与惯于现场查证的大理寺、偏于定罪处罚的刑部不同，御史台探案解惑，更多用的是"讯问"。

简略说来，就是一人认为疑犯有罪，而另一人认为疑犯无罪，双方各自寻找证词论据，讯问证人，为己方观点辩护，同时说服主持和旁听之人，让他们做出对自己有利的审判。

方才的杨藏英与骞为道，便是这讯问中对立的两方。

按照规则，讯问一旦开始，就不分官民、不辨高低，就算对面是台里官位最高的御史大夫，这边哪怕一个台官、一个书令史，甚至一个百姓都可以指出他的错处，跟他辩驳。只要提出证据，无论声音再大再凶，哪怕多有冒犯，在场之人也不会在意。只会任由双方通过辩论，理出所有矛盾，得出最接近真相的结果来。

……只是不知，正月间的"那起大案"，光凭讯问能查到何种程度。

这想法有些冒犯，突然自杨藏英脑海中冒出，令他自己也有些许惊愕。他停下脚步，又想到若无法查明真相，从梁老主簿至仆役，恐怕无一人会有善终，但若是查明了真相……

想到这里，杨藏英突然觉得背后一冷。

近乎本能，他回头望去，只见远处回廊之上，有人正盯着他看——是方才那个姓来的仆役。见杨藏英望过去，这人身子一矮，很快消失了踪迹。

他要干什么？杨藏英满腹狐疑。

杨藏英出身弘农杨氏，算是贵门，却非嫡系。在记事前，他被送到杨家，承蒙族中杨姥姥——一位如今身份已不同以往的贵族老妇——教养了数年。他进入御史台，也是经由杨家举荐，可到底还是养子，背后有人议论，有人敌视，甚至有人嫉妒，也不算奇怪。

但那来姓仆役，不知是哪处的人，总觉得来者不善。

正做如是想，有人自身后拍了拍他的肩膀。杨藏英回头望，刚才讯问的对手骞为道，不知何时走到他的背后。杨藏英也不想谈及方才的事情，就问讯问结果如何，骞为道告知，杨藏英一走，梁老主簿便直斥密告张元昙一事纯属无中生有，多谈也是浪费时间，于是不做讯问，把这事当"无事"处理。

"所以便散了。"骞为道伸了个懒腰。

这倒在杨藏英意料之中，他敷衍地笑笑。

骞为道见他模样，又张望一番，瞧四周无人，这才凑近一步，问杨藏英："可你我知道，他确实曾拜谒无名墓，不是吗？"

"什么意思？"杨藏英收敛神色。

这回轮到骞为道不说话了，神色意味深长。

"难道骞兄觉得，密告的人是我？"杨藏英也挑明。

骞为道偏偏头，像是在品味眼前状况。许久，他也笑起来："不可能，你与张元昙是好友，怀疑谁都不会怀疑你。"他摊开双手，像是想证明什么般，继续笑道，"张元昙是'愚汉'，而我是'懒虫'。"

他是在将自己撇清，杨藏英揣摩，也愿意相信他的确系无心。在这偌大的御史台中，骞为道已是极少数不把"愚汉"张元昙当作麻烦的人。只是大案当前，各人有各人的考虑，纵然是素来独善其身的骞为道，多少也被挑动起来。

杨藏英略想了想，还是决定开口问："骞兄怎么看？"

"什么？"骞为道果然装傻。

"那起大案，皇后表亲被毒杀那件事。"杨藏英说，"近日里，这表弟的夫人来了好几封诉状，说查得不对，杀人的不是那个侍妾，非要我们御史台重审。"

"死者遗孀为凶手诉冤吗？"骞为道喃喃，"确实第一次听说。"

杨藏英点点头，静候他说下去。骞为道又想了好一会儿，最终还是神情复杂地摇了摇头，复又向西边的院墙瞥了一瞥，只含糊道："你还是跟那'愚汉'说一声吧，他那性子，恐怕会受牵连……"

第二章
台外劫

与皇城一街之隔的布政坊东北，右金吾卫旁侧一处小院，几个褐衣书令史盘腿坐在地上，个个垂头丧气，满脸不快。

一双靴子迈着轻快的步履经过他们，在其中一个颇为落拓的人面前停下。

那人也觉察到他，顿了顿，却没抬头，只是盯着靴子，一点一点地往上打量，直至整张脸都抬起来，视线与来人对上，这才咧嘴一笑："杨小郎君。"

杨藏英也报以一笑："张兄。"

这便是他刚才与骞为道提起的张元昪了，长脸，瘦削，留一撇淡淡的胡子，眉间一道悬纹，整个人看来严肃而阴郁。他今年二十一了，一个在书令史中不算年轻的年纪，但在别人口中，他的为人处世却远比小他两三岁的杨藏英糊涂。

——否则，也不会有"愚汉"这称号了。

张元昪是长安城郊的小族出身，硬算下来，只比一无所有的"寒门"

略好些。

他入仕时，原是在宫内史馆中找了个书写的职位，谋了两三年事，就被人硬寻错处，赶了出来。后来只得在长安四处哀求，托人推介。恰好碰见御史台有缺，便补位来御史台做了个"书令史"，一个不入流的流外官。

他来御史台不久，史馆中的长史、录簿等人竟专程摆了夜宴，请御史台诸官登门，还没开宴，便开始一人接一人地历数张元昪的诸多罪状——

一是直白莽撞，坚持不写"阿谀奉承"之词，不按上司所说记史。二是骄傲自矜，有篇文字书写得好，被宫中贵人加以称赞，他直愣愣地将奖励照单全收，都没谦虚一句。三是不知进退，史馆中无论大小事，遇到他想知道的，不问个清楚不罢休，众文士搜肠刮肚，把文雅不文雅的推辞都说了个遍，他还是刨根问底，令人头疼……

酒过三巡。

史馆诸人说累了，却仍有不止一人在感慨——张元昪此人，并不是真的愚汉，真想做事应该也能成一番事业，不知为何甘于流外，恐怕别有目的。

这猜测的真相在十余年后终于得到证实，人们这才感叹史馆的人并非全是腐儒。但在那时，御史台诸人都当笑话听，只觉得此人当过史官，抄抄写写于他不是难事，应该乐得轻松。但相处日久，约莫半年后，史馆诸人所说的事渐渐暴露出来。

张元昪对御史台探案用的"讯问"一事有着极大的热情，只要遇见有谁闲谈起台中的案子，他就跟过去，竖起耳朵仔细地听，时不时还插上两句。

开始大家也只觉得他是好打听，便与他多说两句。但多听两句，他便能指出要害，问台官为何不从这处或那处突破，令众台官哑口无言。偏他又说得有些道理，被梁老主簿听见，就会斥责众人"还不如一个书令史"，让诸官在无奈之上又加了几分愤恨。

久而久之，除去杨藏英、骞为道等为数不多的几人，御史台再无人与张元昪多交谈。大家背后提到此人，总要感叹几句，说这等聪敏之人却不懂人情世故，实在可惜。感叹之余又说，好在没有机会，要有机会，还不知道他是个怎样贪功抢劳的人，实在是可怕、可怕。

——今日也是如此。

杨藏英刚打完招呼，张元昪已迫不及待："'那案子'如何了？"

话一出，旁边几个还坐着的书令史个个爬起，拍着身上沙土，逃一般往大门边走去。杨藏英赶紧把张元昪拉到一边："别问了。"

张元昪哪里肯罢休，连着问了好几处关节。杨藏英看了他一会儿，突然笑道："好啊，我可以和你说。"不等张元昪面露喜悦，便接道，"但你得先告诉我——你拜谒的无名墓到底是谁的？"

话音落下，张元昪即刻沉默，把脸扭到一边。

杨藏英继续逗他："到底是谁？小郎君我可能知晓一二？"

张元昪也不应答，只是低了头不说话。他与御史台其他人不同，无论家中情境还是案件推断，只要有人问，都会倾囊告诉，是个从不藏私的"愚汉"。但唯独对扫墓一事，他守口如瓶，无论身为好友的杨藏英如何询问，来来回回都是一样——不说。

想到这里，杨藏英收敛神色，把刚才听见的密告等事简略说了，轻声提醒："你被盯上了，以后少管这事。"

张元昪低低"哦"了声，眼睛却往其他地方瞥去。杨藏英知道，他并没有善罢甘休，还会继续探问。微微闭上双眼，他想起骞为道的示意，顿了顿，又开口说道："另有件事……小柳姑娘问我，为什么你好久没去香夤斋了。"

张元昪眼睛骤然一亮。

香夤斋是一家位于光福坊的酒肆，距离皇城有三坊的距离。虽然比不得平康坊一带的繁华热闹，却也别致典雅。杨藏英与酒肆中一个叫小柳的歌伎交好，是她的常客。小柳年纪很轻，是自远方来到长安的，还未成名，只能挂在姐姐手下待客。

她不仅招待杨藏英，也总让杨藏英带上朋友，大约是存了些自立门户的心。

杨藏英便时常邀请张元昪，张元昪不算有钱，又不像杨藏英面容姣好。小柳心中嫌弃他无趣，却又不好放开这个客人。于是一来二去，香奁斋倒成了杨藏英和张元昪两个人私下喝酒闲聊的地方，每当提起去"香奁斋"，那便不是去游玩，而是去密谈了。

此时此刻，杨藏英也不知这着棋是凶是吉，是能解御史台之围，抑或仅仅将又一个人拉入险境？杨藏英无法揣测，但还是这么做了，如同之前许多次一样。

"那便，今日就……"张元昪还未说完，外间突然传来一阵高喊。

喊声夹杂着尖叫、厉声呵斥，听来竟如战场般。

御史台需接待申诉冤案之人，但因普通百姓未经允许，不得擅入皇城，便借了这布政坊右金吾卫的一处宅院，派出书令史，不日来此收集详情。每当晨钟敲响，这院门外便会聚集多人，形容枯槁的老人、带着孩童的妇人个个擦着眼泪，高喊"冤枉"，到了激动时，连御史台派出的书令史、仆役都会被拉扯、殴打，直闹到金吾卫前来，把人拉开——

所以今日吵闹，也不奇怪。

职责所在，杨藏英当先一步，指示守门人开门。门甫一被推开，就见外间二十余人，围成半圆，圈住三人。正中，一个戴幂篱的白衣妇人双手拢在袖中，昂首而立，身前一步远站着一个红色胡袍女子，手持轻便武器弹弓，一手还搭在弦上。

两人对面，一个俊俏郎君半跪在地——杨藏英认出是刚才的来姓仆役。

他的灰色布衣左袖已然擦破，脸上、身上有几处被重击的红痕，又见地上散落着的数枚琉璃丸，想必是那胡袍女子所为。

杨藏英打量一番，上前一步："发生了什么事？"

来姓仆役不答话，他一手撑地，另一手压在膝下，似乎在掩饰什么东西。

杨藏英见状，双手平放，转向诸人行了个大礼："在下御史台八品台官，姓杨，今日负责当班。这里到底发生了何事，大家所求为何？还请派一位领头人向我说明。"

说话间张元昪和其余仆役前后脚到了杨藏英身后。白衣妇人却像未听见般动也不动，倒是胡服女子扫一眼，突然高声道："他偷东西！"

"他？"张元昪在后面直皱眉头，"来贵极？"

"管他是富是贵呢，就是他，跟这位夫人说话时偷偷顺了人家腰间的东西！"

杨藏英本就对这来姓仆役印象不好，又看他形容鬼祟，更觉得不快，张望一眼，对身后仆役道："把他绑起来，送梁老主簿——"

"略等一下。"张元昪的声音传来。

杨藏英联想起一件旧事，赶紧举手挥了挥，止住仆役。张元昪越过他，众目睽睽之下快步走进圈中，立在两名女子和来贵极之间。日光之下，他的影子覆盖地上之人。来贵极望他一眼，俊俏的脸面上闪过一丝复杂的神色。

"你确实偷了东西。"张元昪沉声道。

影子中，来贵极把头低了下去，没有辩解。他的身子不易觉察地挪了挪，可膝下压着的东西始终没有露出来。

张元昪又道："你是仆役，偷窃这事落了实，会被赶出御史台，回到以前流落市井，饭都吃不饱的日子——揣度情势，现在把东西交出来是最好。"

旁边传来讪笑。来贵极的耳根都红了。张元昪神色一凛："当真不交吗？"

不等回话，他话锋已是一转："此时认错，是你最好的选择，但你咬紧牙关，偏就不做——郎君，想来其中有几分隐情，如今杨台官在此，你直说出来吧！"

来贵极听闻，浑身一颤，猛抬头，看一眼门边诸人，又扭过头向张元昙，猛地伸手一指："你，站到中间去——"

这举动让诸人一片哗然。

张元昙虽是御史台中品级最低、不入流的书令史，但论起来还是"官"，比仆役地位高上许多。此时，这来贵极却明目张胆地命令起他来，实在有些不妥。张元昙却似毫不在意，当真如来贵极所说，往圈内走，向白衣妇人逼近。

"再过去一点，对，对，就是这里——"

众人论议一片，于张元昙身后，那胡服女子拉紧了弓弦。来贵极却心无旁骛，与张元昙对着位置，待到对方终于站定，来贵极吸了一口气，轻呵一声，鲤鱼打挺般弹起，手飞快地一抽，掏出一件器物，映着日头，闪过一道寒光。

"刀！是刀！"旁观之人喊了起来。

几乎是同时，一个清冷的女声响起："这位郎君！"张元昙听闻，看向那白衣妇人，说时迟那时快，一个黑影带着"咻"的风声，掠过半空，正中张元昙胸口。纵使有所准备，这书令史还是"啊"了一声，后退一步，本能地伸手接住飞来的东西——

是个带白纱的草编幕篱。

轻纱飘动，白衣身影也猛扑向前。那妇人身子一低，几步冲到来贵极身前，在这刚站起的仆役弯腰之前，她探手而出，将那柄刚亮出的短刀夺到手中。

有人发出惨叫："她要干什么？"

妇人缓缓站起，刀尖向着来贵极，满是威胁地挥了挥。见对面不敢动弹，她转过身，面向院门外立着的一群人，不顾头发散乱、衣衫脏污，只是脸带泪痕，从毫无血色的唇中吐出冰冷的字句。

"杨门卢氏，今日割耳以告夫被杀之冤。"

说罢，调转刀尖，就向自己的脸面刺去。

"夫人不可！"杨藏英低声惊叫，招呼仆役冲上前去。

第三章
卢夫人

"夫人不可!"

呼声中,众人跑的跑、跃的跃,终究是隔了段距离,眼看卢夫人手臂飞快,一眨眼刀尖就到了耳边,拦都拦不住。

恰在这紧急时刻,突然有个黑影,"咻"的一声飞来,划破半空,重重撞在夫人后背。

卢夫人纤纤弱质,猛地被这么打了一下,身形摇晃,不由得向前迈了半步。就在她踉跄的片刻,那胡服女子弹弓松弦,一枚琉璃弹丸打出,正中卢夫人手腕。

夫人惊呼一声,手臂一抖,短刀落到了地上。

前面的黑影也同时落地,众人才看清,那是张元昊灵机一动,丢出了手中刚接到的幂篱。

"好呀!"远处的杨藏英惊魂未定,喝彩一声,"张兄,娘子!拦住她!"

如他所喊,卢夫人吃痛中,仍弯腰试图捡起短刀。

来贵极向前一跃，绕到卢夫人身后，反剪住她的双臂，死死扣住，令她动弹不得。显庆年间，男女大防很重，这举动引得周围一阵呼喊，旋即变成了讪笑和讽刺。一抹尴尬的红晕浮上卢夫人苍白的脸庞，她用力挣了几下，略显委屈地命令道："将我放开——你这市井卑贱人！"

　　来贵极被戳中痛处，浑身抖了下，但还是冷冷回答："不，我不放。"

　　周围人起哄得更加大声，几名仆役靠近，见此情景也不好上前，转而厉声呵斥那些无事人。此时，杨藏英穿过人群，一径走到卢夫人面前。略一细看，只见她虽身着丧服般的白色衣裙，但襦裙裙摆、半袖之上，可见金银锦线织出的层叠云纹。

　　衣饰质地精良，所费不菲。杨藏英心中揣度，此事恐怕并不简单。

　　他心中如是想，脸上还是恭敬道："夫人今日是来申冤？"

　　被制住的卢夫人看了他一眼，神色复杂。

　　"刚才已说过，在下是台中八品台官。夫人大概觉得我太过年轻，不是管事的人。无妨，在下只想劳烦夫人先听我说几句——大唐律令，妇人女子于诉讼申冤之事，与男子并无区别。即使是奴婢侍妾，只要证据确凿，御史台同样会接受申冤。"

　　他又看向卢夫人，续道："您身份高贵，气质高华，想来是正妻。这样作践自己又是何必？真有冤情，您只要请人写下状纸，交给御史台，御史台自然会重新查办。"

　　卢夫人轻轻侧头："放开我……"

　　她眼眸漆黑，没有一丝光泽，话语悲切，脸上却没有一丝波动。

　　杨藏英想了想，给来贵极使了个眼色。

　　"当真？"来贵极有几分警惕，提高声音问，"你不会再做傻事了吧？"

　　"不……不会了。"卢夫人如是答。

　　来贵极却没有马上把她放开，而是缓缓地翘起一根手指，一根，又一根，以一种谨慎过头的态度，把十根手指缓慢地张开，才后退一小步，举起双手，半低下头。

"夫人，得罪。"

那个"罪"字的音还未发出，卢夫人身影就猛地一晃，二度向落到地上的那枚短刀扑去。旁边早有准备的张元昙飞起一脚，将那雪亮的短刀踢向远处。几乎同时，左右两侧的来贵极和胡服女子齐齐出手，各自抓住卢夫人流云般飘荡的宽大衣袖，向后一扯，硬是把夫人拉倒在地。

地上腾起一阵尘埃。一男一女都用了大力气，死死地绞住夫人的衣袖，令她动弹不得。纵然如此，夫人还是拼命挣扎，要向短刀扑去。

来贵极连声怒喝，胡服女子骂个不停，人们吵闹得更大声，杨藏英和书令史、仆役拉都拉不住，如此时刻，又有一个声音插入，是略带稚嫩的尖叫："夫人！"

一个婢女模样的紫衣女子挤过人群，看到地上的夫人和纠缠着的另两人，瞬间发出鸟儿一样带颤音的尖叫。片刻后，五六个膀大腰圆的仆妇排开人群，冲了过来。

她们粗暴地扯开来贵极与胡服女子，扶的扶，拉的拉，将夫人团团围住。

"哎哎哎——"胡服女子大声喊，"我们是救你们夫人的命，就这么对我们！"

乱局更乱了，御史台中人边喊着"不得无礼"，边和仆妇们拉扯起来。刚才还只是小有混乱，不过片刻变得集市一般，喧闹不停。杨藏英被挤在人群之中，一时间喝令这边，又搀扶那边，仿佛被卷入旋涡，越是劝越是压制不住，就在担忧的时候，人群背后传来个威严的声音——

"这是怎么回事？"

声音不大，还透着苍老和嘶哑。然而御史台一方人听见，立刻停下了喊叫和动作。他们站在原地，齐齐回头，抱拳行礼。其他人看见这人身着浅绿官服，也明白他是从皇城内来的长官，都不敢高声。杨藏英和张元昙也赶紧低头抱拳致意："梁老主簿。"

待场面安静，梁老主簿再度问道："这到底是怎么回事？"

"妾卢氏，是右屯卫大将军杨思训正妻。今日在此申冤——正月甲子，我丈夫被毒杀身亡，但谋害我丈夫的人，并非大理寺、刑部、御史台三司定案的侍妾绿槐。"

卢夫人答话，她的声音没有丝毫的慌乱，仿佛刚才的自伤、夺刀和混乱都没有发生过。"大将军？你……你是三品夫人？"那胡服女子惊呼失声。

在场的所有人都睁大了眼睛，虽然从服饰、气质多少能猜出她是贵妇，但无人料到她丈夫品级如此之高，个个倒抽了一口冷气。

饱经世故的梁老主簿停顿片刻，问道："那么，夫人，证据呢？"

卢夫人摇了摇头："没有证据。"

"没有？"梁老主簿的胡子颤抖起来，"没有你申什么冤？"

他问得很凶，甚至失了为官的威仪。卢夫人没有丝毫退却："正因此，我才要在此割耳为证。若不是这样，你们谁也不会信我，更不用说再去查探。况且，只要我割下耳朵，你们就必须重新审案，不是吗？"

梁老主簿被问住了，满脸为难。当时大唐的申诉惯例的确如此，如果申冤之人愿意割下耳朵、眼睛或者手指，那么无论有没有道理，案件都要重审一遍，给这自伤之人一个交代。

如此一来，御史台众人就要把身家性命押到台面，前去探寻这起案子的真相，而且并不知道结局能不能让眼前的卢夫人……以及背后的宫中贵人满意。

众人都紧张起来，看向梁老主簿，焦急地等他定夺。

旁侧飘出另一个声音："绿槐毒杀杨将军一事，我也觉得有些蹊跷。"

循声望去，说话的人正是张元昙。在场众人心照不宣的寂静中，这一句话显得尤其刺耳。然而这个小小的书令史却好像没有觉察，仰起头，问向被人群包围的卢夫人："您知道那个绿槐的年纪吗？"

卢夫人愣了愣，没有回答。

倒是那胡服女子多嘴："我听说过，那别宅妇已有二十五六。"

张元昱又抬头，转向跟随梁老主簿而来的台官们："据我所知——各位，绿槐供述，她是因杨将军挑拨她与慕容宝节的关系，愤而投毒，对吗？"

没有人回答他。台官们显然不愿意在众目睽睽之下讨论一桩凶案。眼见他处境窘迫，杨藏英只好出声："张兄，好像是这样没错。"

"好、好。"张元昱低声说道，又转向众人，"各位，我们来做个假设。你有一个很宠爱的侍妾，还有一个关系很要好的朋友。有一天，这个朋友不明不白地死在侍妾家中，那么，你以后会怎样对待这个侍妾？"

他这么一问，围观的人七嘴八舌地回答起来。有说将侍妾赶走的，有说把侍妾贱卖的，有说干脆将她杖杀的，最温和的也是和她一刀两断，永不相见。

张元昱听了一会儿，挥了挥手，示意众人安静。待众人停下，他说道："这就对了。绿槐下毒的目的，是为了阻止杨将军的挑拨，以免主人慕容将军疏远自己，可是——"他话锋一转，"就像刚才各位所说的一样，侍妾一旦毒杀主人的朋友，后续反倒更可能被主人疏远，甚至被驱逐、被打死，比她不下毒的结果还坏，不是吗？"

"正是如此！"胡服女子快言快语地回答。

她的话引出了一串议论，无论申冤围观的人，还是御史台的诸人，都觉得有几分道理，可碍于还有梁老主簿这样一个人物在场，谁都没有出声。

在这一闹一静之间，卢夫人转动着她深潭般的眼睛，看向张元昱："说下去。"

"我起初以为，绿槐是个豆蔻少女，年幼无知，不通人事，一气之下才做出这样愚蠢的举动。但绿槐已经二十五六岁，比我还大些，这个年纪的人，不至于那么孩子气。"

"说下去、说下去！"胡服女子听得出神。

"我也听说，她供述清晰，所以才能很快结案……这也不像个粗笨无知的人，是吧？这样一个人，怎么会贸然下毒呢？依我看来，其中定有……定有隐情。"

"什么隐情？"这回换卢夫人问。

"正如我方才所说，毒杀的利害，绿槐不可能不知道，但她仍然冒着种种危险，做下这等狠心的事。在我看来，这事有两个可能。一是，做了这事，能让她获得比做慕容将军宠妾更多的利益。"

一片寂静之中无人应声。许久，杨藏英问了句："二是？"

"二是，她身边有更残酷的威胁，非毒杀杨将军不能逃脱。"

卢夫人深邃的眼睛里有了一点微妙的波动。她转过身，捋了捋杂乱的黑发，带着一点得胜的神情，像在梦中一般喃喃自语："证据……主簿，这就是我的证据。"

梁老主簿的脸色变得铁青，张元昙如此折腾，那便是不接也得接了。他环视四周，看了看周围的台官，又看了看嘈杂的人群，最终僵硬地伸出手，做了个请的手势："夫人千金之躯，身在此处，有失招待。来吧，随我到御史台中，在内堂好好商讨这件事。"

卢夫人敛了敛裙子："有劳费心。"

她的婢女、仆妇一径上前，拥着夫人，与梁老主簿一同离去。若在往常，围观人见事情了结，恐怕早就散去，但今日他们仍聚在院边，各自讨论，甚至喝彩起来。

杨藏英有心让张元昙多受会儿称赞，可想到卢夫人那边恐怕会说些不利的话，于是拽上张元昙，赶紧追着梁老主簿的步子回御史台去。经过来贵极时——他现在终于知道这个来姓仆役的名字,他也犹豫要不要道个歉,毕竟刚才误会了对方,但想了想还是没说。

"杨小郎君。"张元昌突然叫他。

"怎了?"

"那娘子,"张元昌回身,指着远去的红衣胡服女子的背影,"我好像在哪儿见过。"

"巧了,我好像也见过。"杨藏英皱眉。

两人都见过,恐怕有什么旧缘,但眼下,杨藏英顾不上许多。在回到御史台前,他得抓紧时间,将张元昌关切的"那起大案"的前因后果一一讲清。

此时,他已有预感,后续的事情将如石子入水,初时不觉,但越往后越会激起层层波澜。

第四章

别宅妇

显庆五年,正月甲子之日。一场凶杀于宴席间发生。

事发之地,是长安城永乐坊东北角,一所略显僻静的宅院。

比起动不动就七八进的豪宅,这所宅院不过三进的中等规模,进门便是主屋。屋内有一个占据了大半间房、规模超乎寻常的正厅。宅子主人是个娘子,自称绿槐。

绿槐约莫二十有五,很瘦,但很有姿态。每当她穿着一袭绿罗裙走出宅院时,街头巷尾的无赖小郎都会死盯着她看,甚至聚集在她门前,偷偷候着,只为一睹她闭门那一瞬的顾盼生姿。

若换了别的独居娘子,他们早就一拥而上,喊她"都知""美人",唱起歌子调笑起来。但对于绿槐,他们只是觊觎,却不敢上前,因为他们很是清楚,这位美妇人的身份——

一位三品大员的别宅妇。

别宅妇,既不是妻,也不是妾,没有明媒正娶,也不曾下聘,用那些长安城坊间低俗的流言杂语来说，就是"妍头"。绿槐就是这样一位不明不白与男子共居的人。至于那男子，别人也知道，名叫慕容宝节，在朝廷中任右卫大将军。

正三品是少有的可穿紫色衣袍的官员，出行也配有侍卫。但附近的人见到慕容宝节时，只觉得是一位头发全白的老头儿，背有些佝偻，脚步飘忽，走在一群侍卫间总缺了些气势。至少从贞观年间开始，绿槐就成了慕容宝节的依附，十来年间，这位年长的三品大员时常流连于她的宅邸，有时一连半月也不回自己家中。

事发那一日也是如此。

这一天，慕容宝节在绿槐那里宴请他的同僚。

同僚名叫杨思训，右屯卫大将军，从三品，比慕容宝节的品阶低一级，但也算人人艳羡的大员了，而且他的年龄比慕容宝节小得多。彼时，慕容宝节已年逾五十，杨思训还不到三十，正是壮年。

这年轻的武官没有上过战场，带有一丝朴实而天真的神情。官场上的人评价他，说他喜怒形于色，常常高兴地大叫，就像个刚进城的、看什么都有趣的孩子。

就是这样一个年轻人，升迁速度飞快，短短十年，就快要赶上年长他几乎一倍的慕容宝节。照这个速度，超越对方，也就是未来三四年的事情。因此，每当须发皆白的慕容宝节望向他时，眼神中总有一丝艳羡，一丝隐隐的落寞。

那天下午，两位同僚早早约好，退了朝，一同来到绿槐的私宅。

主人与客人先在屋后内室中谈话，没带仆人伺候，因此没有人听到他们谈了些什么。直到酉时，天黑下来，两人才一前一后地走出内室，来到客厅。

外间天很冷，客厅两侧放置了炭火燃得足足的火盆，厅内温暖如春。在客厅的最高处，早已摆下两套几案与坐榻，案上摆满杯盘，满满盛着的都是肉与乳做成的美食。

在那案前大约二十步远的地方，一男一女笔直地立着。

女子便是绿槐，此时她穿着一身极轻薄的胡姬衣裳，肌肤尽露。而在她身边的，是个身着彩衣的高大男子，白瓷做成的面具覆住他的大半边脸，一双眼睛黑中带蓝，是一名幻戏师。

在他俩身后大约二十步远的地方，四十余人低头跪坐，其中有伴舞的女郎，也有手持竹笛、箜篌的乐师，正中一人手扶着羯鼓，随时准备奏乐。

在这些人屏息凝神的等待中，慕容宝节在左侧的榻上坐下来，脸色有些阴沉。

作为客人的杨思训则在右边落座，微胖的脸上升起两坨红晕，一滴汗珠从他额头突起，顺着脸的轮廓缓慢地滑落，一直落到案上——

"啪"，汗珠击打案面的瞬间，一声清脆的击掌响起。

绿槐纤细的手猛地一扬，一把金色花钿被抛上空中。厅堂之中，仿佛下起一场金屑的雨。乐音就在此时响起，是一首新翻的《昔昔盐》，唱起春季旖旎景色。流光溢彩中，散花之人脚步不停，随着悠扬的舞乐转起了圈子。

杨思训肥胖的身躯向前倾倒，绿槐往东，他看向东，绿槐跃起，他仰起头，他的视线很快变成了一支箭，追随着绿槐，似乎随时要把她钉在某个地方。

绿槐当然有所觉察，然而她只是淡淡一笑，继续舞着，舞着。突然，她身子一低，一头向幻戏师撞过去。幻戏师早有准备，伸出两臂，掌心朝上，喝道："掌中舞，起！"

脚尖踮起，飞身一跃，片刻后绿槐稳稳地立在幻戏师的掌心，一只脚高高抬起，如同飞燕之翅翼。脚尖之处，脚趾甲以杜鹃花染成鲜红颜色，在烛火中一跳一跳。

杨思训猛地拍桌，大声喝彩。

绿槐勾头，妩媚一笑。幻戏师撑着绿槐走到客人的坐榻之前，半跪下来。绿槐自袖中取出一个镶嵌着琥珀粒的琉璃杯，杯中美酒，轻泛涟漪，边舞边唱——

"杨家郎君人威武，年纪轻轻征沙场，官至屯卫大将军，纵横四海美名扬。"

这是长安城中最普通的阿谀之词，绿槐唱得娴熟，唱罢俯身一拜："绿槐为杨大将军献酒。"

杨思训望着她，恍惚地笑着，伸手要去接。

绿槐又一笑，矮身躲过了。她一个轻跃自幻戏师掌上跳下，只将酒杯轻轻放置在杨思训身前的几案上，身子柔柔一转，向另一边的慕容宝节一拜，口中唱起另一首曲子——

"慕容将军神武姿，吐谷浑国皇族后，出使四海万族敬，守护大唐栋梁材。"

然后她拜了一拜，低声道："绿槐进献慕容将军。"

在这样本该祝酒和说笑的时刻，慕容宝节只是一言不发，待绿槐在他身前放下酒，他却冷不丁地问了杨思训一句："方才的事，你觉得如何？"

身为客人的杨思训好似没有听见，只是痴迷地望着前方。在他面前，幻戏师正表演着绚烂的戏法，不停地翻动着双手，手中依次出现烟雾、火焰，飞上半空，变幻着颜色，又现出各式吉祥的符号。

突然间，幻戏师惊呼一声，把手臂向里缩了缩，看来是被烫到了手。

这失误令杨思训很是开心，他大笑起来，前俯后仰："哈哈哈！"

伴随他的笑声，幻戏师露出的半边脸面上满是讪笑，还有些许的惶然和无奈。白瓷面具的边缘有水珠滑落，看来他是真的不熟练，而非刻意演戏，但主人、贵客都未喊停，他也只能硬着头皮，勉强继续。

乌云爬上慕容宝节的脸颊。

"思训——"他如此喊了两三声。后者却像没听见一般，眼神只随着幻戏师、舞姬旋转。在第五次呼唤没有得到回应之后，慕容宝节猛地把手中的琉璃杯一扔，大声喊道："停！都停下！"

乐音戛然而止。舞姬和乐师停下舞步和奏乐，满脸茫然。慕容宝节扭过头，不耐烦地将手挥挥，绿槐即刻会意，扭头道："你们都先出去吧。"

舞姬、乐师你看看我，我看看你，不明白发生了什么，但见绿槐这么说，便敛起衣裙，收起乐器，惊慌失措地退出了这间客厅。

他们一走，客厅之中，就只剩下绿槐、幻戏师，还有宾主二人了。

空荡荡的高台之上，慕容宝节转过身，一步一步地向杨思训走去，直到他的身边，俯身按上他的肩膀，又一次压低声音问了一句："方才大事，如何？"

沉默了足足有半炷香的时间，杨思训还是摇了摇头。

身在一旁的绿槐感觉到不对，赶紧起身，为杨思训添酒解围。她拿起高案上的酒壶，抬手往杯中倒酒。一弯雪白的手臂从薄纱制成的袖子中露出，在暗红色的葡萄酒中映出月牙般动人的弧度。

这一切都映在杨思训眼中，他的喉结上下滑动，不由自主地咽下了一口贪婪的唾沫。

"你，"慕容宝节突然转了话题，"喜欢绿槐吗？"

"不，不——啊，慕容兄，"杨思训嘴里发出不明所以的嘟囔，发热的身子却向绿槐贴了过来。绿槐执壶的手猛地颤了一下，杯中涌起层层涟漪，酒面皱褶起伏。一旁的慕容宝节捋了捋胡须，低声道："如果思训你喜欢，那么——"

他的声音变成了耳语："我把她送给你，如何？"

"祸水，当真祸水啊！"

借着几分醉意，杨思训伸出戴着扳指的手，肆意地捏住了绿槐的下巴。绿槐见惯这种场面，没有躲避，也没有阻拦。她的脸上带着浅浅的笑，嘴角绷出一丝细细的纹路，她并不喜欢这样，却又无可奈何。

几乎是同时，高台下的幻戏师握紧了拳头，骨节发白，发出咔啦咔啦的轻响。

这场面只持续了短短的时间，杨思训突然放下手，转向慕容宝节。在不过眨眼的片刻，他像变了个人，坐直身子，一副端正严肃的模样。他再次看向绿槐，眼中露出微微的厌弃。又过了会儿，他缓缓地拿起腔调，说道："慕容兄，您这样不对。"

"哪里不对？"

"您不要忘了，我这次的另一个目的，是来劝您老别再沉迷花丛。将军，您已经这个年纪了，为什么还要和这祸水搅和在一起？您看，这宅里的酒宴，一场接一场，实在有失武官的风范气节。您为官多年，难道又想犯下二十年前一样的错误……"

"轮不到你来说我！"

"如今景况不同，您务必谨言慎行！最好早些回家去向夫人谢罪！"

"谨言慎行？好啊，那我们便继续说方才之事。"

"不成，谁不知我与贵人的关系？"杨思训回答得斩钉截铁，"背叛，那是万万不能的。"

"到如今你才——你才！"

慕容宝节立起，几步走到杨思训身前，冷不丁伸手，在他肩上猛地一推。杨思训猝不及防，整个身子向后倒去，他终究年轻，立刻伸手抓住慕容宝节的手臂，将他向下一拉。慕容宝节赶紧以另一只手撑住几案边角，才没被拉倒。

顷刻间，两人剑拔弩张，眼看就要扭打起来。幻戏师与绿槐在旁侧，身为奴婢也不敢相劝，两人都是垂手。主客两位僵持片刻，俱是握起拳头，似要往彼此脸面击打而去，恰在这时，客厅之外传来一阵细碎却又十分清晰的脚步声。

脚步声逐渐向门边接近，又停了下来。幻戏师当先发现，立刻问什么人。随着这声呵斥，客厅窗外，一个黑影跌跌撞撞地离开了。几乎是同时，一个娇小的影子推开了门扉。电光石火间，幻戏师伸开双臂挡在高台前，指间滑出一柄闪亮的银刀，警惕地望着来人。

"我是杨将军家的奴婢琉璃。"

回答的声音还带着一丝稚气，却不显得惊惧。那不过是个十二三岁的女儿家。虽然年纪不大，但她穿着一身和杨思训相似的毛皮外套，看起来不像奴婢，倒像个有钱人家的娘子，一副十分暖和，也十分富丽的模样。

绿槐望一眼，低声说了句："她之前来过……"

在他们说话间，慕容宝节当先收手。刚才差点殴斗起来的两人恢复了端坐的姿态。幻戏师见状，银刀重又藏回袖中，侧身让在一边。

杨思训一言不发，看着自家婢女。

那婢女道："杨将军，儿[①]奉夫人之命，前来传信。"

杨思训的眼神透出几分迷离。他笑了笑，手在前方几案上摸索一番，再直起身时，手里拿着斟满葡萄酒的琉璃杯。

他恋恋不舍地看着酒杯，笑了笑，然后仰头，将酒一饮而尽："好酒、好酒！"发出惊喜的感叹，又站起身，"好了，琉璃，夫人她……呃……啊！"

话还没有说完，声音突然变成了闷响。不过瞬间，这位年轻的武官眼

[①] 唐代年纪小、地位低的女孩自称。

睛瞪大，几乎要突出来。他微张着嘴，白色的唾沫从嘴角流下，声音也变成了古怪的呜咽之声，圆乎乎的脸更加地红，红得像一个储满血和葡萄酒的囊袋。

只听"咕咚"一声，杨思训向前扑倒在地，喉中的阻塞之声瞬间变成风箱般的惨叫。

"主人！"小婢女失声尖叫，第一个冲到主人身前，抓住杨思训的手臂，意图将他扶起来，然而刚刚触到他的身子，就被挣扎的人用力一扯，整个身体被扯到了地上。

杨思训抓着她，痛苦地翻滚起来。小婢女发出迭声的惊叫，可两人还是一起撞翻了后面的食案，尚且温热的饭菜洒了一地。酒也被打翻，琉璃杯落到地上，立刻碎裂成好几片。

慕容宝节这时才发现情况不妙，赶紧起身，向杨思训快步走去。这时的杨思训痛苦地在地上打滚，小婢女艰难地扶着他，口里含糊地喊着："糟糕……风眩①……"绿槐和幻戏师想上前帮忙，却根本无从下手，只能站在一旁干着急。

"不对，不是……毒，这是中毒！来人，来人啊！"

慕容宝节观察片刻，喊了起来。外间等候的舞姬和乐师首先撞开门，跑了进来，随后是宅邸中的仆役，接着是厨房的厨子、没有离开的工匠。他们一拥而上，手忙脚乱地扶起地上的人。然而年轻的客人早已两眼翻白，口中不止地喷出唾沫，还吐出了殷红的血。在众人的包围下，他的双脚胡乱蹬着，浑身像琴弦一样抽搐。

突然间，杨思训的颤抖停止了，他艰难地伸出手，指向厅室中的一个

---

① 中医说法，指多种疾病，杨思训的病情近似现代说的高血压。

方向。

那是绿槐的位置,她站在原地,注视着客人,面色平静,无悲,亦无喜。

下一瞬间,像是木偶被突然抽去了所有的引线,杨思训手臂垂下,不再动弹。在众人的注视下,他的身体软绵绵地倒了下去,一道血痕从他嘴角流出,颜色黝黑。

名为琉璃的小婢女终于从他的束缚中解放出来。她直起身,茫然地四下张望,然后近乎本能地伸出手,探向倒地的杨思训鼻边。所有人都紧张地注视着她的指尖,她略显粗糙的手指在那里停留了片刻,然后同样无力地放了下来。

"已经……没气了……"

"咚",一声沉闷的鼓响。那是慌张的鼓师将羯鼓落在地上,无意间敲出的鼓点。

宅邸之外,夜色深沉。

有些事情,在这一刻,永远地改变了……

第五章
绿槐女

　　杨藏英与张元昪说着案件详情，梁老主簿已通报守卫，与卢夫人一行经顺义门回到御史台。骞为道临时受命，要布置迎客之处。

　　因有不少仆役、书令史尚在布政坊处，他只得把台中剩余的人都聚集起来，包括看守仓室的胖台官鱼余业。在满是松香的御史台中临时拨出一间宽大的会客之室，由这些暂时受命的台官清扫、焚香，铺上软垫，又挂上雪白的帘幕。

　　有几人不知情，笑说这些事多此一举，自找麻烦，被骞为道呵斥回去。

　　如此忙碌一番，好不容易准备停当，卢夫人一行人走进，在帘幕后就座。按照往日，这时张元昪等书令史应该退避，换上有审查案件资格的七品台官，然而梁老主簿却没让两人离开。

　　老主簿虽然也对这起大案十分上心，但在他看来，这毒杀案犯人供述详细，当时泼在地上的酒中也查出剧毒，人证物证俱在。无论如何申诉，大理寺、御史台、刑部三司都没有错误，绝不是卢夫人几滴眼泪和张元昪几句乱语可以改变的。

他想，卢夫人只是一时伤心难抑，只需先顺着她，把她安抚好，其他事情后续再议。于是不带任何寒暄，他开门见山地说道："刚才听夫人说话，您对大唐律令很是熟悉？"

"不敢。略知一二。"卢夫人恢复了贵妇的倨傲。

梁老主簿立刻接道："夫人既然知道，割耳可以令御史台重新查案，那同样也应该知道，贞观年间有律条，'诉竞之人若自刑害耳目，犯者先决四十'。"

"妾身知晓。"

"换句话说，要是片刻前您在那边真的割了耳朵，我们确会重新查案，但不管结果如何，您也做了犯法的事情，是有罪之身了。"

"这妾身也知晓。"

换了其他妇人，恐怕早就吓得战战兢兢，话都说不出。可卢夫人显然早有准备，答话之后，便抢在梁老主簿之前说道："我丈夫杨思训官位虽不高，但为人正直，从不随意惩罚军士、仆人，当真是个很好的人。"她顿了顿，声音忧伤，"妾身是妇人，本该追随丈夫而去，但又想到事情没弄清楚，下了黄泉怕是无法向我夫交代，只能先了却这最后一桩心事，再去与我夫相见……主簿，妾身为了这事，早已抱了必死之心。不要说割耳朵，就算失了性命都在所不惜，更不要说犯法坐牢了。区区小事，何足挂齿？"

这番话看似软糯，实则步步藏险。大唐开国以来，为彰显纲常名教，审案倾向于孀居弱女，也倾向于道义之人。满足这两个条件的，纵然有违法之处，也能从轻判决。卢夫人的话，既强调了自己遗孀的身份，又强调了自己所为乃是成全丈夫的"正直"之举，双管齐下，反而将梁老主簿置于不道德的境地。

寥寥数语，四两拨千斤。这一手，实在不简单。

梁老主簿这时才感觉到对手的难缠。他不停捋着下巴上的胡须，良久，终于开口说道："很好，很好。夫人既有觉悟，那么我们便谈正事吧。关于绿槐，之前想必已有人向你细说，如今老朽再差人重复一遍——嗯，藏英，你来说。"

"是。"被点到名，杨藏英站起来，接过旁边骞为道送来的纸卷，将内容朗声念了一遍，直念到结论，"……杨思训一案，下毒之人绿槐对罪行供认不讳，事无巨细，悉数说明，证据明确，无可辩驳。现判处犯妇绿槐死刑，一个月后问斩。奴婢犯事，主人连坐。其主慕容宝节流放岭南，即刻押解启程。"

杨藏英念毕，梁老主簿不失时机地接上："主犯问斩，主人流放。夫人既通晓大唐律法，应该知道，这已算从重而判。"他顿了顿，"还是那句话，夫人若觉得御史台的判决有什么不对，只要拿出证据，我等绝不怠慢，立刻重审重查。"

卢夫人轻声说道："刚才在门外……"

"不。"梁老主簿立刻打断，"张书令的几句言语可算不得证据。夫人且再想想，还有其他的证据吗？哪怕是蛛丝马迹、闲言碎语，都可以的。"

杨藏英看向身边的张元昙，他正紧张地看着卢夫人的影子。

可是卢夫人让他失望了。

"不。"她压低了声音，"妾身，没有任何证据。"

"那么……"

"但三司办了冤案，绿槐不是凶手。"

花白的胡子又一次颤抖起来，年老的主簿思虑许久，最后只能告饶式地沉声道："夫人，你到底让老朽怎么办呢？"

卢夫人没有马上说话，看得出来，她正在慢条斯理地想着接下来的条件。

又过了一会儿，她轻声说话了："妾身也不想劳烦主簿的。"

杨藏英仿佛听见梁老主簿心里冷哼了一声。

卢夫人停了停，又说道："这样吧，今日恳请主簿，先为妾身了却一桩心愿。"不等梁老主簿问话，她又说道，"就请主簿开恩，让刚才那位……嗯，小张书令出来，和犯人当面对质，我听听明细，可以吗？"

这番话说得礼貌而恳切，内里却是诸多冒犯的要求。答应还是不答应？梁老主簿斟酌起来，可他还未考虑清楚，旁边已经响起一声欢呼。

张元崟从一众灰头土脸的台官、书令史中冲出来，高声喊道："主簿，请把犯妇押来吧！"

他抬起头，用一种极其热烈的语调说道："请让我询问犯妇——到底有没有冤屈，冤在何处，我一定帮夫人，也帮御史台，问个清清楚楚！"

半炷香的时间后，案件的主犯绿槐，跌跌撞撞地被押了过来。

如果外人知道这件事，一定会感叹，堂堂御史台办事怎么会如此轻率和儿戏。但在那时，却已是梁老主簿考量多方后，能想到的最好的结果。

刚刚过去的显庆四年，对于大唐的官场是个多事之年。年初，身为宰相的长孙无忌与监察御史相勾结，意图谋反，被削去爵位，流放黔州。七月，这起案子在黔州重审，长孙无忌自缢身亡。据说，他的尸身挂在梁柱上，摇摇晃晃如同一根瘦细的麻秆。长孙无忌是开国元老、三朝重臣，贵为百官之首、宰相之尊，却在一夜之间变成了逆贼。其中的变故不用说，谁都清楚。大唐的局势正在悄无声息地发生着变化。即使是御史台，即使是不过七品的梁老主簿，也感觉到了某种难以捉摸的寒意。

近日，不时有不太好的消息传来。并州有个已经定了的案子，因为一位老太婆坚持申冤，连告十来次，正好碰上圣人、皇后临幸并州，上边不愿生事，愣是罢了几个官。在乾州，则有奴仆将主人围殴致死后，因为与其他奴仆勾结串供，坚持申了好几遍冤，尽管证据确凿，最终竟得以从轻发落。那时的梁老主簿心里还是存了一分畏惧,卢夫人连番早有准备的对答让他有些不安,所以他想了想,还是决定顺从卢夫人的意思。

此时的客室里没有七品的审案台官,事情也没经过正式的流程,严格来说,算不得"审案"。此时把绿槐带来,最多只能算一次简单的会面。如此一来,能让有些偏门的张元崑问出什么,那是最好。如果没有结果,反正只是会面,卢夫人也抓不住什么把柄。想到这里,梁老主簿无奈地叹了口气,说了句:"犯妇上前。"

负责外间的謇为道立即应诺,跑了出去,临走前还向杨藏英挤了挤眼。

很快,就有两个健壮的仆妇押了一个女子出来。

杨藏英站在一旁,这是他第一次见到绿槐。

这女子真的十分高挑,几乎与男子同高,也很瘦,一身青布囚衣罩在她身上,飘飘忽忽,仿佛披挂布袋一般,双腕更是瘦弱,枷锁几乎扣她不住。她的十指纤长而枯瘦,满是伤痕与皱褶。厅堂中微弱的光透过她暗青色的囚衣,仿若虫子的薄薄绿翅。

在场的有些人惊讶地睁大了眼睛,多半,他们的想法与杨藏英的相似,心道这犯妇不过中上之姿,好看是好看,但并不像是个十恶不赦的毒妇,也非传闻中妲己、褒姒般让人神魂颠倒的祸水,怎么会惹下那么大的祸事?

大约是众人都陷在思虑中,客室里一时安静,无人说话。

这沉默持续了一会儿,时间一久,有几人不安起来。杨藏英这才觉察,是张元崑也想事想得呆住了,于是赶紧抬手,用力挥挥。张元崑浑身一抖,像是从梦中反应过来,他大喝了一声:"犯妇,你可知罪?!"

立在外间的謇为道即刻笑出声来,杨藏英也是哑然失笑。张元崑毕竟是书令史,干的大多是杂事,没经过多少审问的场面,一时急了,竟脱口而出这样一句唱戏般的蠢话。

再看梁老主簿,他铁青的脸色因为恼怒而瞬间变得通红。那两个押着绿槐的仆妇都抿着嘴，拼命不笑出声。倒是对面的女犯愣了愣，低头敛眉，轻声接道："回禀官人，妾妇知罪，也已认罪。"

到底是大家侍妾，擅长察言观色。这么一接话，刚才的质问也显得不那么可笑了。

"把、把你的事情说一说吧。"

绿槐应一声，从从容容地将她的罪责说了一番，无非是杨思训于夜宴教唆慕容宝节，驱逐绿槐，她便将毒药放于酒中，骗杨思训饮下之类。这些话在场的台官都听过数遍，无人再有兴趣，只有张元昙认真地听着，他的额头因为专注而堆起了细细的纹。

约莫说到一半，张元昙突然出声："娘子是哪里人？"

绿槐愣了愣："出身不明。五六岁时被卖给乐坊，在长安长大。"

张元昙"嗯"了一声，又问道："你结识慕容宝节多久了？"

"相识是贞观年间的事情，算来，少说也有十来年了。那时妾身还在乐坊……"

她说自己昔日在乐坊中也是当红的舞姬，柘枝、胡旋、剑器舞，这些或简单或繁复的舞蹈她都了若指掌。每当坊中有宴，她都会是助兴的舞娘中最惹眼的一个。正是这舞姿吸引了当时的慕容宝节，他不仅时常捧场，还出了大价钱，将绿槐赎出。他本想将绿槐正式聘为侍妾，可那时慕容夫人妒忌心重，死活不同意娶妾。慕容宝节只得买了那间宅邸，让绿槐作为名不正言不顺的外室，养尊处优，过上了只需轻歌曼舞的生活。

"舞蹈——对了，毒杀当日，娘子跳的是什么舞？"

"掌上舞。"绿槐答道，"这种舞需要舞者踩在另一个人的手掌上，不停转圈，听来神奇，可只要舞蹈之人穿极轻薄的衣服，有意保持身轻如燕，就很容易了。"她顿了顿，又解释道，"慕容将军说，杨将军喜欢新奇有趣的东西，那夜我们便准备了幻戏、黄龙变、掌上舞，都是眩人耳目的表演。

我只负责舞蹈,其他都由幻戏师乞伏弼臣安排。"

提到跳舞,她的语气稍稍变得轻快,张元昜"嗯"了一声,就不再说话。他的安静让厅堂里的气氛一度凝滞。旁边的梁老主簿有些焦急,生怕这漫长的停顿引得帘幕后的卢夫人又有什么不满。他看向杨藏英,使了个眼色。杨藏英会意,轻咳一声,站出来打圆场:"那么,请娘子将刚才的情形继续说完吧。"

"是。"绿槐毫无滞涩地接了上来,又一次说起当夜的情景。

她说,杨思训与慕容宝节,既是同僚,也算是好友。二人时常于晚间彻夜痛饮,聊些官场上的话题,尽友人之欢。作为侍妾,绿槐本不该关注他们的谈话。但时间久了,她几次听见杨思训在酒过三巡之后,对着慕容宝节述说她的种种坏处,并且一再劝说,要慕容宝节与她断了关系,早日回到家中,让夫人发落。

杨思训这么说,大约是别有用心,想把绿槐据为己有。绿槐对此十分不满,却碍于身份不好明言。就在不久前,她觉察到,在杨思训日积月累的挑拨下,慕容宝节的态度微微有些动摇。特别是那场夜宴当天,杨思训重提此事,慕容宝节甚至主动提出将绿槐送给他。绿槐听罢,又惊又怒,冲动之下,她将毒丸丢进盛有葡萄酒的酒杯中,诱导杨思训喝下,杨思训不疑,饮下毒酒,不久后毙命。

"毒丸?"

张元昜突然蹦出这两个字,把所有人都吓了一跳。

第六章
细查问

突然跳出的"毒丸"二字,也让绿槐受了惊吓。她断了述说,停了会儿才接道:"我也是一时冲动。之后看到杨将军暴毙,立刻……立刻吓得哭了。可回过神来,人已经走了,人死不能复生,我又有什么办法呢?"

说到这里她幽幽一叹:"慕容将军大怒,立刻将我缚住报官。我本想一人承担,可终究还是连累了将军……"

她泫然欲泣,表情楚楚可怜。梁老主簿却在暗中示意骞为道,让他看好卢夫人,免得绿槐所说触动卢夫人心事,让她再做出什么过激的举动来。

然而帘幕后面寂静无声。

偏在这时,张元昙又蹦出句古怪的疑问:"那你在各处,特别是御史台牢狱中,没受刑罚吧?"

杨藏英一愣:"张兄,不能这样问……"

他还没来得及说完,旁边负责管理囚犯的台官首先喊了出来:"你什么意思?说我们用酷刑逼供吗?"两个仆妇也不满地嘟囔起来,说其他地方的女囚都要在监牢里做活，只有这御史台中的女囚跟贵妇似的，什么事情也不用干。"

几人吵嚷起来，杨藏英、骞为道等不得不出声安抚，好不容易让他们安静了。

绿槐这才出声答道："回官人，自我被羁押以来，御史台各位台官、仆役都严守律令，从未有殴打虐待之事，也没有逼迫我干重活。"

张元昪瞪起眼睛："当真？"

"妾身是将死之人，这点上不必说谎。"

绿槐话音落下，张元昪已经向前一步，近乎逼到她的面前，一字一句地问道："不必？那你为什么前面都在说谎？"

"这话是……是什么意思？"绿槐抬起头，又马上低了下去。张元昪冰冷的态度就像一把快刀，硬生生地切断了她略带幽咽的哭诉。一向从容的女子在这一刻显出片刻的慌张，她张张嘴，又问了一句："你……是什么意思？"

"还不明白吗？你所说的话，纰漏多得像筛子！"

张元昪绕开两步，伸手指点："看——你说，慕容宝节把你安置在外宅，养尊处优，每天只要唱歌跳舞，是吧？可若单单只是跳舞，你的双手怎么会这么粗！"

所有人的目光都转到绿槐手上，绿槐露出惊慌的神色，本能地想将手往囚衣里藏。只听"咔啦"一声，那木制的厚重枷锁阻止了她的动作。

与她姣好的面容相比，她的手皱褶颇多，呈现出树枝般枯槁的灰色，指尖指腹上有不少浅浅的伤痕，甚至比一旁的仆妇更显操劳。

杨藏英咋舌，骞为道在他身侧低声道："可惜了这美娘子，这可不是一两月造成的。"

张元昪乘胜追击："也是你刚才亲口说的，御史台中的台官和娘子，就没有让你干重活。可见这粗糙双手，在你入狱前就是如此。如此一来，是不是和你说的'养尊处优，轻歌曼舞'有很大的矛盾？"

他话语不重，却似说书人惊堂木一拍，"啪"的一声，令所有人都警醒了。他们齐齐看向绿槐，直看得这女子面色苍白。

半晌，只听她低头说道："官人，我是别宅妇。当官的人养有情人不合礼制，朝廷也不喜欢……慕容将军不愿意太多人知道我的存在，所以并未给我安排多少奴仆。我住的宅邸，除去我和贴身婢女，只有几个看家护院的老仆，还有个疯疯癫癫的烧火丫头，统共不过七八人而已。"

她重又抬起头："我小时候在乐坊，学舞之前，曾经做了很久的烧火婢女。下厨烧菜，不是难事。所以，将军住下时，我就亲自料理他的饭食。若将军不在，我就与家婢随意做些吃的，聊以度日。唯有将军需要摆宴席招待客人时，才会带来慕容家的厨役奴婢——"

"但你还是要差遣安排他们的，对吗？"

"是的。"绿槐点了点头，"大多数时间都是我在烧饭做菜，这双手才如此粗糙。这件事，我不是故意说谎。只是之前官人没细问，说起来又不算光彩，就没明说。"

她这么说，张元昊似乎也没有追问的意思。他只是双手抱在胸前，轻轻敲击自己的手肘，许久，突然又吐出那两个字："毒丸。"

这一回，没人再敢向他投去质疑的眼光。所有人都屏住了呼吸，等待他说出接下来的纰漏。在这样的期待中，张元昊一字一句地问道："当夜，你把毒丸藏在什么地方？"

杨藏英在一旁听得仔细，张元昊这么一问，他脑海中瞬间转过几个念头。

——绿槐刚才就说过，掌中舞要穿轻薄的衣物。

——香奁斋的小柳也曾告诉他，掌中舞的舞者为了不让托举的人难以招架，绝不能增添哪怕一丝一毫的重量。所以都是穿着特制的贴身绡衣，薄到几乎每一寸肌肤都清晰可见。

——毒丸虽小，但到底是一丸，跳舞时带在身上，既容易甩脱，也太容易被人发现了。

"头发里。"在他疑惑时，绿槐飞快地答话，"我藏在头发里。"

这样说着，像是特意强调一般，绿槐甩了甩自己的头发。她已被关押数日，疏于打理，头发只是简单挽了起来，但仍旧如一匹布般厚重。要是在平时，她盛装打扮，梳上一个复杂的发髻，那么藏上一枚小小的毒丸，似乎问题不大……

可这句回答只换来张元昪的一声嗤笑："看，你又暴露了。"他顿了顿，道，"若是如此，杨思训接过毒酒后，绝不可能一点也不怀疑，立刻饮下！"

"为什么不可能？"杨藏英脱口而出，他如同脆瓷相击的声音在客室里回荡。

若是换了平时，梁老主簿早已厉声呵斥，但此刻他只是捋着胡须，看着张元昪。无论眼神还是姿态，这位御史台中的老人都仿佛在说——虽并不正式，但此时此刻已是御史台的一场讯问。

在场诸人，包括慵懒的謇为道，个个直起身子，等待这张元昪道出破绽。

"杨小郎君，绿槐娘子是位别宅妇，说句粗鄙的话，她的工作是以色侍人。这样的人，在夜宴这样重要的时刻，肯定不会忘记一件事情。"

"什么事情？"

"洒花露。"张元昪指了指自己的头顶，"还有，抹头油。"

他转过脸，对着绿槐笑道："当晚既是宴会，绿槐娘子这样的身份，一定会盛装打扮一番。女子化妆的事情我是不懂的，但是，要装扮的话，总要抹头油洒花露的，对吧？"

他再次指了指头顶："如果你真的将毒丸藏在头发里，那么无论如何小心，取出时总会沾上头油花露。这样的毒丸扔进酒杯，酒面必定会浮起一层油脂，说不定还会混入香气。这样一来，毒酒肯定与普通酒水不一样，看一眼就能发觉。"他顿了顿，"如果你说，当夜你花言巧语，诱骗杨思训喝下，还勉强说得通。但你说他毫不起疑，一口饮下，这实在不太符合常理，只能说——你，又撒谎了。"

"张兄，这说得就有些牵强了。"

杨藏英也站了起来，辩论般地提出一长串的质疑："依据之前的询问，当晚夜宴，他们喝的可是葡萄酒，葡萄酒自有花香，会掩盖花露的味道。另一方面，夜宴时欢歌笑语，酒酣耳热，死者杨思训可能忙着说笑，没有仔细看杯中酒，也就没有看见酒面的浮油。"他停了停，"另外，也有可能，慕容宝节厌恶气味，所以绿槐娘子没有抹上头油，洒上花露。单凭此，就推测绿槐娘子说谎，太过武断。"

"杨小郎君问得极好，你所说，都是有可能的。"张元昙背对着杨藏英，"可惜的是，只要毒下在葡萄酒里，那么话中矛盾仍然存在。在这之前，我想请问绿槐娘子，当晚夜宴，杨将军是不是只喝了你下毒的那杯葡萄酒？"

绿槐"哎"了一声，旋即支吾道："这……当然……不……"她勉强定了定神，"当晚慕容将军夜宴，目的之一就是邀请杨将军品酒。我买了绿酒、烧酒、新丰酒、郎官清、阿婆清……当然，也准备了西域的葡萄酒。"

"我读过你之前的证词，娘子。你提到，杨思训饮了一口后，中途你还用酒壶给他添了酒。那酒，应该也是葡萄酒吧？"

绿槐见他问得镇静，脸吓得发白，低低地答了一声："是。"

"那便又有矛盾之处了。"张元昙这才回头，对杨藏英笑道，"小郎君，你说说看，绿槐把毒丸下在酒里，酒面上浮起一层油。这样的异状，在场的哪个人会最先看到？"

杨藏英想了想，只得回答："她自己。"

"没错，是她。就算你刚才列举的几项全部为真，杨将军也粗心大意，并没有发现那诡异的油脂,可作为'一时冲动'下毒的人,怎么会完全不在意,傻傻地再献上去?"

"或许是……来不及。"

"那时的绿槐可是掌握着主动!她大可以开个玩笑,娇嗔几句,把毒酒泼了,再想个更完美的办法,可实际的情况是怎么样的呢?"张元昪顿了顿,重重说道,"娘子不仅进献上去,还重新添了酒!"

他的推断无比完美,杨藏英惊呆了,一时说不出话,只是静静听着。

张元昪又说道:"而且,添酒这事,也十分不对。假若,绿槐娘子是个只会歌舞的琉璃美人,还能说她不清楚酒壶里的是葡萄酒,慌乱恼怒之下拿起桌上的酒壶就倒。可是,这娘子善于下厨,又负责酒水的采买,肯定会知道,当日夜宴之中,是有其他酒水的!"

张元昪转身,直直盯着绿槐。这个犯妇之身的女子脸色苍白如石膏,早已不敢与他对视。

大约知道她的防线快要崩溃,张元昪背过手,平静地说道:"如果我是你,下毒之后,肯定会去拿装有其他酒的酒壶,为杨将军添酒。这样一来,如果被发现了,你还有机会把责任推给厨子、婢女。可你偏偏放弃了这么便利的方法,给他添的还是葡萄酒,这简直等于明说是自己下的毒。这样的做法……"

张元昪竖起三个手指:"细究一下,我觉得有三种可能。"

"哪三种?"客厅之上,几乎所有人都发出疑惑的声音。

"第一,这绿槐娘子是个大蠢货,明知死路一条,还偏要往南墙上撞。不过目前看来,她显然不是。其二,她是死士,受人指使,明知会暴露自己,也必须前去行刺。至于那最后一种可能,便是——便是卢夫人提出的,"张元昪看向后面的帘幕,"她是顶罪之人。杯中酒有毒之事,全不知情。"

这最后一句话,并不全由张元昪说出。在白色的帘幕之后,卢夫人说出了同样的话语。这句话和她的眼睛一样，平静无波，也不知她是兴奋还是悲伤。与此相对，绿槐的脸色由苍白变成了惨白，她嘴唇哆嗦，看起来还想争辩，然而过了许久，她双膝一软，跪在地上，发出了压抑而嘶哑的哭声。

大家起初只是想着应付卢夫人，谁知真的审出了一点曲折。在场的台官一时不知如何是好。杨藏英瞧见，赶紧请示："现下没有审案台官，也没有记录之人，一切都做不得数。主簿，不如再与犯妇核对证词，调查证物，改日于御史台中，正式审案。"

梁老主簿轻咳一声："老朽也认为如此最为妥当。"

杨藏英不忘圆场："卢夫人，你以为如何？"

帘幕后沉默了片刻，传来声音："这样最好。"但立刻又加上了条件，"重新再审之时，张郎君一定要在场。还有，这位……杨小郎君也是。"

"听凭夫人吩咐。"和之前的大闹比起来，这已经不算什么条件，梁老主簿马上答应了。

然后他站起来，转过头，面向哭泣的绿槐，清了清嗓子："犯妇绿槐，此案疑点颇多，御史台要重新对你进行讯问。就算此案你未犯事，可此前，你于公堂之上，御史台中，所说之语多是谎言，还有作伪证之嫌疑。若按大唐律令追究此事，依然难逃刑罚。你或许有苦衷，但还望好自为之，莫要再作伪证，罪上加罪。"

绿槐在他说话的时候，勉强止住了哭泣，但还有些哽咽。听完梁老主簿一番话，她垂头跪拜，低声答道："妾身知晓。事已至此，一定知无不言。"

梁老主簿点点头，将手一挥。两旁的仆妇会意，大步上前，一左一右抓住她的手臂，半押半拖，用蛮力将绿槐拉走了。

梁老主簿环视一周，以他一贯沉稳严肃的声音说道："十日之后，重审此案。你们务必做好准备，弄个水落石出！"

"是！"在众台官齐声的回答中，杨藏英眯起了眼睛看向张元昺。

这个"朋友"实在是选对了。他在心中不住地想着，接下来，那拜谒无名墓之事，恐怕也将不会有人再提起。

第七章
高门姝

几日后，一片夕阳暮色中，杨藏英回到了御史台。

他从接近祭祀大社的南门进，穿过青松翠柏和一地松花，经过那石雕的独角獬豸，再经过台官们歇息的客室睡房，走到尽头，就是御史台仓室。

仓室是台中存放案牍与卷宗的地方，阴暗却安静。

进了仓室，迎面有一条漫长的走廊，走廊两侧是数不清的门。刚进去就看到一个台官走出，他抱着个箱子，身躯肥胖而庞大，几乎把走廊都占满。见了杨藏英，他尴尬一笑："杨小郎君回来了？"

杨藏英应诺，眼前这人便是骞为道之前提起的，守仓室的台官鱼余业。

算来，这人还年长张元昙一些，比杨藏英大了四五岁，但同样是个不思进取的人。别人忙着赴各处宴席、在酒肆间探问消息，鱼余业倒是与长安城中各坊里的工匠混得相熟，无论金工木工、造纸修车，都略知一二。

为官之人弄这些善巧，自然为人所不齿。鱼余业大约也知晓这一点，于是自请管理御史台的仓室与仆役，只在讯问或是重大场合才出现，既是解了台中的难，他也俸禄无碍，乐得逍遥。

想到此处，杨藏英轻咳一声，移开话题："鱼台官箱子里装的什么？"

鱼余业听见，双手将箱子环住，以至于整个身形像个圆圆的蹴鞠。他面上仍旧是尴尬的笑，口中却连声道："不是什么东西、不是什么东西。"

他既如是说，杨藏英也不再追问。御史台仅负责复核疑案，一般也不需验伤、验尸一类。当真遇到非核不可的状况，便由一位做过乡下郎中与守墓人的老仆役去做。鱼余业自从管了仓室，就与那老仆役走得很近——不少人说，他在借机学那剖尸验伤之技。

既有传闻，恐怕多少也确有其事。杨藏英暗叹一声，问道："不说这个⋯⋯张兄在何处？"

"张兄？"鱼余业略想了想，"张元昙？"

杨藏英答了声"是"，胖台官将背一弓，嘴里嘟囔了几声，还是转过身子，将杨藏英往仓室内引去。

御史台仓室不算大，长廊两边是一扇一扇的小木门，有几扇还大开着。每间房室构造都一样，正中是放着笔墨的几案。几案后面，绵延着一排排的木架，被黑布绳捆绑的字卷，一卷一卷地堆叠在上面，那便是御史台里每一宗案件白纸黑字的记录。

走到其中一扇木门前，鱼余业停下脚步，往里一看，两肩一耸："哎？他不在。"旋即又转过头，对杨藏英抱歉地笑笑，"当真奇怪，他整日在里面翻案卷翻旧事，偏偏这时又不在了，可能——可能去了其他房室。"

鱼余业口中絮叨，杨藏英心中却微微一动，依他所猜，张元昙或许是在躲着自己，这个下次讯问时的"对手"。

经那一天不太正式的讯问后，御史台正式重启对杨思训毒杀案的调查。梁老主簿给大理寺去了信，让他们派人来，与台官们一起将证人、证物、证词都细细地再筛一遍。张元昙一战成名，又有了卢夫人的保荐，被特批参与这次重审。他却提出,要参与和大理寺的调查。这事被梁老主簿驳回了。

毕竟,他的官职还不够。

自此之后,带着点赌气,张元昙一头躲进了"书斋",也就是御史台的仓室,借着鱼余业的圆滑,没日没夜地阅读那厚重的案卷,连杨藏英都难见一面。

"我等等吧。"杨藏英说,边说边迈步走过房室门槛,"若他一会儿还不来,我便离去。"

背后的鱼余业明显松了口气,这胖台官仍旧抱着箱子,靠在门边,过了好一会儿,才问道:"那事……那案子,能成吗?"

杨藏英这时已走到房室的坐榻与书几前,上面堆满了书卷。另还有几张散纸,密密麻麻地抄录了许多东西。杨藏英低头细看,只见其中满是慕容宝节与杨思训的家世、履历,甚至不知道多少代前的先祖,当然更多的是过去显庆年间,朝廷民间发生的一些事。

这些内容繁杂而枯燥,杨藏英也不知道张元昙从其中看出了什么。

这时,外间的鱼余业又开口了:"就连我都听到有人议论,说张……张……"

他在称呼之上卡住,张元昙的职位仍是书令史,但毕竟是御史台中人,称呼"台官"也可。前几日一战成名,转而唤他"张台官"的人明显变多了——这里就是这样的地方。

支吾了半天,鱼余业最后还是转述道:"他们说:'张台官以为翻翻几张纸就能解了大案,当真是愚汉!'"

杨藏英听了,不由得哑然失笑:"确实,外间是这么说的。"

"这还比较委婉,我还听见有人笑骂:'那天讯问不过是瞎猫碰到死耗子,巧合而已!'"

"那倒不会。"杨藏英答,"看这情形,张兄看得十分认真,应该还是有头绪的。"

鱼余业缩了缩身子，面上带笑，顺着杨藏英说的话讲了几句谦辞，眼前的胖台官大概仅有三四分相信。事已至此，杨藏英也不想多说："这些话，还请鱼台官不要告诉张兄。"

"哪里，我都与他说不上话。除了杨小郎君，就那来贵极跑来问过几句。"鱼余业絮絮说道。

两人又说些闲话，如此等了约莫小半刻，见人不来，杨藏英便告辞离去。

十日很快过去。就这样，重审绿槐的日子到来了。

重审的地点放在御史台的正堂，比起上回的客室，这里庄严肃穆了许多。堂中没有多余的陈设，只在正中有一张高榻，是梁老主簿的主座。主座一左一右，设了两位辅官的位置。

在辅官位置之下，两排坐榻一字排开，众多台官依次坐在榻上，骞为道、鱼余业也在其中。若按照以前官位的排位，杨藏英只能与他们一同坐在最末席，就是坐榻的最后。而张元昙更是只能立在门槛外，连证人都看不见的地方。

但这一回，因了卢夫人的要求，张元昙和杨藏英得以分列梁老主簿左右两侧的辅官位上，这两个位置需要针对案情进行各自的陈述，并争论绿槐到底是有罪还是无罪。

虽说有些不应该，杨藏英想到终于能在讯问上和张元昙较量一番，还是觉得兴奋不已。坐于侧席，他不时看向张元昙，露出几分喜色。

张元昙却是目视前方，一副略带紧张的沉思之像。

这是正式讯问，需要宣读一大套文书，又需请大理寺、刑部的来使相看，自然没那么快开始。总之，在一番烦琐的御史台礼节之后，脚镣碰撞的清脆之声终于传来，身着囚衣的女子被杂役押着，缓步走进正堂。

她人还没立稳便张口:"犯妇绿槐,今日在此,详述当晚夜宴之实情。"

声音不大,却笃定非常。曾经那种绰约的风姿与柔弱下的刚硬,统统消失不见,取而代之的是一种深深的疲惫,还有一种……一种悲悯。

梁老主簿大约也觉察情势有所改变,厉声说道:"犯妇,你速速说明,不得隐瞒。"

"谢主簿,妾身这就明言。犯妇绿槐,是慕容宝节养在外宅的情妇。"她说,"慕容将军生于前朝大业年间,年已五十有五。他官至三品大员,又是吐谷浑贵族。官位、钱财、身份、美人这些,慕容将军都有了。只可惜还有一件遗憾,他没有子女缘分。"

"子女缘分?"梁老主簿一愣,"这话怎么说?"

"慕容将军有三个儿子,都在战乱中亡故。女儿曾有十来人,但是因为疫病、生产,最后只剩了两个。其中一个女儿名叫慕容燕国,在高祖武德年间出生,今年三十五岁,已外嫁表兄多年。另外一个女儿,名叫慕容燕云,年方十五,还未嫁便……"

绿槐说到此处停了下来,嘴唇轻颤,说不下去了。

梁老主簿出声追问:"还未嫁便如何?"

绿槐微微张嘴,想说什么,可终究还是哽咽一时,无法出声。梁老主簿皱眉,还想训斥,最终还是不忍,指了指骞为道。

骞为道顺从地站起来,道:"慕容宝节因此案获罪后,大理寺、御史台前往其家中查验、封存。他的女儿慕容燕云见许多人闯进家中,受了惊吓,一时慌乱,从闺房楼上失足坠落,当场身亡。"

这样的惨事,在其他任何地方都要说上很长时间,但在公堂之上,也只能是这么轻描淡写的一句。绿槐露出领悟神色,拭去眼泪,这才答道:"燕云是将军最末女,老来得子,将军非常爱惜,宠爱有加,以致……酿出大错……"

她再度落下泪来，堂上响起一片哀叹咋舌之声。杨藏英虽是同情，还是起身严厉呵斥："犯妇！你是要告知我们当夜毒杀的详情，为什么频频提起子女？莫要转移话头，拖延时间！"

"台官息怒。"绿槐叩首，"若不说清，后话难以说起。"

"太过旁枝的便略去，快快进入正题，勿要拐弯抹角。"

"是。"绿槐应道，仍自顾自地说了下去，"我是慕容将军的外室，任何人都觉得我与正妻的关系，应该是十分交恶，水火不容的……"

席间即刻有人揶揄："难道不是吗？"

"不是。"绿槐摇头，"夫人是将军发妻，如今也年近五十了，她身体并不太好，时常染病，一年有大半是躺在床榻上的。府中的杂务都交由几位管事、仆妇管理。"

"这样的老妇，不争风吃醋才是正常。"杨藏英接道。

绿槐停下，张望一圈："众位台官想必也知道，如今的官场之上，所谓宴饮，并不是单纯的吃喝赏乐，也是为了拉近同僚关系，结盟讨好上司，对吧？"

她说得直白，却是实情，众官虽露出尴尬神色，但还是有人点头。

"慕容夫人衰老多病，不能操持宴席，也无法出席陪客。她是贵家出身，又是官家夫人，自然清楚这意味什么。考虑再三，她在自家郎君众多姬妾、情人中选了妾身，并加以栽培。"

"栽培？"

绿槐再度点头，详细说起。她告知众人，慕容夫人差人教她如何备宴，也教她席上礼仪，甚至手把手地训练她，如何答话，如何进退，细微的地方如何处置——把一个乐坊出身的舞姬，按照真正的高门贵妇来教导。

而且夫人也与绿槐约定，只要绿槐尽心尽力，布置夜宴，迎来送往，令慕容将军脸上有光，那慕容将军无论给她多少宅邸和金钱，自己都不会干涉。就算慕容将军日后将绿槐抛弃，夫人也会安排后路，让绿槐后半生衣食无忧，不受欺负。

"换句话说，在慕容家，你充其量就是个高等的厨娘。"张元昊插了句。

"是。"绿槐毫不迟疑。

"所以，你是把之前供述毒杀的理由——嫉恨杀人，完全推翻了。"

这一回绿槐反倒迟疑了，脸因内心的顾虑变得通红："是的，今天之前的供述，我都说了谎话。事情的真相要害，其实是这样的——"

慕容家中的女眷，除去年老多病的夫人，就只剩下慕容燕云一个人了。慕容燕云身为闺秀，自小养尊处优，连家门都很少出。慕容家又家教严格，平日若非必需，家中仆人、奴婢，没有人敢多说一句话，也没有人敢和她玩闹嬉戏。慕容燕云身边最多时有十七八个奴仆，却没有一个能交心的小姊妹。

在绿槐被慕容夫人调教的时日里，她经常要出入慕容府，也因此看见了慕容燕云形单影只。起初，绿槐本意是想讨好巴结，就与慕容燕云闲聊、玩耍。谁知，这事一发不可收，慕容燕云与绿槐变得姐妹般亲近，不仅在绿槐来慕容府的时候缠着说话，有时甚至会壮起胆子，趁父亲不在，暗中准备车舆，偷偷去往绿槐那间宅邸，与她聊天下棋，一去就是大半天。

"这事令我有些为难。我是别宅妇，又是乐坊倡家出身，燕云频繁出入，终究有些不妥，我赶紧将这事告诉了慕容老夫人。"

但老夫人说，慕容燕云总是在闺房眺望叹息，想来也是寂寞的。

对于这老来女，老夫人嘴上不提，心里还是疼爱的。思来想去，还是决定装作不知，只让绿槐好好照看，不要让闲杂人等接近慕容燕云就好。绿槐也顺水推舟同意了。

"可她不是和那个……贵族女子不是时常相约游春的吗？慕容燕云难道不去？"张元昊没来由地插了句。

"偶尔会去。"绿槐答道，"但燕云内向，每次都是其他人再三邀请，才勉强答应。其他的高门贵女自然不喜欢这样，便很少邀她。除去城中两三个极其喜欢与人结交的，会偶尔邀约几次，燕云一般都不出门，只与他人书信联系。"

"你一直在说燕云、燕云，这又与当日毒杀有何关系？！不要拖延时间！"

杨藏英的低声呵斥换来绿槐一声轻叹："台官，那晚夜宴所用的酒水食材，统统放在厨房之内。只有一件东西，是放在我梳妆的卧室之内——"

"是什么？"

"舞蹈进献用的葡萄酒。"绿槐比画，"当夜，从慕容将军与杨将军来到宅邸，直到献舞之前，我几乎都在卧室，并未离开一步。"

"几乎？那你还是离开过？"张元昙接过了话头。

杨藏英立刻问道："可是有人进入了你的卧室？"

绿槐低低答了声"是"，然后像被堵住胸口一般，喘了好几口气："便是，小姐。"

这绝不是一般的事情了，杨藏英、张元昙都顿住，陷入各自的思虑。坐于正中的梁老主簿也站起来，神色肃穆，低声喝问："若你所谓的实话，是供出一个已死之人，未免太过于取巧。再给你个机会，继续说下去，且快进入正题，勿要拐弯抹角。"

绿槐点头应诺："其实，事发那天的宴会，是慕容将军与杨将军数月前便已定下的，所为的……所为的乃是婚姻之事。燕云年近十六，已到了婚姻之年。原本已订下婚约，是……是长孙氏旁支，但因……因长孙宰相牵连，已行退婚之礼。"

梁老主簿轻呵一声："无关之事，无须说明！"

绿槐立刻明白，接道："婚既已退，燕云又年纪渐长，慕容将军十分忧心，便四处张罗许嫁之事。数月来，长安城中的高门大族，他都有去打探。

正好此时，杨将军找上门来，说想为自己的侄子说亲。"

杨思训是弘农杨氏之后，父亲被封观国公，叔叔是贵阳公主驸马，家族显赫，与慕容家可以说是门当户对。而且依族中辈分，杨思训与当今皇后算是表亲，杨家也算是国舅之家。慕容宝节对这些很是满意，有意将女儿许嫁。

但媒妁之言，还需慎重，于是两人约好，在正月甲子那一天夜里商量这事。

到了那日，绿槐如同往常，将酒食菜肴买好备好，又通知慕容家中仆役、厨子来宅邸中做饭打扫，准备夜宴。慕容宝节嘱咐过，今夜之宴名为品酒，实际是商讨子女婚姻大事，务必好生招待。绿槐便按杨思训喜好，准备好酒美食、新奇表演，以让他尽兴。

"前面诸事安排得详细，到当日妾身便松了心。当日酉时，慕容将军、杨将军两位来到宅中，我见面行礼之后，便回了卧室。"

"回去作甚？"杨藏英问。

"将买好的葡萄酒从酒坛小心倒入琥珀琉璃杯中。掌中舞献的酒，不能多一分，也不能少一分。少了，进献给客人时不好看；多了，跳舞时就会泼洒而出，同样有碍观瞻。这酒量还涉及幻戏秘法，所以每次我都是亲手准备，只在无人看见的卧室中暗自度量。"说到此处，她在身前比画了一下，"我的卧室中靠窗的地方，有一张这么大的小几。"

绿槐量好酒，便将盛酒的五只琉璃杯放在这靠窗的几上，转身梳妆。刚解了头发，就听见门外有细碎的脚步声传来。起初，她还以为是宅中那个半疯的烧火丫头。谁知片刻之后，一个人影飞扑进来，靠在她身上，也不说话，嘤嘤地哭起来。

终于说到这关键中的关键，在场人全部盯猎物一样，死死看着绿槐。而绿槐只是在目光的蛛网中，轻轻叹了口气："那不是别人，正是燕云。"

她的语气仿佛是母亲说起不争气的孩子。

"燕云这时来，我很是吃惊，妆发都顾不上，连声问她出了什么事。但无论我如何问，燕云只是抽泣，也不答话。我又是追问，又是安慰，如此折腾了足有一炷香时间，燕云才终于说出她心中所想——她问我：'父亲近来仕途不顺，是不是准备要……卖女求官？'

"听到这话，我当时就笑出了声。这是哪来的捕风捉影的传言？根本没有的事！换了平时，我一定会好好跟小姐说一番'父母爱子，则为之计深远'的大道理，再不济，也会安慰安慰她，让她不要胡思乱想。但那一天，宴会马上就要开始了，我梳妆未完，心里着急，就随意说了几句，把小姐打发走……或许就是这几句无心之言，让小姐下定决心，痛下杀手。"

"无心之言？你说了什么？"梁老主簿问。

"寻常话语。"绿槐答，"我说的无非——无非是'各家联姻本是常事，小姐年纪大了，该有自己的主意了'。只是在最后，我加了一句，大意是，小姐如果觉得不合心意，不必哭闹，自己去阻止这门婚事就好。"

"那又是如何变成后续惨事的？"杨藏英接着问。

绿槐又一次咬紧了嘴唇，不同于方才，这一次她目视前方，脸上神情分外沉重："主簿，各位台官，妾身可以发誓，当时说那句话的意思，不过是想让小姐亲自与慕容将军说个清楚，天地明察，我绝对没有一点其他的心思。"

众人不说话，这是讯问的正堂，赌咒发誓没用，全看证据。

"但燕云听了，立刻转悲为怒，推了我一把，哭着跑出了卧室。我虽然觉得愧疚，但眼前还有许多事情需要处理，便仍旧梳妆准备。半个时辰后，宴饮开始。其后……其后就是诸位已知的，两位将军品酒观舞，妾身献酒。杨将军饮酒之后中毒而亡。"

说到这里，绿槐突然停下了。她的呼吸变得轻浅而急促，连带整个正堂之上都充满了紧张的气息。这回没人催促，杨藏英屏住了呼吸，旁边的张元昪也一样。在场所有的台官都觉得，绿槐就要说出关键中的关键，于是众人皆绷紧了肩膀，连大气都不敢出。

"杨将军既死，慕容将军立刻差人报官。他命令宅邸中婢女、仆役，把在场之人统统带到宅中客室，监视起来。又命令宅中其他人也到客室之中，等待官府上门查验。当时，杨将军的随从、慕容家的厨子，加上请来的乐工、舞伎，算来约有六十余人，都乖乖出去了。我本想和他们一同走开，慕容将军却出声喊我留下。"

绿槐被慕容宝节那么一喊，立刻停了脚步，扭头回到厅内。只见幻戏师乞伏弼臣站在慕容宝节身边，正低声说些什么。绿槐立在原地，眼望不远处，一片狼藉中躺着杨将军直挺挺的尸身，心中突然惊惶起来。直到这时，她才觉察，宅邸里出了真正的大事。想到此处，她又惊又怕，不由得双膝一软，跪在地上，失声呜咽起来。

"就在我低声哭泣之时，慕容将军走到我的身前，脸带疑惑，连声追问到底发生了什么。我当时有如惊弓之鸟，心情慌乱，语无伦次，也只能回答一句'我什么也不知道'。我本以为慕容将军会怀疑我、会发怒，可他什么也没做。沉默许久，他突然问出了一句惊人的话语——"

"什么话语？"杨藏英问道。

绿槐停了停，模仿着男人的语调说道："他问：'绿槐，这可是她……是燕云做下的？'"

当时，这话把绿槐问住了，她想了想，觉得慕容宝节大约是看见女儿在宴会前走进了自己的卧室，所以有这样的误会。于是赶紧止住哭泣，喃喃解释，说燕云只是和自己简单地交谈了几句，没有多做其他。说完这话，她抬头看向慕容宝节，后者的神情并没有丝毫缓解。相反，露出了更深一层的忧虑，额间挤出一道深深的、利剑般的细纹。绿槐见状不妙，不敢出声。

两人僵持许久，慕容宝节才扭过头，将立在一旁的幻戏师乞伏弼臣喊了过来。

乞伏弼臣也不耽搁，他快步走来，轻声说道："绿槐姊姊，宴席之前，你是不是跟一个小姑娘说过话？她年纪不大，穿一身杂毛衣裳……"

"有的。"绿槐立刻回答，"那是杨家侍婢，名叫琉璃。"

因为杨思训患有风眩，忌口不少，所以杨家每次都会派这个侍婢前来传话。绿槐见过她许多次，与她已熟识。当天，琉璃按往常前来传信，绿槐告诉她自己今日不管厨房，让她亲自去跟厨子说明。琉璃应了，又问了些厨房在哪、厨子是谁之类的话。两人大约说了小半炷香的时间，随后琉璃告退，绿槐则回到房中，收拾妆奁。

那时，她已梳妆完毕，就等待慕容宝节呼唤，开席宴客了。

听她这么说，乞伏弼臣脸上立刻涌现不安的神色，他抓着自己的衣角，埋下头，用更低的声音说道："梳妆完毕，那就对了……宴前，我有事要去找你。结果走到长廊西边，正好撞见你和杨家婢女在说话。我想事也不急，干脆一会儿再来。谁知……"

谁知，他还没迈步，就看见一个少女踏着碎步，轻手轻脚地向卧室方向小跑而去。她跑到窗前，张望一下，见绿槐没有发现，就把身子一斜，从打开的窗子里探入那间卧室之中，肩膀轻动，似乎在摸索些什么。乞伏弼臣看她一身华服，头插珠翠，腰间颈上还挂有几件亮晶晶的首饰，立刻猜到了她的身份。

说到这里，御史台的众人不由得一惊，低声道："难道是……"

"是。"绿槐点头道，"乞伏弼臣看到的，正是慕容燕云。"

张元昙望向她："也就是说，在你梳妆完毕之后，她还曾'到'过你的屋中一次。"

"可以这么说。"绿槐顿了顿，"乞伏弼臣说，他以为燕云是和往常一样与我玩闹，就没有在意，抬腿便走了。杨将军出事后，他立刻想起这件事，又想起我一向将献舞用的葡萄酒，放在卧室窗边的几案上……"

杨藏英心有所感："这么说……"

"没错，就如诸位台官想的一般，"绿槐露出苦笑，"自从与长孙家退婚，燕云对再许别家一直耿耿于怀。当日，我随口说的那一句'自己去阻止'，便被小姐误会了。于是，她下定决心，贸然在酒中下毒，以为这样害了客人，慕容将军就会中止婚约，另寻他路。"

她这么一说，在场的台官都睁大眼睛，露出不知如何是好的神情。就连负责审问的张元昙和杨藏英也面面相觑，一时间说不出话来。绿槐大约也预料到这场面，她沉重地摇了摇头，继续说道，自己在听完乞伏弼臣一番言论后，也是惊惧交加，瞬间好几个问题涌上心头——

这事一出，如何向将军与夫人交代？如今景况，杨思训已经死了，人死不能复生，难道真的要抓燕云送官？要是燕云进了监牢，她纤纤弱质，如何抵得过？就算用慕容家的权势摆平，以后无论燕云的婚事，还是慕容家的名声，都将深受影响……这些问题一件接一件，纠纠缠缠，让她心乱如麻，甚至不知该先想哪件才好。

就在她胡思乱想之时，慕容宝节突然迈步，走到她身前。抬头望望，确定周围没有其他人后，他又向前一步，"扑通"一声，双膝跪下，对着绿槐行了个大礼。绿槐哪里见过这样的场面，不由得急了，赶紧伸手，要扶他起来。谁知手还没伸出，慕容宝节已伏在地上，沉声说了起来。他说，他溺爱燕云，教女无方，以致酿成大错。但身为父亲，他无论如何也不忍心看这最小的女儿受苦受难，所以……

"所以，"张元昙打断绿槐，"他让你顶罪？"

"是，也不是。"绿槐的声音突然提高了，"燕云对于我来说，像是妹妹，也像是女儿，感情深厚，不同常人。如果她要受罪，我的心甚至比慕容将军还难忍万分！于是，我抢在他恳求之前，自己提了出来——"

她顿了顿，扬起头，一字一句地重复自己那天曾说过的话。

"我说：'将军不必说了，请与我对好词句！我现在马上准备，替燕云受罚！'"

替燕云受罚。

这句话从绿槐口中说出，铿锵有力，掷地有声。在场的人都感受得到，对这个曾经被当作毒妇的女人来说，她当时的决心，是多么地坚定……

第八章
夜之宴

直到绿槐把那一番话彻彻底底地说完，正堂之上一片安静，只有一点微弱的嗡嗡声。在场的台官虽然不是每个都知道之前的调查情况，但一想到这场毒杀，最后竟是一个贵族少女近乎愚蠢的无心之举，心中皆不由觉得讽刺，甚而哭笑不得。

在这样有些尴尬的情况下，杨藏英上前一步，行礼说道："主簿，依据犯妇刚才的供述，慕容家小娘子，慕容燕云应该才是这次投毒案的主谋。现在，请犯妇退下，带上新证人……"

杨藏英话还没说完，旁边已响起一声断喝："等等！"

那当然就是张元昙，他高声说道："不要让她走，我还有话要问！"

这样的粗鲁无礼，本来在讯问中是不被允许的。但在见识了张元昙的出其不意后，梁老主簿也变得十分宽容。他点了点头，让绿槐留下。而张元昙也不等她反应，大踏一步，走上前去，问道："我问你，慕容燕云下的毒，是从哪里来的？"

"这……"绿槐喃喃道,"肯定不是我那毒丸,她也不会知道在哪儿……"

"说得清楚些!"

绿槐睁大眼睛,回忆了一下,然后恳切说道:"在我的卧室里面,确实藏有一枚毒丸。那是我在乐坊时偷偷买下,用来防身的。可我从来没跟小姐说过这事,而且我藏得很深,绝不是随便翻翻就能找到的。"

"除此之外,还有其他毒物吗?"

"宅邸里的仓室保存着各色药草,有乌头、野葛这类有毒的,砒霜也有一些。有段日子,我从婢女们那听说,宫中的女子服用极少量的砒霜来保持青春,以防衰老,就连忙买了备着,可最后还是怕得没敢用,最后都用来毒厨房的老鼠和夜晚窜进来的黄鼠狼了。"

"你觉得,慕容燕云会认得乌头、野葛吗?"

"不。"绿槐摇头,"她不懂。"

"那么,你觉得慕容燕云能轻易拿到砒霜吗?"

"也不能。"绿槐同样摇头,"砒霜由一个专管妆粉的大娘看管,她虽年老有些昏沉,但绝不会轻易将砒霜交给小姐。"

"这便是我的疑惑所在。"张元昙转过身,"一个不事家务、很少出门的千金贵女,平时根本辨别不出毒物,可当夜竟能在短短的时间里,娴熟地在酒中下毒,这有可能吗?这关节处实在说不通。还没弄清楚,就把慕容燕云视为投毒的人,实在有失公允。"

"我倒有另外的看法。"杨藏英出声了。

他面向张元昙,露出一副终于要辩论的模样。停顿片刻,他说:"在下觉得,张台官说的,恰恰证明了慕容燕云便是投毒案的主谋。"

"恰恰证明?"主座的梁老主簿捋须道,"这从何说起?"

"要从几处来说明。首先,犯妇绿槐,"杨藏英看向台下并没有完全回过神来的妇人,"你曾经说过,为了舞蹈和幻戏,你把葡萄酒装在五个琉璃杯中，对吧？"

"有的。"绿槐点了点头。

"这五个琉璃杯，可有不同？"

"没有。"绿槐斩钉截铁地回道，"这琉璃杯是西域特制的贡品，整个长安只这一套。杯子全部一模一样，都由琉璃做成，上面镶有细小的琥珀粒。原本有十个的，经历几年宴饮，遗失了不少……"

"这不重要。"杨藏英打断她，"张台官，你听见了——这些琉璃杯，全部是一样的。"

张元昙低低地哼了一声："那又怎么样？"

"五个琉璃杯，没有丝毫不同。慕容燕云如何确定，杨思训会喝下哪个杯子里的酒？她在下毒之时，又如何保证同席的父亲不会饮下毒酒？好吧，就算她咬紧牙关，宁愿犯下弑亲的罪过，也要毒害一个人来中止这场不愉快的定亲，可她又如何控制，宴会上不会有人一时兴起，让绿槐也饮下一杯？绿槐娘子是她的挚友，她应该不会乐意看见绿槐娘子遇害。而且，如果死的是绿槐娘子，也达不到她阻止婚约的目的，不是吗？"

说完这一长串疑问，杨藏英抬头直视张元昙："请不要误会，我依然坚持慕容燕云是投毒案的主谋。只是，她投的并不是'毒'。"

张元昙呢喃道："不是毒？那是……"

看到他难得露出迷惑的神情，纵使沉稳如杨藏英，此刻也不禁有些得胜的兴奋。再看梁老主簿和众位台官都伸直了脖子，等着他说下去的样子，他更是有些得意。他轻咳一声，忍住自己的兴奋，严肃道："请传琉璃。"

那杨家的小侍婢其实一直站在旁边，听见杨藏英的声音，不用其他台官带路，就迈步乖顺地走到厅堂正中。杨藏英转向她，问道："琉璃，绿槐刚才说，夜宴当天，你曾给她带来夫人的口信。有这事吗？"

"回官人，是有的。奴家当日依夫人所说，前往宅中找娘子。娘子不在前厅,也不在外间,奴家就去卧房找她,她说今天她不管做菜,让奴家去厨房说话……"

"你见着了吗?"张元昙冷不丁地插话道,"慕容燕云爬窗子。"

"没。奴家是和娘子面对面说话,娘子个儿高,把奴家都挡住了,什么都看不见。"

说话间,张元昙和杨藏英都打量起这个小婢女来。杨藏英想着,这个女儿家不过十二三岁,在横眉怒目的老主簿、略显惊慌的绿槐和一群神情肃穆的台官之间,说话却不慌不忙,始终保持着镇定和冷静。就算是高门训练出的忠仆,这样的年纪,也少有这般的沉稳克制。

张元昙则盯着她的手腕,虽然琉璃个子矮小,一身绫罗,可不时露出的手腕,却显得她十分结实,像是个经常搬运重物的仆妇,难道她不是贴身婢女吗?张元昙想着,一时也没个结论。

两人各自思虑,琉璃已语调不变地继续说下去。在绿槐交代她去厨房后,她就从卧室出发,穿过长廊,经过仓室,到了厨房。厨房里人来人往,好在两位厨子都在。琉璃便依照卢夫人所说,把杨思训忌口的事情,一一说给他们听。待到两位主厨说自己知晓了,她就从厨房侧门离开了。

杨藏英问她:"是什么忌口?"

"将军有风眩,不注意饮食,第二日会头疼得不能出门。他的忌口有些多,游鱼、虾子等水中之物一概不能吃,也不能吃醋芹。药材之中,黄芪、党参不能加在菜中。最重要一点,雪花盐要适当,绝不能多加。"

"每次宴席,夫人都要派人去这么交代吗?"

"是,每次都由奴家去告诉宴客那一家。"琉璃答道,"宴席的时候,奴家还要再去检查当晚上的菜,免得杨将军误吃了。"

"那么,"杨藏英压低了声音,"你觉得,当晚的厨子照做了吗?"

琉璃想了一想,很快答道:"不敢说。当夜,奴家第二次去的时候——"

她顿了一下，"还没说话，就遇见将军毒发，菜和酒都被扯到地上，打得一团乱。奴家只匆匆瞥了一眼，桌上没有醋芹，也没有鱼。但奴家只看清了这些，至于菜里有没有放药材，是咸是淡，奴家也不知道了。"末了她又加了句，"也没法知道了。"

就像前面说的一样，她年纪小，却说得很是清晰，可以说是完美的堂上证供。杨藏英伸出手挥了挥，问道："哪位郎君给我拿一下当夜的菜单？"

负责证物的年轻台官早有准备，一溜烟小跑过来，送上一张薄纸，杨藏英展开，念道："八仙盘、葱醋鸡、浑羊殁忽、仙人脔、箸头春，及带蜜糕点五样——绿槐，当夜菜肴就是这些吧？"

"是。"绿槐解释道，"葱醋鸡就不说了，八仙盘是用猪、牛、羊、熊、鹿、鸡、鸭、鹅八种禽畜肉制成的冷盘。箸头春是烤的鹌鹑，仙人脔是牛奶煮的鸡。至于那浑羊殁忽，是把肉和调味好的糯米饭填进鹅的肚子，再把鹅放进羊肚子里烤的。吃的时候不吃羊，只吃那一只鹅的脯肉和鹅肚子里的糯米饭。"

这一连串的菜肴，都是平时难得一见的富贵之物。绿槐一口气说完，正堂之上仿佛飘起了浓郁的香气。此时接近正午，大半个早上的讯问耗去众人许多精神，有台官的喉咙里发出"咕咚"的吞咽声，看来已经是饥肠辘辘。

张元昙在这时提出了抗议："这菜单，和慕容燕云投毒有什么关系？"

"当然有。"杨藏英自菜谱上抬起头，"张书令，你刚才已经证明，慕容燕云几乎不可能拿到毒药。这一点与我坚持的她是本案主谋，并不矛盾，而是可以共存的。因为，慕容燕云下的不是'毒'。而是——"

张元昙直勾勾地看着他，在等待着杨藏英说下去。杨藏英有意拖长了声调，缓慢而坚定地说出了答案："而是，盐。"

"盐？！"

话一出口，台官们不顾礼仪，纷纷发出惊讶的呼喊。

盐，这家家都有的调味之物，竟然和杀人的毒药相提并论，这不能不让人感到惊奇。

可看着杨藏英言之凿凿的模样,其他人也不敢上前质问。只有张元昰摆出一副应战的姿态:"小郎君,说下去吧。"

杨藏英又挥手:"仵作在何处?"

旁边一个须发皆白的老仆役举起了手,他的目光却移向了台官群中的鱼余业。

杨藏英没做理会,向他问道:"常人一餐吃了较往常多许多的盐,会如何?"

"不会有事,顶多口干。"老仆役老实又简洁地答话。

"那么,患有风眩的人呢?"

老仆役不再言语。台官那边,鱼余业轻叹一声,起身挤到前面,轻咳几下,半带无奈地说道:"风眩之人,一餐吃入过多的盐,便会面色红涨,头晕眼花,重的还会发展成风疾[①],突然摔倒,手不能动,口不能言,更严重的甚至会死掉。"

"这是不是和服下毒药有些相似呢?"

"确实,有点……"

杨藏英转身道:"主簿,张书令,以下便是在下对当夜之事的推断——

"首先,就如绿槐所说,慕容燕云在夜宴之前找到她,讲述不愿结亲的事。绿槐忙碌,没有仔细劝慰,慕容燕云很是沮丧,跑了出去。大约就在此时,慕容燕云萌生一个想法,这想法不是下毒,也不是杀人——她想的,只是在酒里加盐。

"这可说是个万无一失的办法。本来夜宴的主题是品酒。酒变咸了,

---

① 即现代的中风。

没法喝了，这场夜宴开不起来，结亲的事只能延后。拿到毒药是很难，但要拿些盐，就跟动动手指头一样容易。就这样，慕容燕云依着心里所想，取了盐，统统加在所有酒里——对，不只是绿槐卧室的五杯葡萄酒，很有可能，她在能接触到的每个酒坛、每个酒杯里，都加上了许多的盐。

"接下来的事，是一系列的巧合。夜宴之前，没有人尝到加了盐的酒，自然也没有人去通报。夜宴还是开始了。方才我已经读过菜单，各位，特别是张书令，对当夜的菜肴有什么想法呢？"

"菜？"张元昙挑了挑眉，"不是肉就是奶，听着腻歪。"

"对。当夜菜肴，确实以肉为主。"杨藏英问道，"还有吗？"

张元昙沉吟片刻："没有果物，也没有青菜。"

绿槐插话："当时天寒，根本买不到鲜果，菜蔬也少，大多还是上不得台面的甘薯、南瓜。如果来客是别人，我还能上一盘腌制的醋芹解腻。但杨将军患有风眩，不能吃，就没有准备。"

"正是如此。"杨藏英点头道，"没有醋芹，也没有青菜，当然也没有水果。主菜全是肉，有些是烤的，有些是焖的，还有一些，用浓郁的牛乳乳酪煮过。这样一桌豪贵之宴，听起来很是美味。但细细一想，是不是有些偏干了呢？"

说完这话，杨藏英又听见"咕咚"的声音，也不知是不是刚才那位肚子饿了的可怜台官发出的。他笑了笑："想想这一桌菜肴，初尝觉得好吃，几口后就会觉得油腻，也很容易噎住喉咙，万一浓厚的牛乳覆上舌苔，多半会令人觉得不那么清爽。几样叠加，光是想想就让人觉得口干舌燥。没有蔬果，也没有汤水，唯一能解渴的，就只有酒了。"

在杨藏英的推断中，在场众人仿佛看见了当夜的情景。

宴席开始之后，绿槐献酒之前，不用任何人怂恿，慕容宝节和杨思训都会就着那几案上丰盛的菜肴，一杯接一杯地喝下绿槐备好的各类美酒。在这些酒里，慕容燕云加了许多的盐。喝下这些酒，与被灌下一大勺子盐，并没有什么区别。对于杨思训这样一个被风眩所困的人来说，那简直是致命的。

杨思训喝着盐酒，把肉咕噜噜地吞了下去。盐让血气升起，他的脸上涌起两坨红晕。他觉得有些头晕目眩，但在幻戏和美女舞姿的刺激下，只会觉得是朦胧微醺的酒劲。渐渐，他的心脏怦怦地跳起来，而就在这时，新奇惊险的幻戏愈发精彩，更不用说美丽的绿槐跪在他的面前。在这不断的刺激中，杨思训的血液飞速地流动，心跳得越来越快。就在他快要感觉到不对时，"咚"的一声，琉璃敲开了门。这一下如同擂鼓，重重敲在杨思训身上。很快，他奔腾的血气冲破了危险的界限。风眩骤然发作，他心脏疼痛，口吐白沫，猛地摔倒在地——

"这，就是我的推断。"

正堂之上，所有人都呆住了。偶尔有一两个回过神来，对这个推断啧啧称奇。唯有一个人例外，那便是张元昙。他嘴角带着冷笑，刻意学着杨藏英的模样，口中唤了一声："仵作。"

前面的推断，老仆役早已听得呆了，过了好一会儿才反应过来，答了声："在。"

张元昙却转向鱼余业，问道："杨台官说，死者死于急发的风眩。你觉得这有可能吗，鱼台官？"

鱼余业被点到，也不迟疑，正色回答："还是有可能的。毕竟很大一部分的毒，显现出的外相和风眩确实差不多，要证实到底是哪种，需得剖开尸首才能判断详情。"

他板起一直堆笑的圆脸，转身向台上的梁老主簿拱手："只是，这回的死者……杨将军是三品大员，再看夫人那情形，恐怕不会同意剖尸。杨台官说的是不是属实，下官也好，仵作老丈也好，实在无法断定。"

张元昙看了杨藏英一眼，眼神中有进攻的意味。

那老仆役在旁偏头细想,这时加了句:"大理寺那边倒是验过泼洒在地上的酒水。"

"如何?"张元昙急道。

"酒中确实有毒物。"

"那杯子里呢?杯中有没有?"

老仆役面露难色,再度看向鱼余业。胖台官轻叹一声,接道:"下官与大理寺司直核实过,当夜用的琉璃杯在死者的挣扎中被打碎了。他们到现场时,所用杯子皆已碎成上百片,还有人踩踏过,虽然勉强收了起来,但实在没法验看。"

张元昙点点头:"杨台官的说法,我觉得有几点不通。"

"愿闻其详。"杨藏英挑了挑眉。

"第一,既是慕容燕云把盐放入酒中,失手将风眩患者害死,泼洒的酒中又为何会检出毒物?第二,在场喝下酒的人,为什么没有一个提过酒是咸的?特别是慕容宝节,他与绿槐串供之时,肯定不会忘记提起这个细节。第三,屋中当时有那么多的仆役、厨子,怎么没有一个人提到慕容燕云去取盐?按照乞伏弼臣的说法,她当天穿着显眼,从卧室到厨下,走来走去,总该有人看见。"

这三点,可以说是直击要害,直问得杨藏英哑口无言。他也想了几个应对的解释,可哪一个都没法完全说通。张元昙看着他语塞的模样,却没有胜利的欣喜,反而又陷入了沉思。沉吟片刻,他扭头向绿槐问道:"你回忆一下,当夜有没有人抱怨过?"

绿槐有些茫然:"抱怨?我听不明白。"

"抱怨当晚的酒菜,比如说,糕有些甜,酒有点酸……"

"啊!"绿槐突然惊呼了一声。她的声音不大,可对于此前一向游刃有余的她来说,这无异于一声惊恐的尖叫。杨藏英也扭过头去,此时,他发现这个妇人刚刚回红的脸又失去了血色,她即刻跪下,口中语无伦次地回起话来。

"有的,有这事!有几个……几个舞姬,在开宴之前,问我要酒暖暖身子。我离不开,就让她们自己去厨房打来喝。喝完回来,其中有个跟我说,酒有点儿梅子酸。我还回答,现在这寒天,没有新酿的酒,老酒有些酸涩也是正常……"

正堂上的气氛突然变得怪异起来,刚刚仿佛已经明了的案情,又像雾气涌起那样模糊起来。所有人都看着张元昙,等待他提出新的解释。然而,张元昙只是轻咳一声,仍旧询问绿槐:"这事不大,可为什么你想起时却这么慌张?"

"平时做菜,如果不小心加多了盐,就需要加入梅汁去调和。梅汁带酸,酸味能抑制咸味。添了梅汁,酸咸调和,前面加多了盐也尝不出来,不会影响口感。"绿槐顿了顿,"酒被加了盐,酒又有些酸,这两种状况同时发生……张台官,我斗胆猜测,这意味着有人还在酒中加了梅汁,所以慕容将军也好,杨将军也好,并没有尝出酒水中的咸味!"

听了她的说法,张元昙点了点头,这显然也是他的想法。停顿片刻,他转过身,沉声说道:"主簿,慕容燕云在宴席前,曾前往绿槐卧室,探身入窗——这一点,有目击证人作证。我无法推翻,也不打算推翻。但慕容燕云是投毒'主谋'这点,还有待商榷。"

他缓了缓,道:"前面我已说过,我们讯问了宅邸中那么多人,除去正好撞见她的乞伏弼臣,没有一个说慕容燕云行动有异。另一点,慕容燕云的目的是让夜宴终止,她在酒中加了盐,已经算大功告成,没有必要刻意地加入酸的梅汁,去掩盖自己的行动。由此可见,加梅汁的人不是慕容燕云,应该是宅中的另一个人。"

"另一个人?"杨藏英重复道。

张元昪点了点头，边沉思边说道："之前杨台官说了推断，我也来说说我的推断——

"当夜，慕容燕云沮丧地跑出绿槐卧室，有人见了，趁机上前安慰，以此获得慕容燕云的信任。此人趁机献计，自己先去仓室取了些许毒药，交给慕容燕云，骗她是泻药或是醉酒药，让她下到绿槐卧室的葡萄酒杯之中。慕容燕云单纯，没起疑心，就此照做。就这样，在不知不觉间，慕容燕云成了这个人杀害杨思训的帮凶——这，是用毒的情况。

"至于用盐的情况，稍微复杂些，但基本也是这个道理。此人获得了慕容燕云的信任，自己取了盐，加到各处的酒中，又将少许盐丸交给慕容燕云，同样哄骗她下到葡萄酒杯中。慕容燕云照做了，随后此人将慕容燕云劝走，自己又来回跑动，在酒中加入梅汁，中和咸味。因为都是此人在操作，宅邸中的人当然不会看见慕容燕云来回走动。

"此人再设法调动宅邸中的人，让其看到慕容燕云'下毒'的行为，就能名正言顺地把毒杀栽赃到慕容燕云头上。慕容燕云温顺柔和，胆子又小，肯定不会第一时间……"

说到这里，张元昪却突然停下。面对着他的杨藏英看见他脸色变得铁青，不由得用口型无声问他："你怎么了？"

张元昪艰难地摆了摆手，调整呼吸。许久，他才说道："慕容燕云温顺柔和，胆子又小，肯定、肯定不会第一时间把事情说出来。那么此人，就有了……就有了，杀害慕容燕云的……时间……和机会……"这句话，张元昪说得极为缓慢。

"什么意思？"绿槐大叫一声，"你是说，燕云是被杀害的？"

这素来镇静的妇人在这一刻终于被击溃了所有的防线。杨藏英想要像之前那样呵斥她几声，转眼看见绿槐脸上夹杂着愤怒和绝望的神情，一时间也不敢说话。

张元崇也转头看了看绿槐，然后朝向梁老主簿，极快地说道："主簿，我起初只是想证明慕容燕云不是唯一的下毒人。除她之外，整件事中应该至少还有一人参与。但刚才一番细细推理，我倒有了个新的怀疑。那便是，慕容燕云并不是因恐惧意外坠楼，而是被人趁乱推下楼去的。"他又扭头看了一眼绿槐，"而凶手，就是我刚才说的，一路诱骗慕容燕云'下毒'的那个人。"

绿槐捂住了嘴，勉强压住一声泣血般的尖叫。梁老主簿陷入了沉思："这样一来，这桩案件就不只有毒杀案，还连着慕容燕云的谋杀案了。"

"正是。"张元崇的声音变得严肃，"现在看来，凶手有很大可能是宅邸里的人，但我并不能确定。主簿，此事慎重，还请重启调查，将绿槐宅、慕容家的有关人等，通通查上一遍。"

梁老主簿没有作声。此刻，午时的阳光自窗口照了进来，照在他花白的胡子上。虽然还是暮春，但日头隐隐已经有了夏日的毒辣，梁老主簿皱紧了眉头，他苍老却锐利的眼神注视着正堂，也看向远方。

而与此同时，在远方的并州，一双涂着鲜红蔻丹的手执起一枚棋子，静静地落在面前那已至中盘的棋局中。棋局对面的对手轻轻吟了一个名字，他说："媚娘。"这个名字很快飘散在他头痛的昏沉中，这个人并不知道在长安御史台中发生的事，就像没有人知道接下来的事。

沉吟许久，梁老主簿站了起来，沉声宣布："本次讯问到此为止。接下来，诸位要依张书令所说，将手中的证据、证人全部筛查一遍。有任何消息，立刻上报！"

众台官抱手行礼，齐声答"是"。

抬起头，众人神情复杂，有些兴奋，又有些畏惧。无论是谁，心中都十分清楚，这第二次讯问是结束了，但一个更加混乱也更加庞大的布局，正缓缓地在御史台展开……

第九章
昔日事

显庆五年，三月下旬。

香夋斋，这个距离皇城不近也不远的酒肆，静静矗立在丝管不停、樱红柳绿的光福坊之中。虽称酒肆，却有着曲巷里一间独门独栋的漂亮小院子，专供熟客来访流连。

入了院，院子正中有一个池塘，塘边一棵高大的海棠。塘边曾有几株柳树，但长安人都说柳树不好，会招来精怪。于是就把那柳树全拔了，如今只剩下孤零零的海棠。这海棠开得繁茂，一到雨季就落花缤纷，残红片片，倒有一种略带凄清的美。这一日，杨藏英就在这一片落花中睁开眼睛，落红映了满眼，仿佛给他漆黑的眼瞳添上了一层淡淡血色。

"醒了？"有人推门进来，声音带着几分娇嗔，"你最近怎么老是睡着？"

杨藏英抬头，看到一袭藕荷色的长袍，再往上看，是画着浓眉却混杂着几分稚气的脸。这是小柳，杨藏英相好的歌姬。

杨藏英躺在榻上，伸了个懒腰，说道："御史台重启查问，我日日夜夜都要陪我那张兄探案啊。"然后拍拍身边，示意小柳坐过来。

小柳走了过去，将手中的托盘放在一旁，盘中有两个青瓷杯子，却是空的，没有倒酒。见杨藏英眼神扫过来，小柳笑道："看来我并没有猜错，你那个朋友今日又要爽约。"

杨藏英拿起一个杯子把玩："他啊，嚄。"

小柳问道："又躲在仓室之中？"

"倒没有，人手不够，主簿让他也去问话了。我可喜欢听他问话了，三下两下，就把人逼得什么都说出来了，有趣，有趣。"

这么说着，杨藏英眼神看向门外池塘，隐隐露出盼望的样子。小柳轻轻唾了一口，又歪了歪头，问道："那什么张兄……你和他是怎么认识的？哦，我当然知道你们是同僚。我是说，御史台人那么多，你怎么偏偏就跟他关系好？"

"哎？"杨藏英笑起来，"好好的怎么问起这个？"

见小柳笑而不答，他摇摇头："说来奇妙，这事跟那慕容燕云还有些关系。"

他既这么一说，小柳更是好奇，立刻将青瓷杯斟满酒，递到杨藏英唇边，一副非要杨藏英说个所以然的模样。杨藏英拗不过她，想了想，就说了起来："那是两年前，显庆三年初冬的事。你知道，那时候，也是个混乱的时候——"

那时，朝中大臣韩瑗、来济和褚遂良依次被贬，朝野震动。要职更替，连带下层的官吏也跟着一起变动。一时间，长安城突然多了许多茫然的士子，他们或是失去了职位，或是被贬到闲职。这些曾经意气风发的人很快变得囊中羞涩，不得不靠典当度日。

杨藏英并不是其中之一。他毕竟有个弘农杨家的出身，多亏贵人关照，正好进入御史台成为台官，还拥有了入流的官职。而且那时他刚进台中，年纪小,一时没有太多事务。所以他有许多时间可以在长安城中闲逛。虽然不能和飞鹰走马、一掷千金的长安少年相提并论,也算清闲快乐。

那是一个冬日,天很冷,抬头便能看见自己呼出的白气。杨藏英如往日般闲逛,自租住的寺庙院子一径走着,经过横跨开化、安仁两坊的大荐福寺,经过胡人、胡肆众多的长兴坊,直到了相对宽阔的宣阳坊中。宣阳坊邻着东市,街上各色商铺、酒肆林林总总,分外热闹。杨藏英在其中走着,不觉日头飞快流逝。

临到午时,他在街上看到了一个熟悉的身影。这人年纪不算轻,生得高大,黑,瘦,身上却裹着一件白狐裘,黑白相衬,倒像是昆仑奴一般,有些吓人。杨藏英起初想避开,却突然想起来,那是不久前进入御史台的书令史,名叫张元昙。他正想打个招呼,却见那个同僚身子一低,猫着腰,鬼鬼祟祟地绕进了旁边一家商铺。再出来时,他身上的狐裘已不见踪影,只剩一件杂毛里子的外袍,看来分外寒酸。

杨藏英立刻明白,那间商铺是质铺,他是来典当东西的。果不其然,杨藏英听见他用略带京郊口音的长安官话,与那送他出来的质铺小伙计闲聊——说是闲聊,更像是自语。他说这狐裘是他来到长安前,家中小辈凑钱送他的礼物。那时,他是族中唯一明经及第的士子,是众人榜样,无限风光。再看如今,努力了许久,兜兜转转只是入了御史台当个抄写的。眼看同龄人飞黄腾达,自己的落魄日子却没个尽头,不过,这也是暂时的,他日如果有机会,他一定也能做出一番事业。

他这么说着,小伙计有一搭没一搭地应着,显然遇到过太多这样的人,见怪不怪。那同僚说了一阵,知道自讨没趣,苦笑一声,又掂量了一下刚换来的钱,转身低头走上熙攘街道。他走了几步,冷不防被旁人撞了一下,肩膀一歪,连带碰到旁边的另一个人。

"哎呀!"那人惊呼一声,竟是连着后退了两三步。

"啊，对不住，对不住。"

同僚立刻道歉，可他的道歉只换来尖声的斥骂："干什么！走路不长眼睛的吗？这位娘子可不是你这轻薄之人冲撞得起的！"

斥骂的声音引来了围观的人群。骂人的是一个身着回鹘袍的女子，翻领窄袖，内外是两种不同面料，袖口收紧，腰间系了条腰带，带上似乎有吹管、弹弓一类，鼓鼓囊囊。本以为是胡人，细看却是大唐面庞，约莫十五六岁，头梳高髻，面容尽露。

而被同僚冲撞的，则是个身着华服、满身披挂的小娘子，她戴着帷帽，短纱有三四层，风吹起纱帘，惊慌失措的脸庞若隐若现。她的双手紧紧抱住手中一个小木匣子，看得出来，对这突然撞过来的高大男子，她充满了不安和戒备。

她轻启朱唇，用极小极小的声音说道："算了……"

"燕云！"那回鹘打扮的女子跺脚道，"你怎么总是这样子！"

华服女子声音依旧很小，却很坚定："他不是……他不是有意……"

"不是有意？呸！看他那凶神恶煞的模样，谁知道他有什么图谋？我知道你信佛心地好，但这世上的人可没那么简单啊！"回鹘女子很是无奈地拉起华服女子，挤过人群走了，"看看看！看什么看？有这空闲，瞪大眼睛看看那个家伙心眼里想了什么坏事儿吧！"

这真可说是飞来横祸。杨藏英自那同僚走出质铺时就看着他，知道他什么也没做，却无端被骂了一顿。但回头一想，女子出门一般都会遮面，敢这样露出面目的女子，不是高官的女儿，就是富商家的女眷，肯定身份不差，跟这些女子是讲不了理的。想来那位同僚也是这样想的，只见他晃了晃脑袋，继续低头迈步。

倒是后面才赶来的人猜测纷纷，有人说他趁机轻薄了人家，有人则说他大概早与人有关系。在一片闲话声中，这位同僚僵硬地走出了人群。但走着走着,他像是突然想起什么,猛一回身,正好和后面走着的杨藏英打了个照面。四目相接的瞬间,他露出惊讶的神情,片刻,他叉手行了个礼:"杨小郎君。"

他竟记得自己,杨藏英有些吃惊:"你、你记得我?"

"当然。御史台里的玉面郎君杨藏英,年纪很小,做事却妥当,谁不知道呢?你是连主簿都看重的人才。在下张元昙,是和小郎君同期进的御史台,刚才的事情,让你见笑了。"

他语气里有几分恭维,却没有巴结的味道。杨藏英正好无事,便顺势停下脚步,与张元昙寒暄起来,说起台里的事情和家中景况。因了都是御史台的人,两人说得投机,不觉就在街边站了大半炷香的时间。然而就在兴起时,突然间,远处传来了喊叫的声音。

"哎?"杨藏英往声音的方向探了探头,"什么事儿?"

有五六个五大三粗的坊卒向这边跑来,他们手挥棍棒,身上的粗布褐衣被汗水浸湿。不等站稳,为首的一个就高声喊道:"有人报案!此处有偷儿!统统不许动!"

杨藏英听见,立刻立定不动。张元昙张望一番,也迈步站到一旁。

坊卒们的身后,两个女子迈着碎步匆匆跑来。

张杨二人循声望去,不由得异口同声地脱口惊道:"那不是——"

不是别人,正是刚才气势汹汹、破口大骂的胡服女子,还有那个声音细小、服装华丽的"燕云"。坊卒将一条街的行人聚拢,让大家排队站在路边。众人口中抱怨,但也只得听从。这边在排着队,另一边,一个头儿模样的壮年人走过来,颇为礼貌地对着两位女子说了些什么。

只见华服女子向前几步,对着人群,细声细气地说道:"诸、诸位,小女慕容氏,受母亲所托,带了数枚首饰,入宫献与皇室郡主。方才途经街市,发现贵物遗失……此事关系重大,若有不慎,恐伤及家母体面,还望诸位劳烦，替我找找，事成之后，必有、必有重谢！"

话音未落，胡服女子已喊起来："燕云你说得太文雅，这样没人理你的！"不等回话，她已吸一口气，高声大喊："听好！这盒子里的东西被偷了！大家帮我们娘子抓小偷啊！能抓到的，我们赏钱！"

这样一喊，被聚拢的路人立刻听懂了，高声哄笑起来，也不住地互相查看。杨藏英和张元昙只来得及对看一眼，就被人群挤得挪动脚步。在攒动的人头中，张元昙回过头，苦笑一声："这回可走不脱……"话音还未落地，杨藏英就听见"叮"的一声。一件亮晶晶的东西落在张元昙的脚边。眼看就要被纷杂的人群踩到，杨藏英赶紧弯腰，把那件器物捡了起来。他刚把那件东西抓在手里，耳边就有人发出一声惊呼。

"啊，那不是？！"

杨藏英低头看去，只见自己手里拿着一枚发钗。是女子用的细钗，有食指那么长，白玉制成，钗头镶嵌一块透出淡淡光晕的蜜色石头，应该是琥珀，雕刻成一只展翅的飞鸟，翅尖细羽清晰可见，与玉的洁白交相辉映，显示着它的主人不俗的身份，以及……

以及，张元昙即将到来的危机。

周围突然安静下来，人群自动让出一个圈，只剩张元昙站在其中。他看着杨藏英手中的东西，勉强挤出一个笑容："这是……什么？"

"我刚从地上拾起的。"杨藏英举起来，"就在……"

他一时也不知是说好，还是不说好。倒是张元昙的额头上沁出了汗珠，他结结巴巴地说道："是从我这……这儿，掉、掉出来的？"

接下来的一切发生得那么急促。

杨藏英没有回答，确切地说，是来不及回答。下一刻，胡服女子扯着她尖利的嗓子拼命喊叫，早已摩拳擦掌的坊卒飞速上前，一拉，一按，张元昙就被"扣"在了地上。

杨藏英本想上前说两句，可还未张口，就被狠狠地推到了一边。他脚步不稳，一阵天旋地转，再回神，只见张元昙已经被绑得严严实实，口中惨叫连连："不是我！不是我！"

"就是他！"在他面前，胡服女子叉腰喝道，"就是他！刚才撞了燕云！抓他！"

随着她的声音，那几个坊卒用上了更大力气，把张元昙的上半身用力地按了下去。张元昙近乎本能地挣扎起来，他扭动身子，口中喊叫。这个时候，有什么东西从他的杂毛外袍前胸滚了出来。杨藏英一看，那是十几个铜钱，应该是他当掉狐裘的钱。铜钱咕噜噜地往人群中四散滚去，围聚的路人见了，欢天喜地争抢起来。

"别……"张元昙声音微弱，"那可是我的全部家当……"

"果然穷酸！"胡服女子喝道，"难怪要做偷儿！"

她的话仿佛让张元昙偷窃的证据又多了一层，那个头儿模样的人把手一挥，喝道："把他带回去！"坊卒将捆着的张元昙拽起来，眼看就要拉走。周围的人忙着捡铜钱，没人理会。杨藏英站在原地，一时也不知如何是好。就在这个时候，突然有个身影闪到了坊卒面前，双手张开，用很轻很轻的声音说道："不成……等等！"

坊卒头儿一愣，问道："小姐还有什么事吗？"

这人不是别人，正是刚才抱着匣子，看起来羞涩怯懦的慕容燕云。

"他，"慕容燕云飞快地指了指后面的张元昙，"有人看见他偷东西了吗？"

她这么说，那胡服女子立刻又聒噪起来。杨藏英花了好长时间才明白，慕容燕云的意思是，张元昙偷窃的事情没有人证。坊卒头子想了想，用一副哄小孩的语调说道："小娘子，东西是从他身上掉下来的。就算没个人证，也可以推断是他偷的吧。"

"我觉得这不对。"慕容燕云正色说道,"东西在他身上,不能说一定是他偷的呀。"

路边有人发出笑声,他们或许在想,这位娘子莫不是个白痴,竟在这种明显至极的事情上纠缠不清。而在她对面的坊卒头子,显然也对她很不耐烦,只不过碍于她的身份,强忍着没有发作。至于那个一直高声叫喊的回鹘装女子,直接拉住了慕容燕云的手,似乎要把她拉开。在这混乱的旋涡中心,慕容燕云露出了为难的表情。可她始终没有挪开,只是呆呆地立着,硬是不让人带走张元昪。这场有点好笑的争执吸引了所有人的目光,几个原本按着张元昪的坊卒,也都跑过去看热闹。杨藏英拿着发钗,有些茫然地站在原地,突然听见一声轻轻的呼喊:"杨小郎君、杨小郎君!"

"谁叫我?"杨藏英本能回应。循声找去,发现那声音来自半跪着的张元昪。他虽然被绑住,但仍旧向杨藏英偷偷使着眼色。杨藏英会意,轻手轻脚地绕过看热闹的人,走到张元昪的身边。张元昪略看了看,微微偏头,凑到他耳边说道:"让我看看那钗子……"

杨藏英看他神色严肃,就依他所说,把掌心摊开,让他看个仔细。张元昪起初神色黯淡,但看了一眼,眼神突然亮了起来。他抬起头,对杨藏英露出个笑容:"杨小郎君,都是御史台同僚,难得在此处遇见你,要麻烦你卖我个人情啦。"

他说得郑重,杨藏英不由得好奇:"什么人情?"

"你凑过来。"张元昪示意,"一会儿劳烦你,按我说的去做。"

杨藏英答了声"好",凑近去听。听着听着,他的眼睛也亮了起来。片刻后,他走到坊卒和慕容燕云面前,那头子还在和慕容燕云僵持,见到他,就像见到救命稻草,急急说道:"小郎君!你快把赃物给这娘子看看!帮我劝劝她,不要再阻挠我们执行公务了。"

杨藏英没有接话,只是又迈出两步,走到围观众人面前。此刻,他前方是经过的路人，后方是坊卒诸人，他像个卖艺人那样，高高地举起手中的钗子，用尽全身的力气喊道："各位，请看这枚钗子，琥珀钗！"

事出突然，坊卒和路人都吓了一跳，直直地盯着他看。慕容燕云和胡服女子也停了争执，看向杨藏英站立的地方。众目睽睽之下，杨藏英一手举着琥珀钗，人却弯下腰去，捡起地上一片枯叶放在手心，又握住手掌，再摊开时，那枯叶已被捻成细细小小的碎片。

"莫要玩闹！"坊卒头子发出呵斥，迈步走到杨藏英身后，"敬你也是读书人，我们不动粗。但你要故意捣乱，我们连你一起抓！"

"丈人不急，您请看。"

杨藏英略略转身，举起那满是枯叶碎片的手掌。枯叶本就轻薄，被捏碎后更是细小，宛若沙尘般，仿佛呼一口气就能吹走。杨藏英又举起右手，把发钗镶有琥珀的一端，向左手掌中的碎叶靠近，再靠近，甚至在那枯叶碎片上转了一下，两下。

在场之人都不知道他要干什么，有人粗俗笑道："这是干吗，棒捣碎叶？"

杨藏英没有理会，缓慢而专注地将发钗在掌中又搅动一回，这才重新举起，抬头问道："各位，这钗子和刚才有没有什么不同？"

围观之人存了看热闹的心，纷纷抢答道："没变化！"

坊卒头子又想呵斥，但见杨藏英举动怪异，一时间也没说话，只是死死地盯着他的背影。杨藏英看准时机，突然迈步，转身跑到还被绑缚着的张元昙身边，一把扯住他那杂毛外袍，露出里面兔毛羊毛混杂的毛里子，把那琥珀玉钗放在上面来回擦了四五次，旋即站起来，又一次举起手掌，像方才一样，把钗子琥珀的一端靠近碎叶，这一回，所有人都看见了——

琥珀还在距他左手掌心半寸高的地方，细碎叶片就如铁遇到磁石般，倏忽飞起，沾到了琥珀之上。不过眨眼之间，棕色琥珀满满地沾上了碎叶，雕刻的鸟儿已看得不甚清楚。

"呜哇！"围观之人中有惊叫传来，"何等神奇的戏法！"

坊卒个个看得合不拢嘴，就连那胡服女子也惊得呆了："这、这是说……"

"不，不是戏法。"杨藏英再次抬手示意，他转过身道，"丈人、娘子，要知道，琥珀这种东西，与毛皮一类摩擦便可吸起细小之物。今日天候干燥，更是如此。如果真的是张兄偷了钗子，"他伸手一指，"他肯定要把钗子藏在外袍之中，那袍子里面是兔毛和羊毛，钗子定会与皮毛相触、摩挲——这和我刚才做的没什么不同。"

他顿了顿，又道："我第一回比画时，距离钗子掉落地面不久。若真是张兄偷的，那时琥珀便会吸起碎叶子。可诸位也都看到了，无论我如何摆弄，碎叶都吸不上来。"

起哄的人们安静下来，这琥珀吸碎叶的原理虽然复杂，很多人一时半会儿明白不了。但见到杨藏英两次摆弄的事实，众人都觉得，偷盗之人绝不会是张元昙。杨藏英趁热打铁，对那坊卒头子说道："可想抓住真正的偷儿？"

头子喜道："怎么？小郎君可有办法？"

"那就请丈人排查人群中身穿麻衣之人。"杨藏英指了一圈，"麻衣与布、皮不同，琥珀藏于其中，无论如何擦碰，都不会令其吸起细物。今天天气寒冷，大家大多穿毛皮狐裘，穿麻衣的本来就……"

他话还没有说完，突然有个人左右冲撞，冲出人群，拔腿狂奔。在他的身上，一件麻布长袍飘飘忽忽。看这情境，坊卒们立刻明白，二话不说，大步追去。余下几位见真相已经大白，就疏散了等候的路人。不过片刻，原地只剩下坊卒头子、两位女子以及张元昙和杨藏英。见无人前去松绑，杨藏英走到张元昙背后，解开绳子："张兄委屈了。"

"哪里，还得感谢小郎君信任，这可是救命之恩。"

坊卒头子立在一旁，有些手足无措。杨藏英见状，就将绳子收了，双手奉到他的面前，沉声道："眼下看来，是那个麻衣人扒窃了娘子的饰物，看见坊卒追来，又见张兄被挤走，就把那发钗丢到他脚下，引得其他人误会张兄，自己趁机脱身。"

坊卒头子心知自己犯错，也只能硬着头皮夸赞道："多谢小郎君，实在厉害。"

"不是我，是张兄同我说的。无论琥珀钗还是麻衣袍子，全是他的推断。"

杨藏英伸手一指，张元昱正坐在地上，揉着生疼的手腕。见坊卒头子看过来，他故作无奈，带着一丝嘲讽说道："倒霉，倒霉，今日当了仅剩的狐裘，想凭着那几个钱再撑一撑。如今可好，钱财没了，身无分文。小郎君，要度过这艰难时日，还真是有些难啊！"

他的意思，是要那坊卒头子赔他钱财。坊卒头子不好答复，只得低头不作声。张元昱见他缩了回去，撇了撇嘴，似乎又要讽刺。就在这时，突然有个人迈着碎步，横到张元昱和坊卒头子之间。是那个胡服女子，只见她双手叉腰，仍旧是气鼓鼓的模样。但沉吟片刻，她突然指向张元昱："把手伸出来！"

张元昱一愣，不知道她要做些什么，便向杨藏英投去求助的目光。杨藏英也猜不透，只得摇头。那女子见张元昱迟迟不伸手，倒是自己先伸出手来。她的手掌上垫着一张轻薄的手绢，里面有个金灿灿的东西。

她趾高气扬地哼了一声，对着张元昱把手绢一伸："燕云给你的，拿着吧。"

那是个金色的小佛像，有拇指盖那么大，在日光中分外耀眼。

张元昱呆住了，反手指了指："这个，给我？"

"对啊。"胡服女子挑了挑眉，"还不拿着？"

张元昱又看向了杨藏英，这回，他的呼吸变得粗重。但不等杨藏英回应，他已经扭过头，沉声说道："不必。我是很穷没错，但我只想拿回典当狐裘的钱，这佛像也太贵重了，多太多了……无功不受禄。"

杨藏英在一旁眯着眼睛看向他，突然觉得自己这位同僚，或许比表面上看起来更加正直和有趣。他正思虑，旁边响起一阵"哈哈哈"的笑声，只见胡服女子夸张地掩嘴笑道："你还当真了，这不是真金，是假的，假的！是那庙里和尚用泥金做的，只要去求，就能拿到，跟孩子的泥娃娃差不多，看着像金的而已……"

她不掩自己鄙视的神色，大声嘲笑。杨藏英和张元崟都觉得尴尬不已，却又不好阻拦这一片好心。两人拿也不是，不拿也不是，一时陷入了僵局。好在此时，旁边的慕容燕云走了过来，双手合十，轻声道："郎君收下吧。佛说人与人之间都是缘分，今日得蒙郎君相助，你就当留个纪念。"

这一番话说得倒是合情合理。张元崟抬起头，注视着一身华服的女子。现在，慕容燕云整好了自己的帷帽，薄纱之下，看不清她的眼睛，也看不清她的神情，可张元崟还是用非常严肃的态度，一字一句地问道："你为什么相信我？"

"哎，相信你？"慕容燕云有片刻的惊讶，低低地说了句，"佛祖也曾犯下过错，我们凡人更是如此。我想，多问几句，总是没错的。"

一旁的杨藏英听得直摇头。他心想，这慕容燕云当真像孩子似的，有些呆呆的，却也不失可爱。扭过头，杨藏英看到张元崟的头低了下去，耳朵边缘泛出重重的红色，片刻后，只听他用干涩的声音笑道："多谢小姐好意，这金佛我就收下了。今日我洗脱冤屈，有小姐一份功劳，愿佛祖算上小姐一分功德，保佑小姐平安喜乐。"

"嗯，好，郎君……"慕容燕云微微抬头，似乎在看向张元崟，然后她在袖子里摸索了一下，摸出两个略带黄色的银纸团子，"再给你这个，去换回衣服吧。"

"这……"张元崟有些为难，"这又是什么？"

"我家自造的香丸,是我身上最便宜的东西。"慕容燕云一片天真地说道,"外面买不到的。郎君可找地方卖了,换回你的狐裘。"

张元昪有些僵硬,还是没有接。倒是一旁的胡服女子忍不住了,猛一伸手,从慕容燕云手里抢下香丸,连同那个包着手帕的金佛一起,一股脑塞到张元昪手里:"得了得了,别推来推去啦,咱们就此两清,啊……多谢哈!"

杨藏英也觉得,再说下去只会更加尴尬。想了想,他上前施礼圆场:"有劳两位娘子。"话还没说完,胡服女子已经拉着慕容燕云要走。

慕容燕云走出几步,到底觉得不妥,还是停下,向着张元昪的方向叉手行礼道:"期待与郎君有缘再见。"

张元昪点了点头,抬眼目送两人远去。见他的目光没有一刻偏离,杨藏英觉得有些不妙,不由得思考起来,要不要提醒张元昪,慕容燕云最后的话应该只是客套。看她和胡服女子的言语做派,绝对是长安城中的高门贵女,不是他们这样的小官小吏可以染指的。不过事实证明他多虑了,张元昪长长地叹了口气,在长安城冬天略带寒冷的风中,这声叹息化作清晰可见的白雾。然后他对杨藏英笑笑:"走吧,小郎君。"

杨藏英看见,他把金佛和香丸小心翼翼地捏在了手里。

"——就这样,这件事后,张兄跟我熟络起来,在御史台中时常一起做事,偶尔也一起游玩。别看他在这里玩不开,真的探起案来,当真是个很有趣的人。"

说完一长段故事,杨藏英倚在小柳膝上,笑着说道。不过笑着笑着,他又想起张元昪始终不愿说的无名墓之事,不由得有些感慨,或许自己还没有完全把他看透。

坐起来,他饮了一口酒,继续说道:"当然咯,那时候我们也不知道,慕容燕云是将军千金，是我们真正高不可攀的人。"他抬起头，"也没有想到，两年后，竟然是这样跟她发生了联系。"

"后来，你有给她去过信吗？"小柳天真地问了一句，"按说，你们这些士子，应该喜欢给他们这样的高贵门第写信，求他们赏识吧？"

"我倒没有。张兄写过，不过呢，从没有回信。"

杨藏英笑着答，心中却想着，张元昙大约写了很多求赏识的话语和诗句。但给慕容燕云的信里，有没有夹杂着那一丝还没开始就结束的微妙情愫，就不得而知了。他只知道，张元昙为了证明慕容燕云的清白无辜，绞尽了脑汁，即使在深夜，也依旧躲在那仓室中，阅读案卷，思考案情。那一豆灯光摇摇晃晃，像慕容燕云留下的香丸之中，一缕若有若无的淡香，极易被掩盖，却又无法被抹去。

"慕容家的香丸……"小柳也在自语，"我听说过，说是单用味道很淡，但和其他香料混合的时候，反倒能增强别的香料的味道。对了，我还听说，这种香粉略微加热，就可以出现漂亮的玫红色，做眉粉，做胭脂，都很不错……"

说到妆粉，女儿家总会说个不停。杨藏英笑着摇头："那你下回和张兄说说，看他能不能分一点给你。"

小柳白了他一眼："这可是你那张兄的宝贝，我还不至于夺人所爱！"

他们两人随意地谈着，聊起这个，又说起那个，谈了好一会儿，笑个不停。大约半个时辰后，杨藏英看着外间细细密密的雨丝，轻声说道："看来你说的没错，张兄是不会来了。"

放下了酒杯，他轻声说："那么，小柳，我该走了。"

"去吧。"小柳说着，轻轻打开了帘子，"御史台，真是忙碌啊。"

第十章
蛛丝觅

四月，细雨如往年般悄然而至。

就在细细密密的雨丝中，御史台联络大理寺，开启了比雨幕和蛛网还要细密的层层调查。两处的台官、司直人手不够，连仆役都带上了。据说御史大夫、大理寺少卿考虑过让刑部也加入，最后还是为了不多生枝节，不了了之。

当然，也有人说，是刑部高官与皇后不睦，不想参与此事，托词拒绝。

但无论如何，动用了诸多的人力物力，都是为了找出张元晁说的那个可能的"此人"。

台官连同仆役们通宵达旦，把所有的人都问了个遍——无论是到过绿槐宅子里的，还是慕容燕云身边的。在这些数不尽数的人群中，最显眼的当然就是那个幻戏师，乞伏弼臣。作为目击证人，也是唯一一个常来绿槐宅邸的青年男子，他具有的嫌疑不言自明。

盘问的那几天，乞伏弼臣并没有穿他那装饰有鸟羽和丝绒的七彩戏衣，也没有戴那遮住左眼的白瓷面具。他只穿了一件青色的袍子，头上裹着低调的青巾。轮到他时，他在一众台官的注视中，不慌不忙地走到自己的坐榻前，躬身而拜，坐下，先自我介绍。

"在下乞伏弼臣，是一名幻戏师。平时居无定所，在长安各处酒肆卖艺为生。遇到绿槐姊姊家中有宴席时，她派人传话给我，我就去她永乐坊那间宅邸，表演幻戏。"

"证词所说，你是吐谷浑人？"

"是。论血统，在下是纯正吐谷浑人。不过我自幼在长安平康坊中长大，所受教导，所说话语都与长安人无异。那句话怎么说来着？空有一身胡人皮，内里还是长安水。"

他说得没错。虽然他刻意做了长安普通人的装束，但可以看出，他的肤色更为黝黑，面颊微微发红，鼻梁略高，胡人的影子无法抹去。

又有台官问道："你平日里表演的是什么幻戏？"

"很多，黄龙变、植瓜戏、神仙索一类。"乞伏弼臣答道，"最擅长的是烟雾幻戏。"

这样说着，他站起来，与台官确认后，就将袖子一挥，让里面喷出一道灰色烟雾，烟熏火燎的气味瞬间充满了讯问室。乞伏弼臣又将手一挥，烟雾中突然出现两只兔子的虚影，虚影蹦跳着，翻个跟斗，在空中化成金灿灿的"史台"两个字。

骞为道最先觉察到什么，捅了捅旁边的鱼余业，鱼余业会意，露出个促狭的笑。但在另一侧，白丁仆役们看到这景象，都拍掌喝起彩来，唯有那来贵极站在正中，面无表情。这神情正好被乞伏弼臣窥见，他赶紧将袖子又一挥——

顷刻间，不论是烟雾、兔子还是金字，瞬间消失无形。

他在掩饰，来贵极却不放过他，脱口问道："'史台'是什么？"

乞伏弼臣挠挠头，爽朗笑道："抱歉，本想献上'御史台'三字，可惜我学艺不精，做不出那么难写的字，见谅，见谅。"

这边坦率承认，来贵极也没了办法，只得退到一边。

杨藏英在旁看见，不禁揣度，这幻戏师倒不像个心思深沉的人，于是上前问道："你在绿槐宅邸的宴席之上，也表演了这样的幻戏？"

"宴席时，我一般和绿槐姊姊搭档表演掌上舞，她是主角，我做陪衬就好。如果客人有兴趣，我就再演一些刚才那样的小戏法，变出花朵、金字一类的。这些戏法不难，但看着喜庆，客人喜欢。"

他话说得很轻松，带着卖艺人特有的谦卑和圆滑。杨藏英和其他台官也不打算再与他的幻戏纠缠，就直接进入了盘问的核心："慕容宝节将军家的小娘子，慕容燕云，你可熟识？"

"那要看这'熟识'怎么说了。各位请看——"

乞伏弼臣从前襟中取出一沓纸，很厚，有几张已经微微发黄。纸面之上，一行行的，是用朱砂写就的细小文字，全是"戊午七月初八未时""己未四月十三辰时"这样的日子和时辰。有时连着数天，有时一隔隔了半月。而在每个时辰旁，都有人按了手印，画了红圈，像是有什么人执着软笔，将这些时间批阅一番。

看着台官们惊讶的眼神，乞伏弼臣解释道："无论是掌上舞，还是幻戏，都需要提前准备，提前排练，所以我免不了早三五个时辰来到绿槐姊姊的宅中，有时甚至会待上一整天。绿槐姊姊事情太多，不能时时刻刻都看着我，如果遇到慕容家小娘子来找她玩，那我的确有时间和机会去亲近那位娘子。但是……"他突然加重了语调，"但是那样的高门贵女，我怎么敢去轻薄？为防他人口舌，也为了不让家主误会，给自己添麻烦，我就请宅里的仆人和我一起，做了这张朱砂纸。"

乞伏弼臣拍了拍那沓纸，继续解释道，他主动立下规矩，只要绿槐不在他身边，就派一个老嬷嬷或者小丫鬟跟他，保证他从没有接近慕容燕云五步之内，也没有在她可能经过的地方留下书信、私礼之类的东西。待到宴席结束，他便在纸上记下当天的日期时辰，再由跟着的那人按下手印，并转交慕容宝节验看。若是慕容将军觉得没有问题，就会在时辰旁边划个圈，以示看过，那人再将朱砂纸还给乞伏弼臣，以便下次再用。

"这规矩古怪滑稽，让各位台官见笑了。但我不过是个幻戏师，也想不出其他的办法。"乞伏弼臣苦笑道，"宅中的青娘、双娘、李大娘、张大娘都跟过我，可以为我作证——我总在长廊一处练着幻戏，连小娘子五步内都没有接近过！更不要说其他……"

他说得合情合理，证据和证人也充分，台官们虽然心中存了几分狐疑，一时间也无话可讲，只得询问下一个证人。

下一个证人，是慕容家的烧火丫头爱娘。

她被带过来的时候头发散乱，只穿一身粗布衣，丰腴到肥胖的肉几乎要把衣服撑开了。她的腰间有一条链子，上面密密匝匝地挂着廉价的簪子、戒指、香球、玉佩一类，只一动就叮当作响。之前绿槐已经说过，这个姑娘脑瓜子不好，智识如同孩童一般。但正因此，她不会说谎。于是台官们也只能无视她有些不成体统的扭动，问道——

"你跟主人家的小娘子说过话吗？"

"没啊。"傻姑娘使劲摇头，"小娘子不是聋子吗？"

"聋子？"

"对啊！哪个人跟娘子说话，她都不理不睬，她自己也不跟他人说话，不是只有聋子才这样吗？她倒是自己跟自己说话，不知道她听不听得见哇？"

这一番颠来倒去的疯话让台官们面面相觑，不过他们仍问下去："慕容家小娘子平日都干什么？"

"坐在中间那个亭子里。"爱娘说着,"扑来扑去的。"

"扑?扑什么?"

"什么都扑。春天扑蝴蝶,夏天扑蚊子,秋天扑落叶,冬天扑雪花。反正就是这样,咻,一下,又这样,哗啦,一下。要不呢,就臭美,臭美,臭美。"

花了好长的时间,台官们终于明白,慕容燕云不在绿槐卧室中的时候,就自己一个人坐在宅邸中央的亭子里,独自摆弄自己的团扇。爱娘的话语,除去证明慕容燕云确实不与人说话外,并没有新的证据。

下一个,再下一个,还有一个。几天过去,宅中的管事大娘和仆役统统问过,他们异口同声地说着慕容燕云的贞淑和沉默。至于被临时请来的乐师和舞姬,他们则连慕容燕云的名字都没有听过。台官们筋疲力尽,神秘的教唆之人始终不见踪影,询问陷入僵局。

反复的盘问之后,那些偶尔到来的花匠和泥瓦匠变得无话可说,他们不得不讲起绿槐宅邸里盛开的兰草和牡丹,或是建筑中特殊的装饰。他们说起那宅邸里的花窗,那些西域来的琉璃工艺,甚至还说起永乐坊之中关于凶宅、古墓乃至东方朔坟冢[①]的古怪传说……

"对了。"有个工匠提及,"说到长廊里的廊柱,那顶上的涂面由东海的贝壳和银子加工而成,和镜子一样光滑。平时只能照出影子,可光照上去,比镜子还亮,还能射出七彩光晕,既能照亮庭院,又是吉兆。现在的高官贵族可喜欢了。"

他们连传闻都说了,就是没说出慕容燕云身边有一个停留时间比较长

---

① 传说永乐坊横街上有古坟,是东方朔的坟墓,唐朝已有人认为此事虚无缥缈,当不得真。

的朋友或过客。

几日折腾，都没有问出一点可能的证据，台官们嘴上不说，心中都有些气馁。他们不由自主地把希望寄托在张元昙身上，希望这个三度让案情峰回路转的人再次灵光一闪，让那个幕后之人腾的一声现出身形。可张元昙却让所有人都失望了，他重新陷入沉默，即使在询问证人的时候也不见他提出一句问题。虽说他在思考的时候会变得寡言，但这回也太奇怪了。阴暗的天气里，谣言如同雨丝落地的雾气，渐渐地升腾起来——

"事不过三，张元昙怕是不行了吧？"

纷纷扰扰的话语之中，台官们的支持消失了，只剩下杨藏英还坚信张元昙一定有法子。这样的景况下梁老主簿也变得焦虑，他日日来查看，每当看到那堆积如山的笔录却毫无进展时，都会长长地叹一口气。又过了几天，眼看再也没有新的转机，他终于开口了："如果没有问出来，就把证人都放回去吧。我去给卢夫人写封书信，把这些都给她说了。"

他既这么一说，众台官也轻声叹息，开始收拾起来。

而就在这时，张元昙站了起来，高声喊了一句："主簿留步！"

梁老主簿急急转头："有什么事？"

他这一声喊仿佛号角一般，所有人都在心中期待，期待张元昙像前面一样说出一整套的理论。然而和之前迫不及待地想展现自己不同，这一回的张元昙出奇谨慎。他四下张望了一番，然后走到主簿身边，飞快而低声地说道："能否与您单独谈谈？"

"好。"梁老主簿随口应道，但抬头看见对面的张元昙，面容是从未有过的慎重。梁老主簿敏感地觉察到事情的状况，立刻改口道，"若是你要讨论案件，还是加个见证人比较妥当。你看，杨小郎君可以吗？"

张元昙当然不会拒绝，他看了杨藏英一眼，说："也好。"大约一炷香的时间后，三人已经身在御史台深处一间谈话室内。这间谈话室阴暗而隐秘，几乎不会被人找到，可张元崱还是小心翼翼地检查了一遍窗口和门口，这才对梁老主簿说道："主簿，最近这案子，是不是被频频过问？"他张望下，又道，"被圣上、皇后。"

"你怎么知道？"梁老主簿惊问，"好灵通的消息。"

"不，这一层，我从来没打听过，只是我的推断。圣上、皇后勒令深究此事，恐怕不是我们表面看到的那么简单。"

这事虽然尽人皆知，但他一介流外官，竟出言提到圣上与皇后，杨藏英听闻，不禁暗自吃惊。梁老主簿却不置可否："此话从何说起？"

"梁主簿，杨小郎君，你们也知道，之前我都在仓室中看卷宗，把案中两人的关系都看了个遍。先看慕容宝节，他出身鲜卑慕容氏，是吐谷浑国皇室支脉，父亲是开唐就投奔高祖的武将。换句话说，既是外国皇族，又是开国大将的后人。想来，只要大唐一天与吐谷浑有交流，他就能一日在朝堂上受几分礼遇。"张元崱轻声说道，"他与长孙丞相一般，算是朝中老臣一派。"

张元崱不过是个书令史，竟然对离他非常遥远的朝政有着如此清晰的认知。杨藏英和梁老主簿一齐看向他，两人心情各异，却都为张元崱接下来要说的话感到好奇与深深的担忧。

在他们惊讶的目光下，张元崱继续说道："至于死者杨思训，他的品阶比慕容宝节低一点，但身世也算显赫。他的祖父是前朝郡王，他所属的弘农杨家，也累世与皇室联姻。不过，这些都不重要，重要的是他祖父弟弟的女儿，正是当朝皇后的母亲。细究一下，杨思训和皇后，可是嫡亲的表姐弟关系！"

这件事绿槐曾供述过，张元崱此刻重新谈起，令梁老主簿敏感地意识到什么，他难得地显露出焦躁，不停地捋着胡须。

"主簿。"张元崱压低声音，"长孙丞相，去年七月才……"

长安一百零八案：蚍蜉杀　　101

说到这里，他停住言语，抬起头看看杨藏英，又看看梁老主簿，似乎在询问是否要说下去。梁老主簿咽了口唾沫，他的皱纹在轻轻颤抖。沉吟片刻，他说道："先讲吧。"

"长孙丞相，去年七月才自缢而死，朝中老臣一派的高官，有不少被贬，削去了官职，也有不少被流放，离开了长安城。但算一算，到底是根基深厚，剩下的官员还不少。"张元昪顿了顿，"与之相对的，皇后参政后提拔了很多年轻人。这些年轻人大多来自外戚的杨家、武家，自成皇后一派。这一派的人数虽然比不上老臣，可论势力，论官职，已经能和老臣一派相对抗了。最重要的一点，他们的背后，有掌控了权力的皇后撑腰——想来，这次皇后大张旗鼓地回并州省亲，也有着向老臣派示威的意思吧。"

这番话简直是妄议朝政，若在外面被听着了，搞不好是要被抓走的。杨藏英抹了把汗，心想好在张元昪把梁老主簿拉进了密室。这事如此重大，即使是有些鲁莽的他，也不敢在外声张。而梁老主簿低低叹息了一声，道："你说的都是事实。只是，元昪，这和毒杀案有什么关系呢？"

"眼下看来，慕容宝节是正统的老臣一派。而死去的杨思训应该是皇后一派。"

"是啊。"梁老主簿接过话头，"有些同僚对立的因素在里面。"

"主簿。"张元昪抬起头，"并不是每个贵族的女儿都像这位慕容燕云一样，寡言少语，不擅交际。还有更多的夫人和娘子，在社交的战场上暗中使力，帮着她们的父亲和夫君，来扫清障碍，比如说，"他顿了顿，"卢夫人。"

他突然把话题从朝政转到女眷身上，杨藏英和梁老主簿都有些措手不及，只能睁大疑惑的眼睛，愣愣地看着张元昪。

张元昪轻咳了一声："我们都被框住了。"他继续说道，"毒杀案发生在正月甲子那一夜。我们自然会觉得，慕容燕云受教唆，应该也是当夜，或是当夜前不久的事，于是自然而然把凶手锁定在绿槐宅邸里的人，这个范围。

"可事情真是这样吗？会不会还有另一种可能？这起'教唆'早就发生了，不在今年，而在去年，甚至，更早。慕容燕云虽然不擅交际，但她毕竟还是个高门贵女，就算不出门，与其他家族的女眷写写信，交换交换礼物，这些事情总还是会有的。

"如果，有那么一两个老臣派的女儿或妻妾，在之前杨家有意提亲的时候就藏了一份心机。如果，这一两个有心机的女眷，在平日书信中就装作无意地'提点'慕容燕云，帮她准备一些'可以阻止结亲'的东西。再以赠送礼物为借口，送给慕容燕云砒霜，或是加了梅汁的盐丸。接着，她们就只需要等待，等待事情发酵，等到某一天，慕容燕云无法忍受，将她们赠送的东西加到前来提亲的杨思训的酒食中——这样一来，就可以不动声色地为老臣一派，除去这个皇后一派的敌人。"

"可是，"杨藏英问道，"万一慕容燕云没有下手呢？"

"这就是此手法的巧妙之处，慕容燕云没有下手，或是下手没有成功，当事人也不会有什么事。而慕容燕云成功了，细究下来，当事人做了什么呢？不过是把'保持青春用的砒霜'，或是'酸咸中和的调味料'交给了慕容燕云，她不仅没有任何的损失，还神不知鬼不觉地除掉了自家丈夫、父亲的敌人！"

"这，"杨藏英感叹道，"真是一场豪赌！"

"话是这么说，但一切只是猜测而已。"张元昊扭头说道，"主簿，我想去检视慕容燕云的书信……"

"书信？"梁老主簿闻言脱口而出，打断道，"你当真要看？"

张元昊被没有说出的半句话哽住了喉咙，一时有些发愣："怎么，不行吗？"

"写给慕容燕云的书信，一月就有上百封。若从更早开始算，大约有千封往上了。"梁老主簿长叹一声,"这可不是一时半刻能看完的啊,元昙。"

听他一说,张元昙有些迟疑。杨藏英立刻在旁接道:"主簿,之前查封慕容家的财产,我也有参加。因了慕容燕云书信过多,大家都没有细细查验。如今张兄所说,我觉得有几分道理。无论如何,我想去看一看,还请主簿帮忙通融。"

他说得诚恳,张元昙也躬身行礼:"请主簿应允。"

梁老主簿想了想,问道:"藏英,那些书信现在在哪里?"

杨藏英答话:"都在慕容家家宅,慕容燕云的闺房绣楼里。"

梁老主簿答应得倒是爽快:"毒杀案发生在绿槐宅邸。慕容家的家宅,只是因为主人被流放而暂作查封。你们要去倒是不难,我给那里的人写一封书信就好。但是,元昙,像你刚才说的,这件事牵扯朝廷中的派系,十分敏感,你和杨小郎君得隐蔽行事。"

张元昙面露喜色,和杨藏英齐声回答:"听凭主簿吩咐。"梁老主簿沉思片刻,告诉他们,他一会儿会宣布讯问结束,让证人全部离开御史台。按照台中规矩,杨藏英和张元昙要和其他台官一起,完成最后的画押,再将证人们送出台中。

"你们两人务必不动声色,先送出证人,然后带着我的书信,趁天黑之前赶到慕容家家宅,与那边大理寺的人说好,去做该有的调查。一路上尽量少见人,谨言慎行,免得让人起疑。"

两人自然满口答应。于是,一炷香的时间后,杨藏英与张元昙带着幻戏师乞伏弼臣,准备离开御史台。乞伏弼臣问是否还要再来讯问,杨藏英记着梁老主簿的嘱咐,只推说不清楚。乞伏弼臣觉察到他不愿说,也很谨慎地收了口,于是三人并肩,沉默地走着。走了一阵,快到西门,三人遇到了骞为道和鱼余业,他们也带着傻姑娘爱娘,正一步一顿地往外走去。

偶遇同僚,杨藏英正准备打个招呼,突然之间——

"抓到你了！你还是那么俊俏！"

一声娇喝传来，杨藏英只觉得眼前一花，耳边"砰"的一声，身体被一股大力推着，后退了两三步，再回过神来，只见肥胖的爱娘趴在了地上，手上抓着乞伏弼臣的脚踝。

杨藏英不由得一愣，张元昙呢？难道张元昙凭空失踪了吗？再一看，张元昙却是被爱娘整个地压在了身下。他挣扎着挥动四肢，伸手拼命向上推，但那肥胖的女子像一座雪白的肉山，推也推不动，挪也挪不开，他只能低声喊道："救、救命！"

乞伏弼臣也被吓住，使劲地甩动脚踝："男、男女授受不亲，你快放开我！"

爱娘哪里肯听，嘿嘿笑着，嘴角全是口水。旁边的骞为道首先反应过来，一边喊："杨小郎君，快来帮忙！"一边用力去拉爱娘。

杨藏英应诺，赶紧上前抓住爱娘的臂膀，死命拖拽，那胖女子却纹丝不动。肥胖不在她之下的鱼余业本不愿动弹，看这情景也上前相帮，三人使了吃奶的力气，连带后续来贵极等仆役也来帮忙，这才把她从张元昙身上拉起来。

混乱间，乞伏弼臣趁机挣脱。爱娘见状，又想去抓他，但被身后的人死死拉住，只能大声哭喊。她扭动身躯，双手双脚不停地摆动，不断有小戒指、小吊坠从她的腰间滑落，叮叮当当的，落了一地。

诸台官带仆役连拉带劝，好不容易把她制住，杨藏英出了一身的汗，无奈问是怎么回事，骞为道轻咳一声："这娘子，除了脑瓜子不好，还有些痴病……"

"痴病？"

"见到俊俏男子就要扑过去。"鱼余业抹一把自己额上瀑布般的汗水，"看到这位……这位乞伏郎君，就犯病了。"

长安一百零八案：蚍蜉杀　　105

"一时疏忽，没有抓住。"骞为道又轻咳，"连累你们了。"

既然如此，那也没法责备，杨藏英叹了一声，回过身，把坐在地上的张元昱扶起来。在另一边，乞伏弼臣已弯腰低头，把地上散落的东西一一捡起，郑重交到骞为道手里，骞为道或许嫌脏，没有马上接过。乞伏弼臣想了想，复又递给鱼余业。

"这是娘子珍爱的东西，还是交还她比较好。"

不待鱼余业动作，来贵极倒是抢先一步，将那些东西接下来。见他们两人小心翼翼地对待手里已经脱了皮的饰物，杨藏英不由得对乞伏弼臣有了些许好感。

他还没来得及赞叹，旁边传来一声惊呼，这回是张元昱："哎？金佛呢？我的金佛呢？"

抬起头，只见张元昱拉起衣襟，拼命翻找。

乞伏弼臣转过身去，看了一圈，热心地指道："是不是在那里？"

他所指方向是回廊角落，在那里，厚重的尘灰之中，有一抹暗淡的金色。

张元昱一看，笑了起来："果然，多谢！"他飞奔过去。

几乎同时，杨藏英看见，乞伏弼臣做了个动作——他飞快地把伸出的手指屈了，整个手握成拳头。这一切都被杨藏英看在眼里，他本能地脱口问道："在哪里？"

乞伏弼臣抬了抬握起的拳头，用指节示意："那边。"

但他迅速收了手，动作太快，杨藏英也没有看清。

那边张元昱捡回了慕容燕云赠予的金佛，不顾身份，向乞伏弼臣道了声谢。乞伏弼臣愣了愣，但也笑着回礼。骞为道、鱼余业觉得不好久留，就催着来贵极一同拖走爱娘。几人各走各的，直到御史台正门前，乞伏弼臣才客套一番，与两人告别。

他的身影刚消失在街道上，杨藏英立刻轻声问道："张兄，现在就走吗？"

张元昪却似迷糊了一般，口中喃喃地说些什么。

杨藏英推了推他，问道："你怎么了？我们不是要到慕容家去吗？"

"你刚刚有没有闻到一股味儿？"

"味儿？"杨藏英抽抽鼻子。

"怎么说……有点儿像生肉，又有点儿像香料，哎呀，用嘴说实在说不清楚，也不知是那乞伏弼臣身上的，还是爱娘身上的味道……"

他这么一说，杨藏英才隐隐想起，刚才混乱的时候，气味确实有些古怪。但鼻中所闻到的稍纵即逝，现在靠回想，也无法想得清晰。张元昪听罢，便说不追究此事，还是赶路要紧。两人走出御史台，行得飞快，不到半炷香时间，就赶到慕容家宅邸。

慕容家的宅邸位于皇城的东南角崇仁坊，从这坊前往繁华的东市不过百步的距离。这里可以说是长安城中最方便，也最昂贵的住所，随便一座房舍都价值万金，而要在此居住，光有千金万金的资费还不行，还要有足以让人仰视的高高官职。

张元昪随着杨藏英来到此处，只见大门紧闭，上面雕花积满尘灰，但掩不住一缕若有若无的木香。这或许是传说中的檀香之木，他一边心中想着，一边伸直双手，往身体两边探去。

"你在做什么？"杨藏英起疑，然后马上明白，"别量了，这富贵人家，门都是修得能供四匹马拉的车子通过的。"他觉察到什么，又伸手一指，"这还是小的，后面还有足足八进的大院子呢，足够你量个过瘾。"

面对他的揶揄，张元昪也只能露出苦笑。而在说话之前，他们已敲响这扇大门，直到此刻，才有个与两人年纪相仿的郎君慢慢走出来。他外罩深色外袍，应该是大理寺的司直。见到两人，他上下打量一番，才狐疑道："两位是……"

杨藏英拱手："原来是崔司直，辛苦守在这里了。我是之前来此搜查过的台官，奉梁老主簿之命，再来这里查看。"

提到御史台，眼前的崔司直脸上立刻闪过一丝不快，他打了个大大的哈欠，把不耐烦几乎摆在脸上。杨藏英深知两处的关系微妙，立刻掏出主簿的亲笔信，递到他面前，又说了一长串客套话。崔司直起初懒洋洋地接过，还是不愿搭理的模样，但扫过信件几眼，他的动作突然停滞，抬起头，睁大眼睛："你是张元昙？"

"对。"张元昙淡淡应道，"有什么问题吗？"

崔司直的眼睛睁得更大了，他死死地盯着张元昙看，似乎有千万个问题要从他紧抿的嘴角里奔涌出来，可他最后并没有说什么，只是退后一步，恭敬地打开门，把两人让了进去，自己则转身，迈开大步，跑了开去。

这景象有几分失礼，也有几分莫名。张元昙看着他慌慌张张远去的背影，指了指以示疑问，杨藏英立刻笑道："正想给你说呢！现下看来，你比梁老主簿还要有名。"

"好了。"张元昙无奈打断，"别说笑了，正事儿要紧。"

杨藏英合了手，微微地拜了拜，以示道歉，又笑道："是想和你说，他——大理寺司直崔辕，确实是个怪人。这人平时聪敏，无论是证物，还是证词，他只要看一遍，就能过目不忘，哪怕过去十天半个月，再度问起，他也能像在眼前一般记得清晰。但是嘛，他另有一个缺点，记不住人的脸。"

"是吗？"张元昙仰头看崔辕离去的方向，"确实是怪。"

"别看他方才看你看得那么仔细，下回再遇见，他还是会一本正经地问你：'初次见面，郎君到底是何人？'这人在大理寺挺有名的，除去这怪癖，倒是个做司直的好材料。"

他二人正这么说着，崔辕又急急忙忙地跑了回来，看样子似乎去找了不少人，才终于把要找的人带来。在崔辕身后大约五六步远，走着一个白服老人。他早已干瘦枯槁，脚步踉跄，白衣上也有不少污渍，但他仍旧穿着，也尽力使腰杆笔直，仿佛在坚守着这败落大家仆役最后的尊严。崔辕也没有催促，直等着老人走到面前，才相互介绍："这是慕容家的管事，也是最后留下的仆役。老丈，这两位是御史台的台官……"

老人抬起没有光彩的眼睛，生硬地问道："你们要看什么？"

"慕容家小娘子……慕容燕云的东西。"

张元昺如此答道，老人略微矜持地点了点头，就自顾自地向宅邸深处走去。杨藏英也不停留，立刻跟了上去。张元昺虽觉得有些不妥，但也只能迈步跟上。很快，他就明白自己的同僚为什么这么做，慕容家的宅邸实在太过于宽大，不像赶路一样迈着大步，一时半会儿是走不到自己想去之所的。

大门之后十几步是六角攒尖亭子，柱子也是上好木料，墨绿琉璃顶，材质、描画，无一不是富丽堂皇、浓墨重彩，即使如今已无人打理，还是能看出昔日繁华。亭子东西两侧，各并列着独立的三层小楼，都是白墙绿顶，但如今窗棂剥落，无人居住，里面黑漆漆的，只有鸟雀停在屋檐下，不时地啄着蚊虫。

又往后十来步，穿过一间蓝顶小堂屋，走入一个宽阔的庭园。园里种满牡丹，在这春末仍旧疯狂地开着，姹紫嫣红，层层叠叠，与四周那空无一人的楼宇相配，满是凄凉的味道。除去这些花卉，园子正中铸有不小的八角亭，但并没有放置富贵人家惯有的假山，视野十分宽阔。再往后，则是更加富丽堂皇的正堂。正堂之后又是花园，如此循环往复，大约走了三四回，才终于到达一处独户的三层小楼。和之前的楼宇相比，它显得略微娇小一些，但顶楼四周砌有高台，翘起的檐角如同鸟翅，下缀叮当作响的铜风铃，大红色的门柱与窗棂，仅剩几缕的珠帘和香纱，这些蛛丝马迹展示着这里曾经是一个小娘子的绣房。

"就是这里了。"老仆停下脚步,掏出腰间作响的钥匙,就要伸向重重的锁。

"等一下!"张元昰发出一声低沉的叹息。他不安地搓动着双手,片刻后,用更低的声音问道,"她是……她是怎么摔下来的?"

提问并没有换来老仆的任何回应,他只是沉默地开了锁,用苍老的手推开绣楼的大门,门吱呀一声,仿佛发出一声悠长的叹息。

第十一章
源头探

迎面是一条狭窄的楼梯，若拾阶而上，可一路直到高处。

杨藏英知道，在不久之前，这里还立着两个面色严肃的婢女，盘问着任何一个想要上去的人。他伸手拍了拍身边张元昙的肩膀，对那老仆说道："请老丈带路吧。"

老仆却不抬脚，只是站在梯口，到了如今这个境地，他也不愿破坏慕容家严苛的规矩。杨藏英略想了想，自己迈步先上去，很快听见张元昙跟上来的脚步，两人一前一后地走了一阵，便到了楼梯的尽头，那里是绣楼的顶层——刚才他们外间看见的露天凉台。

凉台不小，来回足有三十余步宽，边缘有不到人膝盖高的栏杆。如今，除去碎裂的瓦片、扯坏的布料，仅剩下一张破破烂烂的卧榻，没有靠背，也没有步障。

张元昙立在原地，犹豫了片刻，还是迈步走了过去，在卧榻上坐下。三层的绣楼本就高，这搭起的凉台就更高了，在这里坐着，能将周边数坊尽收眼底,这番繁盛的景象让张元昪坐得有些局促,几乎是同时,一个念头涌进他的脑海,令他皱起了眉头——

过去的慕容燕云,如何在这里耗费着一日日孤寂的光阴?

她在这凉台上,时而站起,时而斜靠在卧榻上,隔着珠帘看那金碧辉煌的长安,从日出到日落,从春到秋,又从秋到夏。她有时兴奋,有时无聊,无论是清醒还是睡去,巨大的长安城就像她手中赏玩的一个小玩意儿,无比宏大,无比美丽,却又与她没有一点关系。或许,她也想过鼓起勇气,走入那繁华喧闹的世界,却又因深入骨髓的慌张与胆怯,而停下脚步……

"搜查的人进来的时候,她应该正在午睡。"

背后响起一个声音,回过头,大理寺司直崔辕不知何时上来了。他眯着眼睛,一改最初不怎么上心的模样,絮絮地说着事情的经过。虽说带着几分炫耀,但说起慕容燕云,他眉间眼角倒是多了那么一丝怜惜和无奈。

"那天,先查封的是前面的主厅。杨台官知道的,那时场面乱得要命,之前的下人、婢女走得差不多了,剩下的几个都在偷摸主人家的东西。我们大理寺这边,喊着让他们把东西放下。可那些人你知道的,大家族的仆人平时在外也是骄横惯的,哪里肯听。这拉拉扯扯间,大家吵嚷了起来,眼看着都快要打架了。就在这当口,突然有人大声喊:'掉下来,有人掉下来了——'"

听他说着,张元昪露出些微不快。但在崔辕看来,这位声名鹊起的台官是开始了探案,于是说得越发细致了:"起初我们还以为是有人趁乱起哄,但喊声久久不停,无论我们还是他们,都觉得事情不妙,赶紧放下各自手里的东西,往这边跑过来。刚到这里,就看到有人躺在下面的花坛中,脑袋磕中石头,流了很多血,当时就有人说没救了……"

张元昪低低地悲鸣了一声,杨藏英有些看不下去,便打断崔辕:"所以司直,后续查办,详情到底如何?"

崔辕用眼角余光看了看张元昙，接着便毫不犹豫地把前因后果都倾倒出来。他说事发之后，大理寺把慕容宅中剩余的人都抓起来盘问，那些丫鬟、仆妇起初推说不知，问得狠了，才你推我我推你，小心翼翼地吐出实情。

自慕容家家主事发，慕容燕云受了惊吓，晚上闭了眼就做噩梦，梦中不知何处来的恐怖之物追着她，要把她掳到十八层地狱深处，她只能一个劲地逃命。无论她白日里如何念佛诵经，都无济于事。最初还只是做梦，到了搜查那几日，慕容燕云已是醒着也仿佛在梦中，分不清哪是现实，哪是虚幻。一开始她也曾哀求身边人，想请长安城里的高僧为她祈福驱邪，可当时情境，谁也没心思去管她。

"据说有个姓郑的娘子自告奋勇要来陪她，但到底是外人，没人敢同意这事。"崔辕这样说着，走到栏杆旁，"按我们大理寺估计，当日慕容燕云是独自在这儿午睡，被我们的争吵声吵醒，以为是梦中鬼怪前来索命，一睁眼便惊慌失措地要跑。结果人还迷糊，不小心跑错了方向，到了栏杆这儿，脚被绊住，整个人就翻了下去。"

杨藏英也走过去，顺着低矮的栏杆往下看去。凉台下方是牡丹花坛，不远处的小池积着绿水，花坛与小池之间遍布巨石。从栏杆处坠落，几乎没有生还的可能。他不由得蹙眉叹息道："这也真是，为什么不做些高护栏，或是将巨石移走呢？"

"因为，在这之前，慕容燕云不会独自一人待在这儿吧？"张元昙蹙眉回答。

他转过头问崔辕："她掉下来之前的景况，有人看见吗？"

"丫鬟们大多跑了，剩下几个仆妇早觍着脸去搜罗东西了，这边根本没人。"

"那么，可会有其他人？"张元昙询问，"比如说，小娘子的朋友、亲戚，外面来凑热闹的路人。"

"不可能。"崔辕答道,"我们早早就封了这里,不许他人进入,还清了场。与慕容家有关的人都被禁足在自己屋中。除了这些本来就在宅子里的仆人,就只有御史台和金吾卫的弟兄,我们大理寺敢打包票,绝不会有'外人'在此。"

张元昙咂了咂嘴,崔辕的话斩钉截铁。看来若想找到人证线索,证明慕容燕云是被人推下去的,还需从其他地方绕行下手。

杨藏英见他神情,多少会意,抢先提道:"这凉台已看完,还请带我们去看看最初说好的,慕容燕云的东西吧。"

崔辕点头应承,率先走向向下的阶梯。这边的阶梯明显比走上来的要短些,通往绣楼的二层。张元昙走了几节,突然向杨藏英低声问道:"她平时都住在这二楼?"

"你说慕容燕云?应该是。"

"不过是日常居所,非要绕到楼顶才能下去。"张元昙的语气带着一丝不快,"就算是养的鸟雀,也没必要建个迷宫似的笼子困住她吧?这样不被吓出病来,才奇怪呢。"

杨藏英倒不这么觉得。彼时长安的风气,无论是诗词、歌舞还是器物、园林,都从以往的自然清简,往繁复壮阔发展。慕容家是贵族,自然不会错过这股风潮,要不也不会营造一间如此巨大的庭园,又修建了这不小的房舍。房舍既变得大了,里面自然要装潢得雍容,结构复杂些,填充得满满的,才更能显出慕容家的身份和气势。

他心中这样想着,转眼已到了绣楼二层,这里没开窗户,阴凉而干燥,接着楼梯的走廊之上,可以看见两侧一扇一扇的木门,花鸟搭配着西域风格的弯曲纹路,看起来精致至极。

崔辕在前带路:"这边是衣帽,那边是妆物,更远的是金银饰,还有收藏的摆件器物。东西我们都分门别类收置了,张台官想先看哪个?"

"书信。"张元昙脱口而出，"我们要看的是书信。"

"不，先看看其他！"杨藏英从后面拉他的衣襟，"比如说最近的……妆物。"

张元昙的脚步有片刻停滞，旋即露出恍然大悟的神情。他想起了梁老主簿反复强调的，"要隐蔽行事"，正要改口，崔辕倒是先接上了："书信收在一楼，还需要再开几层锁，就如杨台官所说，先看妆物吧。"

说话间他们已在那间房外。崔辕掏出钥匙，打开了门。门开的瞬间，一股复杂的香气扑面而来，杨藏英和张元昙都不擅长品香，但在这短短的片刻，两人闻到了颇有层次的香味，花香、檀香、果香，以及种种他们没闻过也形容不出的香气。崔辕引两人进入房室。室内黑暗，一时也看不清有什么，只见正中有一张足能容下五六人并躺的卧榻，榻上满满地放着各种细碎东西。

崔辕熟门熟路，掏出火折，点燃了屋里的蜡烛。一缕光照到榻上，立刻反射出道道淡淡金光，直照到房顶之上。直到这时，杨藏英和张元昙才看清榻上东西的全貌——那是数以百计的团扇、铜镜、香囊，还有小盒装的鹅黄、口脂、花钿、香粉。刚才的反光，来自于装这些小物的盒子，盒子以木制居多，上镶金、银等珠宝，另有全透明的水晶盒、挖空整块琥珀做的小盒，都是张元昙没见过的，更不要说其中还掺杂着他根本不知道叫什么的神奇东西。

"这些……全是慕容燕云的？"他略带吃惊地问道，伸手指向那张大榻。

在他身旁，这回轮到杨藏英比画大小了，眼前的大榻是由八张普通的卧榻拆掉扶手靠背，拼接而成的，就是这样大的地方，各式妆物挤挤挨挨地放着，没有一丝空隙。无论是数量还是品质，都彰显着慕容燕云身为高门贵女应有的身份和气度，令人瞠目结舌。

崔辕答了声"是"。杨藏英之前来时见过一些，却不知道总数竟如此之多，也有些吃惊，于是绕着大榻，观看起那些器物，佯装搜寻线索。

他先是拿起一把团扇，扇由上好绸缎裁成，上用平金绣法绣出展翅的金色鸟雀，虽比一般的小些，但扇起时鸟雀仿佛飞起，十分好看动人。接着，他又拿起个银盒，对着烛光一阵细看。盒子略有些发黑，显然放了不短的时间，其中盛装的白色妆粉却仍旧是满的，香味扑鼻的它似乎并没有被慕容燕云用过。这样想着，杨藏英又拿起一小捧花钿，这些装饰在女子鬓角、额间细微处的小饰品闪闪发光，背面有些黏稠，应该是呵气即融的呵胶。这种胶听说需要工匠用鹿筋等物熬制数月，但和妆粉一样，慕容燕云似乎同样没有用过一次……

就这么半真半假地探寻，过了好一会儿，杨藏英大略把东西都探了一遍，没发现什么古怪、特殊的地方。他抬头向张元昪使了个眼色，示意可以顺水推舟地提出前去查看慕容燕云的信件了。然而出乎他的意料，张元昪站在巨大的卧榻之前，对着那满榻的东西，嘴唇轻动，目光呆滞地发着愣。

杨藏英连声喊他，都不见他有所回应。

司直崔辕也觉得不对，高声问道："张台官怎么了？是有什么不对？"

杨藏英见他仍没有回应，索性走过去，几乎是凑到他耳边唤道："张兄？"

"……镜子。"

张元昪略带迟疑地吐出了两个字。崔辕听见，有些着急："镜子？镜子怎么了？是铜镜有问题吗？还是这边这个西域大琉璃镜？"

"不，不是。"张元昪连连摇头，反问道，"你们不觉得，这里的镜子太多了吗？"

太多？杨藏英和崔辕面面相觑。不说以往，现如今，长安东、西两市就有专门售卖、磨制铜镜的店铺，另有些游方商人穿街走巷，在各坊间售卖铜镜。镜子算不得什么昂贵的东西，慕容燕云又贵为三品大员的掌上明珠，只要她想要，甚至只要开口，婢女、仆役们都能把铜镜成箱地抬回来。

张元昙却又说道："我刚刚数了这里的镜子，一共有四十七面，大的，小的，铜的，琉璃的都有。而且，你们看，还统统仔细磨过，每一面都是如此的光亮，可以把人照得清清楚楚。荷包、香囊、衣带，这一类披挂在外的东西，讲究的女子，每换件衣服，就要搭配同种颜色、样式的，所以有再多也不奇怪。可这镜子不一样。镜子最多平时梳妆自照用，有个两三面就能满足日常所需，五六面已经算多。这一口气快五十件，你们就不觉得有些奇怪吗？"

他这样一说，杨藏英也觉得有些不对，但仍旧试着按御史台的讯问之法，提出些许质疑："或许，这是小娘子的雅好？她收藏镜子，供平日赏玩？"

"不会的。"崔辕立刻否定。这大理寺司直没说出详情，但杨藏英也很快想清楚了，眼前的镜子，绝大多数不是什么可供收藏、赏玩的奇珍异货，几乎在东、西市上就买得到，有一些甚至和小柳所用的相似。再说，镜子不同的地方是形状和背后的花纹图案，照人的一面大同小异。如果慕容燕云要留作赏玩用，完全没必要每一面都如此细致地打磨，光亮如新。

张元昙当然已估到这一点，他没有答话，只是拿起离自己最近的一枚圆镜子，抚摸着背后突出的白兔图案，皱紧眉头，冥思苦想，似乎也提不出什么合理的解释。

崔辕起初屏住呼吸，不敢打扰，等得久了，才小心翼翼地上前说道："张台官，要是没什么线索，不如按先前所说，去看看慕容燕云的书信？"

张元昙好似没听见一样，不答话，也不动，像个木桩般死盯着慕容燕云的镜子。杨藏英看旁边的崔辕有几分尴尬，于是站出解围："这提议好。张兄，你先留下，我随他过去。"

这回张元昙答了声"好"，崔辕多少也松了口气，引着杨藏英往一层走去。直到这时，这年轻司直发热的头脑才冷静些许，多少觉察自己做了什么：御史台的台官张元昙很可能发现了大理寺未曾发现的线索，虽说此人和眼前的杨藏英是拿着梁老主簿的亲笔信奉命行事，自己也是奉命接待，但要真查出什么,等于是把自家到手的功劳拱手让了人,免不了被上司训斥。想到这里,崔辕边带路,边在心头暗暗发誓,张元昪就算了,他绝不会让杨藏英再找出什么破绽来。

而杨藏英这边,想的却完全是另一回事。

他随崔辕下到一层,这层楼与二层一样,屋室众多,但平日里应该不住人,更是黑暗幽静,绣楼中弥漫的那种甜腻、复杂的香味到了这里荡然无存,只有一股浓厚的霉味,从各处的缝隙角落钻出,像游魂般四处回荡。

杨藏英闻见,心中不禁感到悲凉。这里之前也是有人好好看管,每日熏香打扫的,如今不过三个月就衰败成这样,不要说物是人非,这事物腐朽的速度,远比人想的要快。

杨藏英正想着,崔辕停下脚步,指道:"书信都在这一间仓室。"然后他取出钥匙开了门,犹豫片刻,说道:"里头地方小,存的又都是纸张,没法点蜡烛,我就不进去了。"杨藏英应一声"好",就要迈步进去,又听崔辕说道:"台官有事,尽管喊我就是——对了,要是发现什么,也要先同我说一声,我好跟他人说……"

崔辕在外间细碎地说着,杨藏英已进了仓室。仓室里黑如暗夜,只比人略高的地方安有三个拳头大小的气窗,透出极微弱的光亮。与御史台的仓室相似,里面左右放了木架,只在中间留一条窄小过道。一捆一捆的纸卷放在木架上。与台中落满灰尘的乱堆不同,这里放置得整整齐齐,下面还垫有厚重柔软的布料,可见慕容燕云对这些信件珍惜非常。

杨藏英略微点数,发出一声轻叹。仓室里共有十八个木架,每个四层,以每层放有十卷来算,也足有七八百封信件。就算和张元昪一起检视,大约也要花上十天半月,才能全部看完。

想到此处,他轻轻地摇了摇头,正准备退出仓室。突然间,他的眼神凝固了,注视着黑暗的仓室,脱口喊道:"崔司直、崔司直!"

崔辕正在外戒备，听见声音，立刻回答："台官有什么事儿？"

"你……"杨藏英的声音从仓室里传来，带着几分犹疑，"你有没有闻到一股香味？"

"香味？嗯？"崔辕立刻抽动鼻子，像狩猎用的细犬一样仰头嗅着。但冲进鼻中的，仍旧是那股略带潮湿的发霉味道，再细闻，也就多了些纸张的草木涩味和些微剩余的墨味。就像之前所想，他不愿低头，又细细地把周围闻了一遍，许久才答道："没有啊，杨台官。"

"你再仔细闻一闻。"

"嗯……没有，真没有。这里就是这样，杨台官初来这里，可能还没习惯。"

崔辕这么说着，话语里带上了几分不耐。之前的调查中，他听说过杨藏英"玉面郎君"的美名，但了解不深，如今听对方不停地说着什么香味，只觉得他是在故弄玄虚、小题大做。

而仓室里的杨藏英不知他心中曲折，只是一个劲地喊道："你闻闻，再闻闻，这里确实……确实有一股香味！是……是女子脂粉香！"

"脂粉？"崔辕一听，"嗤"地冷笑，然后不得不"哈哈"干笑两声，掩饰自己的失态。好久，听杨藏英没了动静，崔辕才说道："这更不可能了，脂粉都在楼上摆着，这里不会有这些东西。杨台官，你大概是刚才在二楼闻见，如今味道还没散去罢了。"

"不,有的,一定有。"里面的杨藏英斩钉截铁，"崔司直要不进来看看？"

崔辕本想马上应诺，但想了想，还是觉得要在御史台面前摆摆大理寺的架子，就暂时没有挪步。里面的杨藏英沉默片刻，声音再度从里面传来："既如此，那就劳烦崔司直跑一趟，把张台官喊来。让他来闻闻看，此处到底有没有脂粉香味，也好为你我做个评判。"

"这样最好。"崔辕马上应承，"就请杨台官稍等了。"

他二话不说，拔腿就走，很快远处传来踏上楼梯的重重脚步声。

在仓室中的杨藏英觉察到他的竞争之意，不由得露出意味深长的苦笑。现在，他独自一人站于黑暗中，那股若有若无的香气，仿佛还在他身侧轻轻地、犹豫地萦绕。他像是看见一条纤细的手臂，引着他往室中一个木架缓缓地走去。

他走到架前，视线停留在到人腰际的第三层，那股幽香仿佛是从这里逸出。沉吟片刻，他伸出手，取下了这一层的书信、纸卷，在手中缓慢展开。仓室昏暗，光线不足，他眼前仿佛起雾，完全看不清信上的字，甚至连用的什么纸都看不清。然而就在这一取一拿之间，他的脸色骤然黯了下来，目光也骤然凝固……

"啊——"

两声相似的叫喊从昏暗的一层与明亮的二层同时传出，在绣楼之中响彻、碰撞，正如张元昺急匆匆地从二楼快步奔下，正好撞见杨藏英头也没抬地从仓室奔出，口中喊着什么。两人都用了自己最快的速度，以至于在门槛前撞到了一起。随着"砰"的一声巨响，两人都后退了数步。还没等张元昺回过神，就见杨藏英举起了什么，使劲地挥着："张兄，快看！"

"什么？"

"披帛，孔雀绿的，是女子用的，在仓室……"

"别管这些了！快收拾一下，我们走，现在就走！"

"走？去哪儿？"杨藏英满脸狐疑，张元昺却没停下脚步，只是越过门槛，往外跑去。不多会儿，他的身影就消失在外间的牡丹园林中，只留下杨藏英一个人疑惑地站在原处。下一刻，楼梯上又有脚步声传来，那是满脸不解的崔辕。他刚才站在楼梯顶，将发生的一切都看在眼中，可如今仍旧莫名其妙，只能向杨藏英问道："张台官他到底怎么了？"

"我还正想问你呢。"

崔辕愣了愣，告诉杨藏英，说他刚才依言回到二楼去找张元崇，推门进屋，还没说话，就听见张元崇大喊一声"绿槐"，心急火燎地跑了出来。崔辕不明所以，匆匆跟上。

"哎哎哎，你们御史台的人，怎么都不会好好说话！"他边说，边不住地抱怨。

杨藏英却打断道："崔司直，别管了，先看这个要紧。"

崔辕抹一把汗，脸上是几分不屑，他似乎不太相信杨藏英能拿出什么重要的东西。但当眼神移到杨藏英手上时，他的眼睛骤然睁大了，有几分失礼地，猛然伸手准备把杨藏英手里的东西夺下来。好在他还有一丝掌管证物的司直的理智，眼看就要得手，还是停下，喘着气问道："这、这、这……杨台官，跟我回去，快跟我回去验看！"

片刻后，他们回到二层的妆物间，崔辕以极快的速度，在卧榻上整出一小块空隙。杨藏英把手中一直攥着的东西展开、放下，那是一条长绸布，细看能发觉是女子着裙时挂在臂间的披帛。这条披帛由上佳的蚕丝制成，光滑如水，正如杨藏英的形容，这条披帛呈现出介于绿松石和鸟羽之间的孔雀绿色，大约材质、颜色就足以引人注目，所以披帛上既没有刺绣，也没有坠饰，因此显得披帛正中的印子更加显眼——

那是个模糊的暗灰色椭圆，连带有五根长短不一的柱状印子。

"是掌印。"崔辕略微验看一番，把自己的手比上去："掌纹、指纹都不清晰，但凭大小能确定，是男子留下的。"

"男子？"杨藏英问道，"会是什么人？"

杨藏英向崔辕解释，原来刚才一番争辩后，也对自己闻到的香味没了信心，但崔辕一走，他还是细细地在仓室里探寻。很快，他发现香味虽然微弱，却在一个书信架前尤为明显，就走到架前，取出所有书信。杨藏英本以为，是某位寄信人用了特制的、带香味的纸张，可他一一闻过，却找不到是哪卷散出的香味。他愈发狐疑，想把书信都拿到光线明亮的外间细细查看，谁知刚把所有的书信抱起，他突然灵机一动，发觉了什么。

"我见香味不散，顺手摸了摸那已经空无一物的架层。"他告诉崔辕，"这一摸可不好，触手之处，油光水滑，完全不是粗布的触感——我心有所动，赶紧把它用力扯出，也不管书信，赶紧跑出来找你们。"

崔辕听得连连点头："这么说，是有人用披帛替换了原本的粗垫布？"

两人相对，你一句我一句地说起来，很快理清了对事情的猜测。看来，慕容燕云并非因噩梦慌乱，不幸从凉台上坠下。而是——而是一个男子，将她推下的。

这个男子趁着四下混乱，看守无人，鬼鬼祟祟地走上绣楼，走到凉台之上。慕容燕云或是对他毫无防备，或是刚刚睡醒，总之有那么一时片刻，她背对着这突然出现的男子。而这凶手趁势伸手一推，将猝不及防的慕容燕云推落凉台。

彼时，慕容燕云披挂的这条轻柔的披帛，或许落在了卧榻，或许挂在凉台边缘。凶手将它捡起，本想一同丢下去，却发现自己刚才摸了满是灰的楼梯扶手，手上的油脂和汗水混合，在这高级丝绸之上，留下了一个模糊却难以抹去的手印。远处，有人喊了起来，凶手要立刻将这披帛销毁已是不可能。但若是带在身上，万一被人发现罪行就会暴露。嘈杂的声音越来越近，凶手情急之下，突然想到了一个办法。

他从楼梯走下，来到一楼昏暗的仓室。趁着无人发现，他取下了一块粗垫布，将这条披帛铺平在书信之下，然后装作无事，混入后面拥来查看情况的喧闹人群之中。

这个人到底是谁呢？

杨藏英陷入沉思，崔辕自然也无法回答，只是一个劲地低声感慨："太巧妙了！御史台也好，大理寺也罢，谁来调查都是……最多去翻检那些信，谁会一张一张地检查垫在下面的布啊！"

"说的是。"杨藏英不动声色，"好在我闻到了香气。"

崔辕停顿片刻，最终还是心悦诚服地行了一礼："多亏杨台官鼻子灵，若不是这一缕香气，此证据就永不得见天日了！请杨台官稍候，我们少卿马上就到。杨台官虽是御史台台官，但也立了一件大功，我们先设宴感谢，其他后续再议。"

杨藏英本想和他继续斗斗气，但崔辕一下变得郑重，反而让他有些尴尬："不必不必，我们是借了梁老主簿的光偷偷前来的，搞得那么大，未免不好。"

"那杨台官，这披帛……证据怎么说？"

"我还得去找张兄，反正上司要来，就请崔司直转交吧。至于具体详情，你替我告知梁老主簿一声就好。"杨藏英想了想，"当然，若是你们少卿与台中御史大夫能替张兄和我美言几句，那就最好不过。"

崔辕自然是连声答应，杨藏英也知他做事还算稳妥，就没再多说。想到一会儿若是大理寺官员前来，难免要寒暄许久，他便向崔辕借了马匹，赶去找张元昙。崔辕立刻让老仆前去准备，又问杨藏英知不知道张元昙去了哪里。杨藏英猜测，张元昙既喊的是"绿槐"，想必不是回御史台再度审问，就是前去绿槐宅邸了。待老仆回来，问得张元昙往南边走了，杨藏英知那是绿槐宅邸方向，即刻骑马赶去。

他们从御史台出来，已是未时，再经过慕容宅中的一番折腾，如今天已擦黑，眼看坊门就要关闭。杨藏英不得不加快速度，骑马飞奔到绿槐宅邸。

大门之前，恰好又是那来贵极在镇守。

杨藏英下马之时脑海中闪过一丝念头：怎么处处都有他？

但又想想，他本就是御史台诸仆役的"头儿"，凡事都要出头，如今不过是变本加厉罢了。杨藏英心中苦笑，在他面前下马。来贵极立刻恭敬地迎上来，笑道："都说张台官在，杨台官肯定会来，果然是如此。"

这笑容里全不见昔日那隐隐藏着的敌意，杨藏英也不多想："他来了？在做什么？"

"没细说。"来贵极摇头，"他一头扎进了后院，现在还没出来。"他看了看天色，"里面黑暗，最近又老有怪声，我们都不敢跟去——"

说到此处，他觉察自己有些失言，说道："既然是台官过来，就带些火烛吧。"

他大声呼唤另外一名仆役，拿来一个插着三只大白蜡烛的铜烛台，交到杨藏英手里。杨藏英接过，也不多言语，迈步走进了"可怖"的绿槐宅邸。

经过几番的翻检，绿槐漂亮的宅邸早已变得荒凉而混乱，在这略显凄清的四月雨夜，更显得黑暗可怖。加之又在这"凶宅"众多的永乐坊，细想又是一番吓人。杨藏英绕过影壁，走进客厅，眼前一片漆黑，除了手中烛火，没有其他光明。四周寂静，偶尔屋檐落下雨滴，啪嗒一声，就再没其他声音。

再往后走，踏进后院，每踏下一步，周围就会响起一阵接一阵"哆、哆、哆——"的悠长回音，幽怨瘆人，又加着凉风吹拂，平日不信鬼神的杨藏英，此时也不由自主打了个冷战。

张元崟在哪里？在这一片漆黑中，他发现了什么？带着满腹的疑问，杨藏英绕到长廊，继续前行。突然，长廊的另一端显出一小团模糊的光亮。

"啊！"杨藏英轻声道，"是张兄吗？"

没有任何回应。不知为什么，杨藏英心中升起不祥的预感，令他毛骨悚然，一股微妙的寒意，像条冷不防出现的长脚虫，沿着脊背，游遍全身。

他向前走了一步。

而那一团光，也晃了一下，向他逼近了那么一点点。

第十二章
琉璃窗

"张兄。"杨藏英喊道,"你不要吓我。"

眼前漆黑一片。

虽然知道面前不过是条普通的长廊,杨藏英心中还是涌出极其强烈的恐惧。倒不全是为永乐坊传闻,而是倏忽间他仿佛回到童年之时,周围兄姐的声音越来越远,他被独自一人抛下,在巨大无比的房间之中,叫喊无人回话,而奔跑又不知去往何处。他喉咙发干,即使咽下一大口唾沫也不得缓解,抬起头,那团诡异的火焰仿佛变得更大,如同深不见底的深渊中出现的怪物,要把他一个可怜的小小孩童抓到再也无法归家的远方……

"咣当",远处金属器物磕碰的声音,把杨藏英猛地拉回现实。他心神一定,恐惧稍缓,发现自己的衣衫早已被冷汗浸透。

对面的火光仍在,依旧飘浮在空中,不过细细看来,到底只是一小团火焰,不像方才那么狰狞。杨藏英擦了擦脸,旋即大声道:"张兄,我知道是你——"

他又加大一分音量:"你快出来!让我看看是怎么回事?"

"不是我。"一个声音悠悠传来,"是你自己。"

声音有些低沉,但确实是张元昙的声音。杨藏英松了口气,放低烛台,顺着声音的方向看去。只见他的右手边,不知何时也出现了一团火光。那火光比他前方的略暗一些,但同样飘飘忽忽,仿若无根浮萍。

杨藏英愣了愣,正准备发问,却发觉眼角余光中也有一小团火焰,他顺势转身,结果原先背后的位置,同样出现了一丛火焰。而更为诡异的是,身后这团火焰在他眼前闪了一闪,就像露水雾气一般,眨眼间消失无踪。而片刻之后,它又出现在足有数十步远的地方,忽隐忽现,瞬间移动。

事出反常,必有原因。杨藏英反而不觉得恐惧了。他想,大约是张元昙发现了什么手法,与他逗着玩。于是,他高高举起手中烛台,笑道:"张兄你别再玩了。在下认输,你快告诉我怎么回事。"

"小郎君过来吧。"张元昙在黑暗中说道,还伴随着什么东西被放下的声音,"我在正中央的亭子里。"

随即,刚才还神出鬼没的火苗顿时消失不见,只剩下杨藏英手中的烛火,和他面前最初的那一处火光。听他这么说,杨藏英执起火烛,找到长廊下脚处,走下台阶,摸索着走进正中央的亭子。

张元昙坐在亭子里,手里把玩着一个圆形的东西。杨藏英抬起烛台照他,看见他脚下有熄灭的蜡烛,阴影中似还有一物,只露出小半截短短的竹竿。

杨藏英注视张元昙半晌,突然笑道:"好了,装神弄鬼半天,还不能说吗?"

张元昙也不答话,只是把手中的东西举了起来。

杨藏英看了一眼:"镜子?"

"对。"张元昙点头,"慕容燕云的。"

他站起身,伸手划了一圈:"你还记得吗?那些泥瓦匠说过,这里的柱子上都有贝窗，就是用贝壳和银子加工成的涂面。"

"记得。"杨藏英答道，"贝窗，不透明，但是能反射七彩光晕，贵族们都很喜欢。"

"嗯。"张元昦点头，"另一边，我记得那傻姑娘也提过一句，慕容燕云坐在亭子之中，不是玩团扇，就是……就是'臭美'。"

"是这样，我记得她提过这词。"

"小郎君，刚才我就问过你，慕容燕云的镜子为什么有那么多，多得超乎寻常。"张元昦背着双手，注视着黑黢黢的庭院，"在你走了之后，我又把那些器物重新查看了一遍，我发现了一个问题——我发现，镜子大小不同，样式不一，而那里还有一样东西也是这样，有大的，也有小的，有圆的，也有蝴蝶形状的，几乎涵盖了所有的形制。"说到此处，他卖了个关子，"你能猜到我说的是什么吗？"

杨藏英摇了摇头："要是能猜到，我也不会赶来这里了。"

张元昦有些得意，他晃了晃手指，说道："是团扇。"

这样说着，他反身回到刚才坐着的石凳边，弯下腰，从下方抽出那小半截竹竿，原来是一把团扇。站起身，他把团扇对着杨藏英竖起，晃了一晃，说道："刚才那面镜子被我藏在扇子后面，你这样看，看得出来吗？"

杨藏英举起烛台，凑近照了一照，手镜和团扇的轮廓严丝合缝，如果不仔细瞧，确实很难看出。于是他摇了摇头。

张元昦立刻笑了，在石凳上坐下，撩撩头发，模仿女子梳妆的模样，笑道："坐着也是一样。其他人看起来，慕容燕云只是在把玩团扇、用团扇扑东西，完全看不出是在偷偷照镜子吧？"

"是。"杨藏英道，"的确如此。"

"这，就是镜子数量多的根本原因。"听到肯定的答复，张元昦把手中的东西放下，"慕容燕云身为高门贵女，老是用同一把团扇，会被人耻笑的。不管她自己愿不愿意，每次出门，她都得携带不同的团扇。而她又要偷偷地照镜子，不被人发现。于是，"他做了个手势，"她就给每把团扇都配了一面大小相宜、形状相似的镜子，只要像我刚才一样，把配对的镜子和团扇搭着用，就完全不会被人发现了。"

"这……"杨藏英有些发愣，他回忆起之前见到的器物，好像确实有与镜子相似的团扇，张元昙说得不无道理，可仔细一想，又有些不对。

"可是，她为什么要那么费力？女儿家照个镜子而已，又不是什么伤天害理的事情。"

"起初，我也死活想不通，但我想到这里的贝窗，突然就明了了。"张元昙又伸手一指，正好一阵风吹过，黑黢黢的庭院之中响起一片沙沙的声响。他沉声说道："慕容燕云照的不是自己，而是别人。"

"别人？"杨藏英接过话，"什么人？还能有谁……"

"要解释这个，得先跟你说说刚才的烛火。"张元昙说道，"把烛台给我，你在这里，听我指示。"

"这里？"杨藏英望了眼周围，肩膀抖了抖，"好吧。"

他勉为其难地答应，独自一人留在亭子之中。张元昙拿了他的烛台，又把团扇和镜子交给他。

张元昙似乎是体谅杨藏英的恐惧，从踏出亭子开始，就一个劲儿地说个不停："我要先走到你刚才的位置。我知道的，你刚刚一走进来，就看到眼前不远有一团火光。你可能以为是我，但其实不是……"他边这样说着，边走上了长廊。

杨藏英顺声望去，只见周边的黑暗中现出两团火光，一团明亮，一团昏暗。他正疑惑，张元昙的声音又再度响起："其实，你看见的火并不来自他人，而是你手里拿着的火烛，在贝窗上映出的光。"

原来如此！杨藏英恍然大悟。这本是个普通的现象，只不过发生在深夜无人的寂静庭院，倒变成了一桩可怕的事情。他正准备松口气，突然间，长廊上两团火光剧烈地晃动起来，左右摇摆，在半空中划出个"一"字。

杨藏英不解地问道："张兄，这又是在干什么？"回答他的却是张元昙的命令："小郎君，你装作梳妆模样，用镜子照我的火。"

杨藏英看看手中的镜子，镜中先映出他的脸。那张脸因为满是困惑，而眉头拧紧，双眼大睁。随着调整位置，镜面逐渐映照出略远处长廊上张元昙划出的"一"字火焰。

他抬起头，想告诉张元昙已经好了，但在视线移开镜面的那一刻，像捉迷藏时发现同伴的孩子那样，他低低地"啊"了一声。

张元昙敏锐地听到了，问："你知道了吧？"

"知道了、知道了！"杨藏英快活地喊道。

张元昙刚刚只说了他眼前的飘浮之火来自何处，却并没有解释他旁边和身后，那倏忽出现又瞬间移动的火光。现在杨藏英明白了，那些火，无一不是镜子映出的反光。只要镜子挪动位置，便能将光瞬间移到数十步开外。若是调整角度，将反光映到廊柱贝窗之上，贝窗再次反光，就会出现双重倒影，连着前面贝窗的反光，同时弄出三四团位置不同的飘火，完全不是问题。想到此处，杨藏英不由得再次赞叹："这实在是个精妙的戏法，张兄，亏你能发现。"

远处的"一"字形烛火停止了晃动，重新变回一团小小的火焰。随后，火焰开始移动，那是张元昙向着亭子走来。他一边走一边喃喃自语："所以，那张朱砂纸根本就不能证明他们没有接触。"

"朱砂纸？"张元昙突然的一句话令杨藏英愣了一下，旋即他想起来，"乞伏弼臣？"

"对。那个幻戏师。他说自己从没有接近慕容燕云五步以内，也没有跟慕容燕云说过话。可眼下看来，这没有接近，并不能等同于没有交流。"

张元昙沉吟道，"你记得他的幻术吗？能在空中变出兔子、花朵，还有最重要的，能变出发亮的字。"

"记得，是在御史台表演的时候。发亮的字……这么说……"

"这长廊是个'回'字形，乞伏弼臣无论在哪个角落使用幻术，坐在亭子中的慕容燕云只要调整暗中藏着的镜子的位置，都能照出他的身影，看见他用幻术写在空中的字。如果角度刁钻些，镜子照不到，但与会反光的贝窗结合，终归可以看见。"张元昙说道，"慕容燕云在看见乞伏弼臣'写'的话后，再假装自言自语，轻声回复。如此一来，两个人一个写，一个说，跟面对面交流，也没什么区别了。"

"简直和市面上的传奇一般。"杨藏英感叹，"太过于神奇了。"

可他得承认张元昙说得不无道理，毕竟只有这样，才能解释慕容燕云为什么有这么多的镜子，以及他发现的有掌印的披帛。

张元昙冷笑道："那幻戏师倒聪明，还签下什么朱砂纸。我敢打赌，他找人监督的时候，一定专挑不识字的小丫鬟、老大娘，就算在旁边看着，她们也根本不知道他写了什么，有人找上门来也没法作证。"

这样说着，张元昙走到了杨藏英身边。那来贵极给的蜡烛在反复实验中，已烧到了尽头，烛火拼命摇晃了几下，终于"噗"的一声熄灭了。一片黑暗中，杨藏英深深地皱起了眉头，说道："也就是说，这事很难有证据。"

"不止难有证据，而且，仅证明他们有接触，哪怕是有私情，对毒杀案也没什么帮助……"

张元昙正说着，两人背后突然传来"砰"的声响。声音不大，却把杨藏英狠狠地激了一下，他猛地转身，喝道："谁？"周围却没了动静。杨藏英绷紧了肩膀，死死地盯着，可看了很久，都没再发生什么。张元昙拍了拍他的肩膀："应该没事。"

"真的吗？"

"应该。"张元昙答道,"大概是哪来的猫,要不就是风。"

杨藏英又看了一眼,这才勉强放松下来。或许是刚才太过紧张的缘故,他环视四周,只觉得眼前的事物都微微发着亮光。他闭上眼睛,使劲地揉了揉,但再次睁开后,只觉得自己立在一片银白的光辉之中,无论是亭子长廊,还是身边的张元昙他都看得清清楚楚。

原来在他们讨论的时候,连绵不断的细雨已经停歇,天空中云雾散去,一轮明月正当空高照,洒下遍地清辉。

他不由得感慨:"好美的月色!"

清风吹拂,庭院中的花草与树木轻轻摇曳,在月色中投下曲折的影子,如同名家笔下的字句,错落有致。刚才还狰狞如怪物,如今倒有几分风雅。

杨藏英看着月色,对张元昙笑道:"张兄,我们下一步,该怎么办?"

张元昙倒是一贯的不解风情,只是说道:"什么怎么办?"

此时坊门已关,不管是回家还是回御史台都要大费周折,杨藏英想着,不妨在此赏月谈天,若是能有酒就更好了。然而话还没出口,只听身边传来"呼——"的一声,再回头,张元昙已经如同一块甩出的石子,迈开大步向西跑去。

"张兄!"杨藏英急道,"你这是要做什么?"

张元昙冲出亭子,跑到长廊的西侧。这一边没有门,只有一面冷硬的石墙。张元昙在石墙前立住,随后转过身来,背靠着墙,如同演杂戏一般,突然开始上下左右晃动脑袋。

杨藏英只觉得古怪,一时间连话都不敢说。张元昙旁若无人般时而踮起脚,时而蹲下来,又像是螃蟹一般,横着往左迈了两步,又回到原地,向右迈了两步。

杨藏英只能愣愣地看着他,直到他做完那些古怪动作,重新缓步向亭子走来。杨藏英面对着他,迎也不是,躲也不是,只能呆呆立在原地。

张元昙倒是先开口问道："案发那天是哪天？"

"哎？"杨藏英见他神情严肃，赶紧回答，"正月。正月甲子。"

"案发的时间……哦，夜宴之前，大约是傍晚。那天日头如何？"

张元昙似是低声自语，又像在问杨藏英。

杨藏英迟疑片刻，还是回答："你是说天气？冷得很。不过那时都是大晴天，没什么云，日头晒得很。"他问得突然，杨藏英没有准备，一时也回答得前言不搭后语。

却见月光之下，张元昙神情愈发沉重，眉间的悬针纹清晰可见。杨藏英正要问到底发生了什么，却听张元昙先一步说道："小郎君，我们得快些行动了。"

"行动？"杨藏英莫名其妙，"是要去做什么？"

"回御史台，加急禀报。"张元昙的声音低了下去，"但愿，明天是个晴天……"

至此，他再没多说，只是迈着大步，走出绿槐宅邸。杨藏英跟着他，连夜回到御史台，托侍者向梁老主簿禀报。杨藏英原以为张元昙会说清前因后果，但他只说详情难以书写，请梁老主簿带人于明日傍晚到绿槐宅邸做个见证。

侍者把话带去了，之后张元昙就陷入沉思，杨藏英也只能在台中留宿。

其他留宿的台官听说了这事，都跑来打听，想探探虚实，但看张元昙眉头紧锁，仿佛老僧入定般谁也不理的模样，也只能作罢。

第二日，天刚亮，淅沥的雨就下了起来。雨水仿佛一袭肮脏的帘幕，模模糊糊地笼罩着长安城。张元昙立在檐下，忧心不已。杨藏英知道他的心情，也有些不安，只得去找事来做。文书、传话、答问，他连张元昙本该承担的一份也一同包揽。

到了下午，雨势渐渐小了，天开始放晴。到了申时，天空竟一片晴朗。

仿佛是要扫去这几日细雨的憋闷，一轮通红的太阳在无云的碧空中散发着光芒。长安街上，马车的车辙划过地面上一摊摊积水，打碎了其中倒映的落日，化成细碎的带金红光。

张元昙一扫整天的颓势，兴高采烈地呼唤道："走吧。"

就在这落日夕照之中，梁老主簿带着骞为道、鱼余业等六名台官，随着张元昙、杨藏英来到绿槐宅邸外。那里，大理寺的人马已经在等候了。相熟的崔辕不在，其他司直神色肃穆，如同石头制成的卫兵一般守在门口，眼神严峻而冷淡。

梁老主簿一下马，那边的领头就迎了上来，那人身着皂色衣，络腮胡子，一副赳赳武夫的模样。杨藏英知道，这便是崔辕提过的大理寺少卿元武了。

梁老主簿也立刻施礼："元少卿。"

武夫胡髯一动，礼数周到地回了礼："为了一句话，就如此车马劳顿，梁老主簿实在是劳苦命。"

梁老主簿皱了皱眉，也只装作没有听见。杨藏英抬头，心中默数一番，大理寺、御史台，在场的加起来一共有二十八个人，大理寺带了远超需要的人数过来，大约是因杨藏英发现披帛抢了风头，今日索性出动全员，与御史台狠狠比个高低。

杨藏英不由得为张元昙暗暗担心，如果他的发现无法服人，便会瞬间把之前两战积累的名声摧毁殆尽。

走错一步，不仅是他，就连御史台都要名声扫地。

张元昙却是胸有成竹，一路跑到前面，对着黑压压的人群挥手道："各位，请跟我来！"

片刻后人马已拥入绿槐宅邸后方的庭院。由于人数过多，众人只能一字排开，一个挨一个地列在南侧的长廊之上。

张元昙独自跑到正中亭子处，伸手往右一指："那里是什么地方？"

趁无人反应，骞为道抢着答："是犯妇绿槐的卧室。"

"很好。"张元昙点了点头，"那么，这边又是什么地方？"

他伸手指向西边，绿槐卧室相反的方向。

那就是昨夜他做出古怪动作的地方。借着未散去的光亮，今天杨藏英再一次看过去。可无论他如何看，那里没有门，没有窗，甚至没有台阶，只有一道没有丝毫装饰的石头墙，冷冰冰地立在那里。

大概，其他人也是如此想法，所以过了好一会儿都没人出声。

被挤在后面的胖台官鱼余业发出低声的抱怨："有话就说，卖什么关子嘛。"

"主簿、少卿。"张元昙微微躬身，施了一礼，"还有各位。"他顿了顿，"那一边，是幻戏师乞伏弼臣供述过，他看见慕容燕云探身进入绿槐卧室的地方。"

"哦！"鱼余业惊呼，往前挤了挤，"的确是这里！"

"而且，据他供述，他看见那件事的时间，也差不多是这个时辰。"张元昙的面色严肃起来，"今天请各位来到这里，是因为有些事无法用文字说明，只能用事实见证。在场的诸位，哪位随我一起，到那边看一看呢？"

在场的台官和司直都犹豫了，你看看我，我看看你，其实谁都很想前去，但考虑到上司在侧，只能谦恭地低下头不出声。

梁老主簿轻咳一声，对着元少卿做了个"请"的手势。元少卿不语，片刻后点了点头。两位长官跟着张元昙，一同在那西边墙壁前站定。

"请二位转身，往那边，往绿槐卧室的方向看。"

梁老主簿首先转过身，望向张元昙所说的方向。下一刻，他睁大了眼睛，枯瘦的身体猛地弹了一下，像被马蹄带起的疾风吹过的树枝。元少卿起初仰着下巴，不肯动弹，如今见状也看过去，突然间他拳头握紧，远在廊下的人们听见了骨节作响的咔嚓声。

好奇在这一刻充满了所有人的心胸。

"主簿，梁老主簿！"骞为道大着胆子出声了，"眼下是个什么情况？"

那些大理寺的人也喊道："少卿！怎么了？"

两人都没有答话，梁老主簿把头向左偏了偏，又向右偏了偏。

杨藏英不由得哑然失笑，怎么同那晚张元昙的动作一模一样？他心中的笑声还没落地，大理寺少卿已经开始左右挪动，左两步、右两步，活脱脱是螃蟹走路。

长廊这边众人想笑又不敢笑，憋得十分辛苦。又见两人脸上的神情渐渐变得乌云密布，几乎是同时转过身，"咚、咚、咚"地大步走回来。

众人赶紧住声，各自拥上去："到底怎么回事？"

元少卿先到，扫了一眼部下们，猛地把手一挥："走！"

大理寺众人莫名其妙："走？去哪儿？"

"去抓人，快！"

元少卿一手按着佩刀，一把抓住前方部下的手臂，满脸怒容地向外就走。大理寺诸人赶紧小跑跟上。片刻后，二十余人的队伍随着佩刀碰撞的叮当声消失不见，仅剩几个台官站在长廊上，面面相觑。

骞为道看了几眼杨藏英，终于无奈，高声喊道："主簿，我们也过去看看。"

梁老主簿似乎还在思虑事情，他将了将胡须："去吧。"

不等他话音落下，在场的台官们已"轰"的一声，跑了过去。张元昙见同僚跑来，便向后退了一步，让出自己的位置。杨藏英也不客气，挤开骞为道，一步站在了张元昙的位置上，不等指示，他就扭身，抬头，看向绿槐的卧室。

此时已是酉时中段，太阳又往西边落下一点，光芒也更暗淡了些，如果说方才的太阳是迟暮的红衣美人，如今的就是黄衣的慈祥老妇，将仅有的一点橙黄色光，迟缓地投进这宅邸。夕阳之光照向梁柱，映在上方的贝窗之上，反射出带有七彩的光芒。这些光芒经过不同位置的反射，全部映在了绿槐卧室的窗上。

而卧室的窗户是西域来的琉璃窗，如同镜子，光可照人。

此刻，站在西面的长廊，向东面看去，琉璃窗正好将夕晖和贝窗的反射之光，直直照进人眼。杨藏英站在那里，只觉眼前一片晃眼的橙黄，夹杂着一些七彩之色，头晕目眩，双目发疼，几乎要流下眼泪来。这样的情景下，不要说看见慕容燕云，就连那边到底是个什么地方都看不清，更不可能看清她探身入窗的动作。

杨藏英挪动位置，又偏了偏头，可无论怎样偏转角度，始终满眼强光，看不清东西。张元昙笑道："没用的，直到太阳完全落下，天黑之前，这里应该都是这个样子，看不清的。"

"那换句话说，"杨藏英闭上了眼睛，"乞伏弼臣，作了伪证。"

他回忆起自毒杀案之后的一系列讯问。在数不清的问话中，乞伏弼臣无一例外地说道，他是在宴席之前，在长廊西侧，看见慕容燕云从窗边将身子探进内室。如今看来，这句话充满了致命的矛盾，在这个时间，这个地点，他绝对看不见那样的场景。反之，如果他当真看见了慕容燕云探身入窗，那么他肯定不是在长廊西边，而是非常可疑的，在绿槐卧室附近。杨藏英想，乞伏弼臣提到过，他曾看见绿槐和婢女琉璃说话。如此看来，后者的可能性更高一些。再联系上自己发现的那一条披帛，一个早已出现过的想法，如今在杨藏英的脑海中渐渐成形。

"慕容燕云其实根本没有接近过绿槐窗子。

"作伪证的人、下毒的人、嫁祸的人，其实都是……

"都是乞伏弼臣！"

第十三章
吐谷浑

乞伏弼臣，慕容家的幻戏师。

他借着进入宅邸的机会勾引慕容燕云。宴席那日，在听到她对婚事的抱怨后，便觉得有了移祸于人的机会，于是偷偷在酒中下毒，毒杀了慕容家的客人杨思训。为了避免事情败露，他在事后来到慕容家，将慕容燕云从楼顶推落。作为证据的披帛被隐藏在仓室之中。之后，他作了伪证，将案件栽赃给慕容燕云，逍遥法外。

事情终于有了清晰的眉目，在兜兜转转许多时间后，终于敲定了一个最有可能的凶手。于是，在大理寺少卿离开绿槐宅邸之后，大理寺发动了几乎所有的官吏，在整个长安城中掘地三尺，意图找到那个神出鬼没又身负血债的幻戏师乞伏弼臣。

与此同时，御史台收到了一封信。

信是远在并州的皇后亲笔写下的，确切地说，那是一道高贵的懿旨。在懿旨中皇后写道，圣人风疾加重，眼目不清，视物模糊，只能由她暂且代笔回复。她又写道，御史台接受卢夫人的申冤，追查到底，辨明真相，实在值得表彰。最后她嘱咐，毒杀三品大将军，这是一桩大案。还望众位台官勤恳努力，昭显正义，定要抓住真凶，加以严惩。否则，便是上对不起圣人皇后，下对不起死者和亲属——

懿旨就在此处戛然而止。

御史台的台官们，在这欲言又止的最后一句话语里，觉察到了深深的不妙。对于这起死者是自家表弟的案件，皇后略显敷衍的盛赞之后，似乎暗含着某种坚定的想法。

早已被忘记的恐惧又一次弥散在御史台。

仿佛是为了印证这种气氛，大理寺那边迟迟没有乞伏弼臣的消息。梁老主簿急得一日三次派人去问，回来的说法都是一模一样——"找不到他的人"。

是的，无论长留的居所，还是惯常去的酒肆，都看不到乞伏弼臣的一点身影。经验丰富的大理寺立刻明白过来，这是有人在通风报信。这人极有可能在杨藏英与张元昙前往慕容家宅邸时，就给乞伏弼臣透了消息，以致这头狡猾的狼早早嗅到了气息，悄无声息地避开了每一次的搜查，任那些大理寺官吏勤勤恳恳地寻找，就是找不到他的一点踪迹。

杨藏英这时才惊觉，那夜他听见的声响，真的是一个窥探的眼线，而非猫或者风，不过如今提起这个已经毫无用处。

又是一段毫无进展的时日后，大理寺的文官登门向梁老主簿提出，要暂"借"杨藏英一用。

"既然如此，你们大可以把张元昙也借去。"

梁老主簿慢条斯理地回道，一双鹰眼盯着来使。

来使苦笑一声，连忙拜了两拜，仿佛连声说"饶了我吧"。

"如今张元昙声名在外，谁都知道。但他贪功爱现，也是名声在外。

若把他编在能查探案情的一线，他肯定头也不回，一口就把功劳囫囵吞进肚子里。换了杨小郎君就不一样了，他年纪轻轻，脾气又好，真有什么，他去和张元昙说上两声，那灵感自然就'盗'来了——这是一举两得，好棋、好棋！"事后骞为道如是分析，但当时，梁老主簿虽有几分不情愿，碍于情面还是同意了。

于是，雨季刚刚结束的时候，杨藏英被编到了大理寺的队列之中，来到长兴坊暗中据点，参与搜寻乞伏弼臣的行动。

这据点在长兴坊内一处两进的普通民房内。附近旅馆众多、商客云集，除去西市和西市周边几坊，就属此处胡人、胡商最多。杨藏英只觉人声鼎沸，许多人来来去去，牵马牵骆驼，也有人把各色货物往箱中装——但杨藏英知道，这些货物会在不久后被偷偷取出，周而复始，只是造出一副忙碌景象，实际并无经营。

既是隐蔽，杨藏英看在眼里，也不点破，径直往最里的寝室走。刚跨过门槛，就有两个男仆模样的人小跑迎上，问道："可是小管事回来？"

不等杨藏英说"是"，他们已经二话不说，拉着他进了旁边的偏屋。

屋里一群人围着一个客商模样的人，他从人群缝隙里看见杨藏英，做个手势，就有仆役拿出一条灰绸便服，用十万火急的语气催杨藏英换上。接着他连珠炮般说起来："我是此处队长，时间紧迫，就不多说了。小郎君，现在搜寻的重点是长安城中的吐谷浑人——吐谷浑人，一部分是贵族，早早投了大唐当官，这一块，其他弟兄去查了。我们查的是另一类，就是那些穷的，打仗时候流落到这里的流民啊、俘虏啊。他们基本都住在胡肆里，没个正经事做。有力气的，平日就做佣兵，帮人做打手，没力气的，就随便找点活干干，做一顿吃一顿。我们要做的，就是从这些人口中，'撬'出乞伏弼臣的下落。"

他说一段，杨藏英就答声"好"，一来二去间换好了衣服。灰绸衣搭配着杨藏英英俊的面容，确实有几分大家族管事的气质。

队长看他一眼，很满意地点了点头："之前已经放出了消息，我们是要前往西域的大商队，雇人来打理'货物'。你是这里的小管事，招来的吐谷浑人，你多加'照应'就好。"

"我明白了。"

"谈天，天南海北地聊天，问出话来。"

"是了，哪怕是闲话也告诉你们。"

杨藏英如是承诺，但听队长的语调，对方似乎并不抱多大的希望。说话间，队长身边已聚集了好几个人，个个神色焦急，正等着听他指示。杨藏英见状也不好打扰，正准备出去，队长从身后叫住了他："小郎君可会吐谷浑的话？"

杨藏英停下脚步，来之前他并没有考虑过这个。

"啊，没事，若是遇到不懂的，你找译人便是——就在后院，石榴树下面。"

队长伸手一指，又忙碌起来。杨藏英也不愿打扰，便自己走离。

他本想回前院，但向外看一眼，只觉得院中还跟方才进来时一样，人多口杂，乱糟糟的，想着一时也无事可做，不如认识一下大理寺的译人，于是便依照队长指路，绕到后门，进了后院。

一进后院，就见正中有一棵光秃秃的树，树上没几片叶子，倒有几朵蔫巴巴的红花。

石榴树。杨藏英想，大约就是队长所说的那棵。

再一看，十来个衣衫褴褛的人正围在树下，用不太熟练的大唐话喊着："我能干活！能搬东西！雇我吧！"他们个个肤色黝黑，似乎都是胡人。他们所会的，好像也就那三句话。只听他们反反复复地喊着，吵闹极了。

这些应该就是来应募的吐谷浑人了。杨藏英心想。

这时，人群中间一个身穿大红洒金裙子的女子双手叉腰，叽里呱啦一阵喊叫，刚才那些吵吵嚷嚷的吐谷浑人即刻乖乖地站成一列，低头敛眉，如同乖顺的羊羔一般听候差遣。

那女子说话带着浊音，大约是吐谷浑话。看来，此人应该就是译人了。杨藏英不由得又有些吃惊，译人竟然是位女子？

再一看，她没有戴帷帽，更不用说幕篱，看着秩序一新的后院目光炯炯，一张光溜溜的脸上满是喜色，连带脸上的花钿都得意地轻轻摇晃。大约是注意到杨藏英这个陌生人，她把目光移了过来。在四目相对的瞬间，杨藏英惊呼："是你？"

眼前的女子身着浅褐色绮衣，下身穿一条时兴的石榴红长裙，外罩浅绛色纱外裙。纱裙质地轻薄，于日光之下反射出淡淡光晕，令内里红衣轮廓模糊，仿佛晕染般柔美。一阵风吹过，淡蓝色裙带随风飘起。

杨藏英脑海中众多的碎片在这一刻被串起来。

他终于明白，他在布政坊与张元昙同时觉得熟悉的根源来自何处。

是同一个人。

——金吾卫小院外以弹弓阻止卢夫人的女子。

——两年前跟在慕容燕云身边，咋咋呼呼的回鹘服女子。

——如今眼前身着偏家常衣裙的女子。

虽说服饰不同，但不怎么施脂粉的脸庞与琥珀色眼睛却是没有大变。

那女子看了他一眼，用极其纯正的长安话问道："你是谁？"

"我是……"杨藏英想了想，"是管事。"

刚才队长没有讲得很细，杨藏英也不好多说。一干来应聘的吐谷浑人看看突然出现的他，又看看那女子，脸上都是发蒙的神情。

"我知道了，你是新来的管事！我是主人家的妹妹，帮忙干些活。你等着，我把这些人的姓名、年龄替小郎君记好了，就把他们交给你管。"

说完这段，她又讲了一长串吐谷浑话，其中提到"妹妹""小郎君"一类的词，杨藏英知道，她应该是把这话用吐谷浑语重复了一遍。那些雇工露出恍然大悟的神情，都等在原地，待那女子一一把姓名、年龄记了，这才散去。

女子对着杨藏英一笑，又里里外外地忙去了。

当天，杨藏英向大理寺队长问起那女子。队长告诉他，那娘子姓郑，单名一个茵。父亲是长安城里的首饰商人，她在家中排行第三，众人有时叫她茵娘，有时叫她三娘，不过更多时候还是直呼其闺名郑茵。

"这娘子，可说是个奇女子了。"

"是吗？我听她吐谷浑语说得挺好，其他人对她都很亲近。"

"她从小就跟着父亲做生意，来往好多地方，会说好几国的话。人也活泼，无论三教九流，她都能很快混熟。她家的首饰生意，很多还是她带回来的。不过嘛，要我说，她父亲也真是的，为了生意，连女儿家都放出来到处玩耍。"队长撇了撇嘴，"我也有女儿，我可是好好地管着，一点也不许她放肆。"

杨藏英还未娶亲，接不上话，只能略笑了笑。

队长又说道："但是嘛，这找人的事儿要隐蔽，我们思来想去，也就她最合适，于是跟她父亲说了让她来。反正她有点儿钻钱眼，只要能让她做成买卖，她什么都不会说的。"

说到此处，他顿了顿，似乎知道自己说得有点过，便笑道："虽有点儿势利，但三娘她是个爽快人，有什么不明白的，小郎君大可以和她商量，不必太过介怀。"

杨藏英点点头，转身自去行事。

大理寺放出的消息很有效，不到三天，这个临时搭建起的"客商"家中，就雇下了数十个吐谷浑人。这些人穿得颇有些破烂陈旧，只在腰间绑了一条彩绳子，勉强算作装饰。看得出来，他们很是穷困，都想着靠这工作赚上些钱。

起初，吐谷浑人对杨藏英有些敬畏，不敢搭话，只是围着译人郑三娘转。杨藏英只得主动出击，找到机会就与他们谈笑聊天。他颇有礼貌，人又机敏，不出三日，就与在场的吐谷浑人混熟，彼此连家中情况都能谈起。眼看时机到来，杨藏英借机问道："你们知不知道，有一个吐谷浑人，名叫乞伏弼臣？"

院中的吐谷浑人反应出奇一致，先是微微睁大了眼睛，然后使劲摇头，口中答道"不认识"或是"没见过"。有几个年长些的补充道："名字好像听过，但从没有深交。"杨藏英心觉不妙，又追着问他们有没有人看过乞伏弼臣的幻戏，知不知道绿槐的事情。那些吐谷浑人皆是一脸茫然，回答一概是"不知道"。杨藏英扑了个空，只觉得事情古怪，又觉得心中不甘。第二日，他换了一个话题，装作无意地谈道："长安城中有一个大将军，听说也是你们吐谷浑出身……"

这一回吐谷浑人有了反应。

几乎每一个人，都不等杨藏英说完，就急急问道："你是说慕容宝节？"

杨藏英心中兴奋，面上故作冷静："对对对，就是他，慕容宝节。"

他原以为，这些吐谷浑人会说出重要的情报，然而事实却相反，在场的虽然个个都露出想说些什么的神情，但话到嘴边，都是"那么大官，我们不认识"。

杨藏英见他们表情有异，不敢放过，便想方设法接着追问。这一问可不好，那些吐谷浑人反而抗拒起来，不是闭上嘴一言不发，就是假装听不懂杨藏英在说些什么。更有甚者，看见杨藏英就躲开。

眼看好不容易拉起的关系又要淡去，杨藏英焦躁不已，但张元昺不在身边，大理寺的人又各忙各的，无人与他商量。正在心烦意乱，突然想到队长说过，有事可以和郑茵说。思来想去，他也只得找到那女子，几句话说到自己的困境，郑茵突然哈哈大笑起来："亏你还是御史台官！真是不懂行！"

见过那么几次，杨藏英也知道她的脾气，于是也不争辩，只看着她。

郑茵还在笑："你也是呆子，只是这样子问，他们怎么会说！"

"说实话，我是真没办法了，娘子可有什么主意？"

女子绣眉一挑："吐谷浑人嘛，要套话还不容易？就看小郎君你愿不愿做了。"

杨藏英想了想，微微躬身一拜："当然是什么都愿意做的，请娘子赐教。"

"当真？"郑茵的脸上露出得意的神情，"听说，你是香奁斋小柳姑娘的相好？"

杨藏英一愣，虽然这已是公开的秘密，但突然被提起，还是被一个女子提起，他总归有些尴尬。但郑茵又问道："光福坊香奁斋小有名气，我想前去跟她们推荐一下家中的银饰，只是她们不招待姑娘。你看，能不能让我跟小柳姑娘认识一下？"

她脸上隐隐露出期待的神情。据队长之前所说，杨藏英对此也有心理准备，只得无奈笑道："好吧。如果娘子不嫌弃，此事成了，我就招待娘子喝一回酒。"

"哎呀，好说，好说。"郑茵高兴地拍起手来，凑近笑道，"明日就是端午，小郎君接下来要按我说的行事。"

"行事……"杨藏英一愣，侧眼一看，郑茵的笑中却有一丝不怀好意。杨藏英直觉不妙，但既然出口求人，他也无奈，只得硬着头皮，正经叉手行了个礼："一切听凭娘子吩咐。"

郑茵挥挥手，仍旧笑而不语。

次日，就有吐谷浑雇工来问，说正午是不是小郎君要请大家吃中食。杨藏英猜到是郑茵的安排，便点头称是。到了正午，守门的杂役急急来报："外面来了个人，说是来送饭的。"

"那便让他们进来吧。"

"当真？"杂役睁大了眼睛，"小郎君……不，管事，他们拿着几个大荷叶包……"

"荷叶？"杨藏英身边几个大理寺的人听见，都瞪大眼睛，面露惊恐之色。守门杂役也说道："对，荷叶里包着的东西一股腥膻味儿，还有血水流出来……"

这就有些奇怪。杨藏英问道："各位，这是怎么回事？"无人回应。再抬起头，那些大理寺的人已经推说有事，脚底抹油，个个跑到别的地方去了。倒是有好几个吐谷浑雇工跑来，用不熟练的大唐话兴奋地问道："听说，有那东西吃？好极了！"

"正是！今日端午，管事小郎君请客！"郑茵也不知从哪里钻出来，大声笑道。

杨藏英心神不宁，但也只得强撑着吩咐杂役，让送饭人进来。那送饭人不是别人，竟是来贵极。看见杨藏英，他脸上立刻流露出古怪的神情，半是愤恨，半是埋怨。

杨藏英不明所以，但还是尽量热情地将他引进来。按往日，就算打探消息，来贵极也不会放过参与台中事务的机会，可这一次，他只是走进院子，把荷叶包放在地上，也不递给杨藏英，也不告别一句，就迈着大步匆匆离开，着实令人生疑。

杨藏英正在发愣，郑茵从后面推了推他："还不快去。"

我倒要看看是怎么回事！杨藏英如是想着，弯腰拆开了荷叶包："各位弟兄辛苦了，都来吃吧。"

荷叶包拆开一角，一股复杂的味道扑面而来，有肉的荤臭，血的甜腥，还有黄酒和香料的辛辣。杨藏英本能地皱起了眉头，但现在骑虎难下，只能渐次拆开，只见里面满是牛羊下水，心肝肠肺，无所不包，而且并未烹制，还渗着滴滴浊血。

杨藏英这时才明白来贵极的怨恨来自何处，他大约以为自己是故意整事，以此报复他，又觉得这味道曾经在哪里闻过，古怪但熟悉。这两个闪念一过，就有一种作呕的感觉从胸口往喉咙涌去。

杨藏英强压下不适，愤愤抬头，想向郑茵瞪一眼。

可他刚抬起头，就见周围的吐谷浑雇工兴奋不已，甚至举手欢呼起来："这是正宗吐谷浑风味！管事实在有心了！"

杨藏英愣了愣，举手做了个"请"的手势。他旁边一个雇工叽里咕噜地说了几句，就走向荷叶包，伸手拿起下水，沾了沾盐巴，滑溜溜放进嘴里，心满意足地咀嚼起来。杨藏英看着就觉得腹中难受，可那吐谷浑雇工的表情，却是十分享受，似乎在尝什么无上的美味。其他雇工见状，也围了上去，你一块我一块地吃了起来。

就在这时，郑茵又推了推杨藏英："你也去吃。"

"我？"杨藏英睁大眼睛，"吃这个？"

"对，吐谷浑人是十分单纯的，只要男人吃了他们这祖传的美味，再大口喝酒，他们就会把你当成自己人，无话不说。"郑茵眼神闪烁，"当然，小郎君若是不敢……"

"我吃。"杨藏英把心一横，走到那雇工之间。雇工们吃得开心，起初没注意他，但发现他来，众人赶紧让出一条道路。杨藏英犹豫片刻，还是挤出一个笑容："我也想……尝尝。"雇工们没料到他的举动，一时都呆住了。

片刻后才有一个雇工回过神，喊道："快把最好的给他！"杨藏英还没反应过来，就有人捻起一片厚厚的白色油脂，铺到他的手掌上。他还没来得及问上一句"这是什么"，周围人就边喊边示意："快吃，快吃，小郎君，一口把它吞下去。"

眼见如此，杨藏英知道自己是无法后退了，他眼睛一闭，手往嘴上一拍，硬是将那油脂塞进口中，强迫自己吞下。那东西又滑又腻，即使吞了，肉腥味仍留在喉咙，油脂落到肚子里，香料的味道又返上来，带着薄荷的清凉，又有茴香和大料的浓郁，再带出烈酒的辛辣。多重刺激之下，杨藏英的汗水和泪水一同流出，他英俊的面貌变得狼狈而扭曲。

郑茵咯咯直笑，上前拍了拍他："小郎君，这羊尾巴油的味道怎样？"

她这么一说，周围的雇工也笑起来。有人用不太熟练的大唐话向杨藏英解释，羊尾巴油是一只羊身上最好的部位，就应该用来招待好管事。此时，杨藏英脸色已是彻底发白。他不得不伸手捂住嘴，生怕一张嘴，"哇"的一声吐出来。

郑茵偏不放过他，走到他身边，低声笑道："你可知这美味是如何制成的？把这些下水放进死马肠子里，又将那肠子埋在土里，发酵几个月……"

如果说之前还能忍受，听到这话，杨藏英实在忍耐不住，喉咙中"咕咚"一声，呕了一下。虽然没吐出东西，但到底有点难堪。好在吐谷浑雇工们没有在意，他们给杨藏英拿来酒和蜜水，歉意地说道："这是我们草原上的风味，管事肯定吃不惯，莫要勉强……"

一杯酒喝下去，腹中的翻江倒海总算有些停歇。思绪渐渐稳定，杨藏英重又想起最开始的那个念头，他想，自己绝对在某个时间，某个地方，闻到过这种味道。但他一时也想不起是在何时何地。

正这样想的时候，郑茵又推了推他，杨藏英不由得急道："怎么？还要吃？"

郑茵却撇了撇嘴，轻声说道："该撤了，再留着，反而太刻意了。"她既这样说，杨藏英便顺势而动，说了几句场面话，跟着郑茵退回了屋中。他本想与郑茵说上几句，郑茵却轻轻一笑："你就等着看吧。"

果不其然，从端午次日起，那些雇工对杨藏英展现出了别样的亲近。有好几个人在做工的间隙，跑到杨藏英身边低声说道："管事之前问的那乞伏弼臣，我们是真不认识——但那慕容宝节，我们还是知道的。"

杨藏英当然让他们细说，吐谷浑雇工们大多四下张望一番，就低低说道："当然晓得！那人是个忘本的王八混蛋啊！"

接下来的说法便是五花八门。有人说之前慕容宝节要雇人看家护院，他们便去了。谁知去了一问是吐谷浑人，就把他们打了一顿赶出来。另一些人说，之前他们在街上卖艺，恰好遇到慕容宝节经过，想到是同族，就上前祝酒歌舞。结果没想到慕容宝节一见他们，突然大喊起来，像见了鬼似的，让卖艺的人好没脸面。甚至有人说，只是在路上与慕容宝节擦身而过，只因距离近了一些，慕容宝节就让仆人大喊大叫，把对方赶走。总之，在雇工们的嘴里，慕容宝节是个对同族既厌恶又苛刻，没有丝毫情谊的忘恩负义之徒。

听罢，杨藏英也摇头感叹："看见同乡人就赶就躲，不要说一个大官，就算是个普通人，这事也做得太过难看。"但他转念一想，乞伏弼臣也是吐谷浑人，不知为什么慕容宝节独独信任他，还放任他进入宅邸，与慕容燕云有所接触。吐谷浑雇工们不知他心中曲折，只是连声抱怨："吐谷浑人最讲情谊，像慕容宝节这样的，我们虽穷，也不屑于与他交往。"

杨藏英点头附和，但再往深了说，那些雇工也说不出什么来了。他略微整理了一下所听所见，告知大理寺队长。队长对他的聪敏以及敢吃吐谷浑食物的胆识大加赞赏，但对问出的情报也只是摇头。

关于慕容宝节的这些事情，大理寺早已掌握大半，不算什么新鲜的。杨藏英一时也无法可想，只得先依照约定，替帮了自己的郑茵牵线香奁斋，又想找人说说案子，索性一并请了张元昙来。就此说定，在光福坊会合。结果到了当日，张元昙却迟迟没来。郑茵急着推销首饰，杨藏英只得请小柳引她去见香奁斋妈妈，自己等着张元昙。

谁知，这一等竟是到了傍晚，直到日头将落，张元昙才气喘吁吁，一身狼狈地来了。

第十四章
迎佛骨

"你这是怎么啦?"杨藏英看他跑得急,不由得问道,"台中那么忙碌?"

"不是,不是。"张元昌摆手道,"案件转去大理寺,就没有我们什么事了。你能去大理寺协助查案,我不行,只好自己想办法。"

"自己想?"杨藏英问道,"什么办法?"

"鼓起勇气,去了太平坊,递了名帖,求见那位卢夫人。"

太平坊?卢夫人?杨藏英暗暗觉得不妙。果然,张元昌说道:"当然没有回音。你想,她一个三品夫人,现在又是遗孀之身,怎么好私下会见一个不入流的书令史呢?不过,我不死心,这几天又跑到她府上求见,但好说歹说,守门的始终不放我进去,我也无可奈何。"

"唉。"杨藏英配合地叹了口气,"那你怎么跑成这样?"

"说来可笑。"张元昌摇了摇头,"今日我去,还是不得入门。无奈之下准备走了,结果走到一处侧门,听见里面传来'啪嚓'作响的声音,既不像劈柴,也不像砍竹子。我心里好奇,就探头看了看。结果这一看倒好,里面有个婢女模样的小姑娘，拿着一根一人半高的竹子，一半踩在脚下，一半抓在手上，再一用力。只听'啪嚓'一声，那手腕粗的竹子就被硬生生折成了两节。"他顿了顿，"如果说是个大汉倒好，偏偏是个十二三岁的小姑娘，当真跟街边杂耍似的。"

"然后？"杨藏英听得入神，连忙问道。张元崟却苦笑一声："我觉得新奇，就在旁边看，等她一路把二三十根竹子折了，才回过神来。这时，已经快到与你约定的时间了。结果那小姑娘折完竹子，把头一抬，这一看可不得了，竟是个认识的人。"

十二三岁的小姑娘，杨藏英已明白个大概，不过仍旧捧场问道："是谁？"

"就是琉璃，上回讯问来过的那个。"张元崟答道，"既被她看见，我也就跟她说了会儿话，问她好不好，做活儿辛不辛苦一类，她也答了。你知道的，她答话挺礼貌，我就不好突然告辞。这一来二去，时间就过了。我辞别了她，只能一口气跑了过来。"

"哈哈。"杨藏英笑了几声，比画一下，"手腕粗的竹竿……那是力气不小……"

张元崟理了理衣袍，在他身边坐下，笑道："我曾经疑惑，她手腕很粗，手指却没有干活的痕迹，没想到她竟然是这样的力大无比。"他顿了顿，突然凑近杨藏英，低声问道，"怎么样？那边有进展吗？"杨藏英听见，赶紧正色敛容，附在他耳边，把探查的情况、雇工的说法，还有自己那一瞬间的想法都说了。

说罢，杨藏英摇了摇头，低声道："还是没有乞伏弼臣的消息。"

"长安城太大，在其中找一个人，真如同大海捞针……"

两人对望一眼，都想再说说案情，可眼下无论哪处都走进了死胡同，无法可想。正在沉默间，小柳急急跑来，低声对杨藏英说，郑茵准备告辞，天色已晚，不知能否让他们护送一下。杨藏英看她语气神色，知道大约是郑茵口快，与妈妈闹得不欢而散，便问张元昙意下如何，张元昙也不是好酒之人，也答应日后再聚。

郑茵家住在正对着皇城的崇义坊，为免经过长兴坊时被那些吐谷浑人发觉起疑，杨藏英决定绕经安仁坊、开化坊一路行至。半个时辰后，张、杨两人已与郑茵一起走在坊间的街道上，各想心事，但又不好不言语，只能嘴上随意聊聊，说些有的没的。此时天已略黑，眼看快到宵禁之时，街上仍有不少行人，虽然没有白天热闹，但也为数不少，竟有些熙熙攘攘的味道。

张元昙走了一阵，脱口嘀咕："今夜人怎么这么多？"

"是佛骨！"郑茵扭头笑道，"皇后迎佛骨。"

"哦？"张元昙好奇问道，"这是什么？"

"几日前，皇令从并州传来。皇后下诏，决定迎岐州法门寺佛骨舍利至东都洛阳，送到宫里供养。虽然是东都那边的事，但长安城内，总免不了有几场庆典，几场大的佛事。这消息一出，朝拜的、旅行的、看热闹的，都向城内拥来——你人在长安，竟不知道？"

杨藏英听她又要刻薄，见势不对，便想移开话题，可还未开口，旁边不知何时走出一个僧人，双手合十，沉声接话："女施主好见识，这迎佛骨可是皇家盛事，就连皇后都捐了价值千匹绢的衣饰，来为那佛骨舍利造金棺银椁。"

张元昙笑了笑："又是幸并州，又是迎佛骨，今年这皇家盛事，也太多了些。"

他话语中有些揶揄的味道，那僧人只装作听不见，念了声佛，又说道："既然是皇后做功德，这几日，就算晚间出来，金吾卫也不怎么管。几位逛到此处，也算有缘，不妨到寺中供几炷香烛，祈祈福，佛菩萨自会保佑各位吉祥安康。"

"寺？什么寺？"张元昙问。

"自然是此处大荐福寺。"杨藏英接话。

"非也非也，我们是另一处。"僧人满脸堆笑，"不过，所供奉神佛，不亚于那边。"

杨藏英这时才明白过来，这僧人是寺里的知客僧，大约以为郑茵是贵族小姐，带着管事和杂役出行，想要拉她进庙里，赚一些香火钱。他本想拒绝，但那僧人很是诚恳，他又不好直说，只能转向张元昜和郑茵问道："要去看看吗？"

另两人还没回答，那知客僧添了一句："就算不为自己求，为亲友，为孩子，都是好的。"

他这么一说，张元昜的脸色微微变了，眉毛和眼角耷拉下来，颇有些黯淡。

杨藏英敏锐地觉察到他的变化，猜测或许与那无名墓有关，一时也不知是否要开口询问，犹豫间却见张元昜先摆了摆手："就去看看吧。"他既这么说，郑茵也没有异议。于是，三人跟着那知客僧，往一旁走去。

走了数十步后，看到一个小山包，还有一条向上的阶梯。郑茵惊道："长安城中竟还有这么高的地方！"知客僧只是笑，引着他们拾级而上，走了好长一段，才终于看见寺庙大门。

大门略小，上面一块乌木牌匾，写着"优钵昙"三个大字。再一进门，迎面而来的并不是佛像大殿，而是一道影壁，由大块镜面白石制成，上面雕刻着仕女、武将一类凡俗的东西。见张元昜和杨藏英露出疑惑神色，那知客僧解释道："本寺名叫优钵昙寺。优钵昙，是佛经中的一种奇花。"他又笑道，"这庙原本是一位开朝大吏的住处，可惜他后代不善经营，没法维持大屋用度。想卖了，却又是官产，怕惹得一身麻烦。子孙们争了许久，干脆把大屋送给了庙祝广入法师，让他修成寺庙，供人礼佛，也供僧侣修行。"

他边说边把三人引进庙中大殿。就像这僧人说的一样，大殿由大宅前厅改造而成，看着很是宽阔。各类神佛菩萨的塑像，绕了前厅一圈，每个有一人半高，面目和善，宝相庄严。不过，在杨藏英看来，这些神佛的金身远不如它们身后的壁画好。那些壁画虽然画的是些非人、飞天之类，但各个精致巧妙，不过拇指大小的面容也五官俱全，栩栩如生，甚至有了些喧宾夺主的味道。

他正兀自品味，突然听见旁边张元昙问道："敢问哪尊是祈求冥福的？"

杨藏英心中一动，难道他是为了那无名墓中的人？

来不及询问，带路的知客僧就重重地拍了拍手，立刻有一个头皮精光的小沙弥快步跑来，上前拉起张元昙，往其中一尊佛像走去。他走远了，知客僧似乎想说服杨藏英和郑茵也上香捐功德，但见他们一个面色严肃，一个东张西望，也知说了没用，便立在一旁，不再言语。

这一边，郑茵已经上上下下地把大殿打量了一番，突然问道："这后面还有房子？"

杨藏英顺着她张望的方向看去，只见大殿角落，开有一人宽的小门。门后，是一条窄小的台阶，一路延伸，直到数十步外的一间大屋。那大屋灯火通明，似乎有人居住。知客僧上前，沉声答道："是的，娘子，后面的也是庙产，专租给他人长住。那间大屋，就被人包下了十年。"

"哎呀，那可不便宜。"郑茵露出商人本色，小声问道，"是什么人啊？"

"是个胡人画师，专心在其中画画。"

郑茵满足了好奇心后，又把眼神挪到远处的张元昙身上，转而问杨藏英："小郎君，你这朋友看着年轻，为谁求的冥福？"

"我也不知道。"杨藏英老老实实地回答，"他从来没跟我说起过。"

郑茵挑了挑画得精致的眉："他看起来，倒是个有意思的人。"

杨藏英露出苦笑，他也搞不清楚，郑茵的"有意思"是有意与张元昙结交，还是她又在腹中打些什么主意，干脆不做回答。也恰好，张元昙那边烧完了香，转身向这边走来。他走到杨藏英身前，突然停住了脚步，向着大殿抬起手指："你们看——"

大殿之中，他手指的方向是两个番僧，肤色苍白，披着红袍。其中一个跪倒在佛像下，口中喃喃自语，头不间断地叩地。另一个则手拿经卷，拉着刚才给张元昙引路的小沙弥，指指这里，又指指那里，双手不断地比画，好像在问着什么问题。小沙弥似乎听不太懂他的说话，只能用点头和摇头回应，但番僧很是认真，满脸迷醉。就在他们说话间，那跪着的番僧站起来，双手合十，又转向另一尊佛像，重又跪倒，低头叩拜。

"真是虔诚。"杨藏英感叹道，"听说，西域那边的求佛人，只要见到佛像，就要叩满一百零八个头。虽说是蛮夷番邦，或许比我们长安人更尊崇……更尊崇佛之塑像吧。"

"塑像？佛像？"

"对。"杨藏英随口接道，旋即发现张元昙语调不对。他扭过头，只见张元昙眉头拧到了一起，一副陷入深思的模样。杨藏英急急问道："张兄怎么了？想到了什么？"

张元昙却不答话，转向郑茵，急道："娘子，你快告诉我，马肠……那些吐谷浑吃食，在哪里能买到？"

他突然这么问，郑茵一愣，但还是详尽地指了路，说在西市旁光德坊某间某处。张元昙点了点头，道了声"多谢"，就大步一迈，身子一拐，直直往大殿外冲去。杨藏英反应过来，迈步去追，也只能看见他背影在台阶上飞快远去，要追，怕是要拼命追一段时间。杨藏英想了想，张元昙不过是去找卖吐谷浑吃食的摊位，应该没什么危险，于是转身回到殿内，对郑茵说道："张兄突然有事，先走一步，我把娘子送回去吧。"

"有事？有什么事？"郑茵也皱起眉头，"好好地突然问什么吐谷浑吃食。"

"我也不太清楚。"杨藏英挤出个笑容,"他经常这样,突然想起什么,就去做了。不过娘子放心,张兄不是鲁莽的人,他做事总有缘由。你我只需各自回家,安心静待消息就是。"

"等什么消息?他的事跟我有什么关系?"郑茵耸耸肩,轻轻啐了一口,却又摇了摇头,"不过,小郎君,我这直觉一向很准。现在我心里挺不安稳,你朋友这事儿怕有点悬……"

她口中嘟囔,但还是跟着杨藏英走了起来。两人迈步出了大殿,经过影壁,就要迈下台阶。这时,杨藏英突然觉得脊背一凉,浑身涌起奇怪的寒意,他猛地扭头,回身,只见一个黑影以极快的速度闪到影壁之后。他心道不妙,赶紧追去,但影壁后,只有来来往往拜佛的人,不见可疑的身影。

郑茵追过来探头问道:"怎么了?"

"没什么。"杨藏英抹了抹额头,"看到了……看到了相熟的人,不过不是……"

他明白刚才的感觉,是有人在盯着他的后背看,而且盯了很久。为避免节外生枝,他只能加快脚步,带郑茵尽快离去。好在郑茵也没起疑。杨藏英送她回家后,本想回到大理寺"商队"的宅邸,但算算路有些远,对于张元昙和那神秘的视线又实在放心不下。思虑片刻,他决定先回御史台,将就一夜,次日再做打算。

许久未回御史台,台中的仆役见他,都有些吃惊。他们问起杨藏英的近况,杨藏英只推说进展不大。仆役们对探案也不甚在意,只是笑道,若再这样拖着,那卢夫人怕是又要上门闹事。杨藏英与他们说笑一番,自去台中客室歇息。

一夜无梦,他睡得香甜。谁知第二天一早,天还没大亮,就有人吵吵嚷嚷地敲起门来:

"杨台官!杨台官快起来!出大事了!"

杨藏英自被褥中爬出，迷蒙地问道："怎么了？"

外间那人仍旧咚咚敲门，喊道："大理寺来了消息，说乞伏弼臣找到了！"

"什么！"杨藏英精神一振，从床铺上跳起，"这可是个好消息！"

"……是。"门外的声音却突然沮丧起来，他接着道，"还来了消息，说……他已经死了。"

杨藏英已起身穿衣，听到这话，穿衣的手有片刻的停滞。外间报信人不等他回话，就接着说道："那边还说，杀害乞伏弼臣的人是……张元昙，张台官。"

"什么？"杨藏英手一抖，那一条小管事的外袍，滋溜溜地滑落在地。

片刻后，杨藏英赶到了大理寺的"商队"。在此之前，他已然从同僚口中知道了事情的前因后果。昨天夜里，西市南怀远坊一处胡肆中，有间小屋突然起火。这处小屋虽然偏僻，但旁边有不少摆摊卖香料的胡人，胡肆中宵禁不严，这些人夜里也常出来做生意，既然碰见火情，自然是冲上去救火。火很快扑灭，小屋烧毁了大半，但好在没有酿下大祸。就在众人刚刚松一口气的时候，又有人发出惊呼。

被烧毁大半的木屋中，躺着一具尸首。

这尸首是一个成年男子，已经死去多时。他身上手上都有烧伤，也有搏斗过的痕迹，最重要的是，他胸前有一道极深的刀口，从前胸贯穿到后背。一把镶嵌着粗磨宝石的胡刀落在他的身边。他的身下，鲜血流了一地，已经凝固成肮脏的紫红色。金吾卫很快赶到，他们觉得这人与被通缉的画像颇为相似，便立刻告知大理寺。大理寺司直们连夜赶来，果不其然，这人确实就是他们苦苦寻找的幻戏师，乞伏弼臣。

可他竟然如此死去了？畏罪自尽？那身上的刀伤和身边的胡刀又如何解释？

大理寺的人立刻抓起小贩们询问，这些商贩一见大理寺，个个吓得双腿发软，忙不迭地作证。他们说，很长一段时间，那间小屋只有一个人频繁进出，他们也不熟悉这人，就没多说。但是，火灾之前，曾有一个陌生的长安人接近这里，后来也一起救了火。既是救火，想来也不会走出很远，大理寺立刻开始抓捕，很快就把小贩们说的那个人抓获。可见了人，他们当即吃了一惊，那个人不是别人，正是最近颇为有名的御史台书令史，张元昙。

　　说话者顾虑张元昙的面子，并没有明说，可杨藏英或多或少听出了他们的话外之音。依大理寺推测，是张元昙昨夜找到了乞伏弼臣，贪功好胜的他，想单枪匹马将对方捉拿归案，结果争执中，张元昙不小心将乞伏弼臣刺死，为了毁灭证据，他点燃了房屋。可惜的是，这场火被周围小贩扑灭，他也被大理寺抓获。

　　"我可不信这样的事情。"杨藏英喃喃地说道。

　　这不相信并没有任何的用处。乞伏弼臣的尸身上有搏斗的痕迹。小贩们的证词也出奇一致，没有丝毫的矛盾。这两件事情，足以让张元昙变成一个杀人嫌犯。依据律令，大理寺将他扣押，暂时不许任何人去探望。杨藏英恳求队长替他通融，可队长只是摇头，说此事太过重大，他们爱莫能助。

　　此时已是五月下旬，天气越发地热了，太阳毒辣地在天空照耀，杨藏英却如坠冰窟。他长久地立在布政坊的小院中，看着那些喊冤叫屈的人们，心中一筹莫展。往日诸事，他都能与张元昙商量，如今张元昙不通音信，他也拿不准下一步如何行事。就这样踟蹰的时刻，梁老主簿走到他身后低声道："你可不能跟卢夫人一样，跑去替张元昙申冤。"他顿了顿，"没有用的。"

　　"主簿。"杨藏英声音低沉，"难道我们就这么坐以待毙？"

　　梁老主簿的胡须抖动着，似乎要说什么，却最终没有说出来。杨藏英想了想，沉痛道："主簿，眼下最关键的事情是证据，我们没有翻案的证据。"

梁老主簿点了点头："确实如此。"

"其实，主簿，那夜在优钵昙寺，我曾察觉有古怪的视线盯着我，似乎有人在跟踪我，或许，也跟踪张兄……"

梁老主簿明白了杨藏英的意思："你是说，那个幻戏师还有同伙？"

"我和张兄，一个小台官，一个书令史，有什么值得注意的地方呢？"杨藏英说道，"就像之前说的，主簿，我丝毫不怀疑张兄的清白。但我比较担心，时间拖得太长，会让我们的调查变得不利。若是证据消失……"

若是证据消失，很可能大理寺就给张元昙扣个帽子结案。虽说以杨藏英所知，大理寺大部分都是勤勤恳恳的清白之人，但若是有一两人存些坏心，这事儿就有点没法收场。况且这事又涉及朝中派系，更是难以把控。梁老主簿不言语，只是上上下下打量了一番，突然露出苦笑："小郎君这是在逼老朽，逼老朽想想到底能做些什么？"

杨藏英赶紧躬身回礼："在下不敢。"

"说实话，这些天我想到这些，也有所顾虑。"梁老主簿压低了声音，"要见张元昙是不能，但是让你在大理寺队列中再留几日，帮他们收尾，还是能做到的。"他的声音压得更低，"至于能做到如何，就看你的造化了。"

杨藏英听罢，点了点头。

次日，他便回到了大理寺的"商队"，也不多言，只是对队长说想去帮弟兄们清理怀远坊那边现场。队长似乎也明白，立刻同意，让他正午便到那间乞伏弼臣的小木屋去。杨藏英按时赶到那里，却没有见到大理寺的人，值守的反倒是两个熟人，一个是骞为道，一个是鱼余业。见了杨藏英，他们都露出心领神会的表情，但还是正色问道："杨台官还要看什么？我们已经看过好几回了。"

杨藏英使个眼色，面上赔笑："走个过场，走个过场。"

那两人对看一眼，各自伸手一指："那你自己看，我们不陪了。"

说罢便走到木屋门外，眼望远处，好似有放风之意。这正合杨藏英所求，赶紧道了几声谢，迈步进去了。

就像同僚们说的那样，因为起火，乞伏弼臣的屋子已经被烧去大半，所以显得一半亮堂一半昏暗。屋中东西不多，只有一张木制床榻，一张用木块临时拼成的几，还有一个青铜长柜。西面墙壁上挂着一张灰色的布幔——看起来，它原先是由几块不同颜色的布料拼成的，不过落满了灰尘，以致看上去像是灰色的。

"哎呀，我也凑个热闹嘛。"

杨藏英正在看着，突然听见一阵略显尖厉的声音，很是耳熟。杨藏英直起身，往门外看去。只见外间来了个身穿锦袍的女子，不是郑茵又能是谁？她正拉扯着鱼余业，好似要往他手中塞铜钱，胖台官自然不愿沾染这麻烦，贵族出身的另一位更是避之不及。杨藏英这一看，正好把他们的种种姿态逮了个正着。四个人面面相觑，片刻后，郑茵倒是先笑道："我刚好走得累了，乍见这两位熟人，就请他们替我跑腿买些果子，顺便请他们喝酒。"

两个台官满脸都是尴尬。骞为道不满地嘟囔："谁是你的熟人？"

杨藏英也有些无措，想了想，还是轻呵道："别扯这谎了！要进来便快进！"

郑茵不再顾忌，就此踏过门槛。外间骞为道、鱼余业抱怨几声，仍替他们守着门边。杨藏英不由压低声音道："你来干什么？"

"刚才不是说了吗？"郑茵眨眨眼，"凑热闹。"

杨藏英一贯温文尔雅，可今天心中带着任务，有些着急，便不理她，仍旧转身看起来。郑茵撇了撇嘴，嘴里嘟囔道："你找到了吗？能帮你朋友的东西……哎，我直说了，我来呢，就想给你那朋友张郎君卖个人情，哟，这里还有个佛像……"

她眼疾手快，边说边揭开墙角那张布幔。

杨藏英看过去，只见布幔后的墙凹下一块，里面放着一尊佛像。佛像颜色暗沉，虽然贴了金，可因为落了许多灰，看上去反倒像是黄铜的。佛前供了一束花，一盘点心。但如今花已枯萎，点心也有些腐坏，佛像前没有香炉，也没有供香燃烛的痕迹。

杨藏英想了想，走到佛像面前，双手合十，略拜了一拜。然后他伸手，有些不敬地将那凹槽各处都摸了一遍。他原以为能摸到气孔或是机关密道一类，可实际并没有，这里似乎只是一处普通的佛龛，没有神秘之处。杨藏英还不死心，轻哼一声，伸手就去摸那佛像，然而除了厚重的灰尘，什么也没有摸到。

郑茵在布幔边问道："怎样？小郎君，有不对的地方吗？"

杨藏英摇摇头，走了出去，他的眼神看向青铜长柜。柜门开着，里面放满了东西。杨藏英走近去看，只见柜子里面分了三层。上层整齐地码放着碗筷、茶杯等日常杂物，还有绳索、包袱之类的物件。下层则是衣物和饰品，表演用的七彩外袍，平日穿的青色长衫，冬天的狐裘，夏日的布衣，分门别类，叠得整齐。除去有几副能遮挡半边脸的白瓷面具，与一般人的也没什么不同。他正在翻检，郑茵也走了过来。她拉开娇小的中层抽屉，伸手取出其中一个瓷盒，打开，突然惊道："这是什么？"

瓷盒里是黑色的膏体。女子伸手拈了一点，放到鼻子边："火药？"

杨藏英想起什么，脸色微变，猛地伸手，拍了她一下。郑茵吃痛，反手就要回击，但手一抖，差点把瓷盒掉到地上。事发突然，她的面容带上了几分怒色，但杨藏英低声提示："放回去，这应该是阿芙蓉[①]。"

"阿芙蓉？"郑茵惊道，"这幻戏师，还会炼丹？"

[①] 即罂粟制成的鸦片，在唐代是炼丹用品。

两人对看一眼，开始翻检中间的抽屉。抽屉里除了阿芙蓉，还有许多小盒装的药粉。纵使是杨藏英，也只能认出其中一个是五石散，一个是火药，其他的全是叫不出名字的药膏药粉。

杨藏英本想唤鱼余业进来看看，想了想还是查验完毕再说。他低下身子，复又细看，只见抽屉下，还有两个已经干了的胡饼。

柜脚放着三个小小水缸，缸内无水，边缘略有些青苔，大约是日常储水用的。

这端午后的五月间，天气依旧炎热，经过一番翻找，杨藏英累得一身大汗，头发都粘在了鬓角。郑茵以手做扇，扇出那么一点几乎不存在的凉风。两人把乞伏弼臣的住处仔仔细细地查了一遍，不论哪一处，好像都有些古怪，可当真翻找起来，又完全没有可疑的地方。

郑茵首先放弃了，她两手一摊："小郎君，算了算了，看来这回，是老天要绝了张元昌的路。"

"我不信。"杨藏英抹一把额头上的汗，赌气般地说道，"他没做什么伤天害理的事，老天凭什么这么做？"

"我又不是老天，我怎么知道？"郑茵耸耸肩，"你还要找吗？"

"要。"杨藏英回答，他甩甩头，强打起精神，"一定能找到的。我相信张兄。"

这样说着，他缓步走到佛像前的布幔下，深吸一口气，缓缓抬头。突然间，他发出一声抑制不住的惊呼。

"——咦？！"

第十五章
验罪证

阳光，正午的阳光，从那被烧毁的屋顶照进来，是那么的热烈，照得整个布幔都亮了一圈，照得那一块块布料上的花纹、图案都透了过来。

杨藏英伸手抓住布幔，猛一用力。那布幔本就脆弱，如今一有外力，整个连支架都掉了下来。积累了不知多少年的灰尘猛地腾起，一时间如同大雾弥漫，将杨藏英和郑茵笼罩在内。一片迷蒙之中，门外传来男子的惨叫。

"哎呀！你们这是做什么？"

首先冲进来的是鱼余业，他惊呼连连："啊呀让你们看，可没让你们动手哇！"

"这可不好办了。"骞为道在后使劲摇头，"虽说有招呼，但上头还是交代我们要保护现场，一点都不能动的——"

他们的声音很快被郑茵尖声打断："哎呀，哎呀，有了，果然有了！"

鱼、骞二人一边咳嗽一边惨叫："有什么？啊呀呀，有麻烦了！"

这时，灰尘多少散去些。骞为道、鱼余业看见杨藏英站在佛像前，手里捏着从布幔上扯下来的一块布，正展示给郑茵看。郑茵满头是灰，却满脸笑容，一个劲地拍掌喝彩。

骞为道觉察不对，睁大眼睛问道："怎么回事？"

鱼余业更是指向杨藏英手中的布块，高声问："那是什么？"

"地图。"杨藏英把手中的东西举起来，"一张地图。"

"什么？！"话音还未落下，两个台官已经跑来，不顾脏污，凑近前去。杨藏英手一挥，将他俩拦住，自己小心翼翼地从灰尘中走出来，走到旁边的木几上，将那块布展开。

那是张双掌大小的布块，内侧以灵动墨线勾出疆土的边境，正中写上地名，再以符号标出城池、低谷和高地，旁侧另有十几个字样的墨迹，也不知是何处文字。

"地图。"骞为道睁大眼睛，口中喃喃，"这是地图。"

"啧啧。"胖台官露出惊讶神色，嘟囔道，"看吧，大理寺那些家伙，总说灰尘上头指不定有痕迹，不让我们动这帘子——谁知道，这块布里竟然藏有这样一件东西！"

"事情可没那么简单。"骞为道扭头瞪他，"别忘了，藏有地图，这可是死罪。"

杨藏英边听他们争吵，边用指尖在地图上划动。有趣的是，这张地图上不止标了疆域、高低，还在旁边画有一些建筑和小人，建筑有大唐风格，也有西域模样的，而小人多穿着边民的服饰，看上去就像要从画中跳出，既逼真，又活泼。

旁边传来一声压低的惊呼："这地图，不对……"

这是郑茵的声音。杨藏英不由得抬头看她，只见她脸上的喜悦已经消失，露出难得一见的郑重表情。她伸手一指，指着旁侧似字又不似字的墨痕，轻声说道："这是吐谷浑文字。"又看一番，"看疆域，也是吐谷浑的地图。"

吐谷浑。听到这个名字，杨藏英不由得竖起了耳朵。

郑茵继续说道："可这是二十年前的疆域，那时候吐谷浑疆域还很大。这几年，他们连年内战，又有吐蕃之类的外敌，疆域缩小了不少。我能确定，这是张至少有二十年的老地图。"

"二十年——"骞为道松了一口气，"老地图，罪不至死。"

听他如此说，几人心中一松，但鱼余业还是道出众人心中疑问："幻戏师藏着这个，是要做甚事？"

"我怎知道？"骞为道皱眉，"莫不是收着要卖钱？"

"不可能。"郑茵当即否决，"这长安城中也没有买卖旧地图的……"

"会不会和二十年前什么大事有关？"杨藏英抬起头，看向两位台官，"为道兄，你且想想，二十年前有什么大事吗？"

"我虽是博览群书，可也不能每年的事情都记得。"嘴里如是说，骞为道还是皱起眉头，细细思虑，口中低声道，"二十年前，那就还是贞观年间，是十三还是十四年？哦，十四年……有什么大事？好像有公主和亲？又好像流鬼国来人朝贡？啊呀，二十年前我才刚出生啊！"

鱼余业在旁也是沉吟，说自己虽年长些，可也不记得有什么涉及边疆的大事。两人你一言我一语地争论半天，还是说不出个所以然来。旁侧，杨藏英一直在思虑，待到他俩说话间歇，这才插嘴："无论如何，这地图之事非同小可，我先回去复命。"

"那是自然。"骞为道立刻接道，"杨小郎君快些，免得又被大理寺抢了功。"

杨藏英连声称是，迈步就走。骞为道、鱼余业先把郑茵遣走，又合计一番，把布帷被揭下的事情都推到郑茵身上。大理寺诸人知晓郑茵的脾性，也没有多问，这事就此掩过。杨藏英回到御史台中，将地图交给梁老主簿，又把如何发现、如何考虑的事情细细说了。

梁老主簿虽也觉得,二十年前的旧地图不算什么,但未必不是个机会,便添油加醋地写了文书,报与刑部、大理寺,另也交给朝中几位宰辅。杨藏英心中虽然焦急,但还是一边继续寻找证据,一边等待消息。

又是几日后,一天清早,杨藏英刚来到御史台,还未在榻上坐稳,来贵极便冲了进来,喘息未定、满头是汗,看见他即高喊:"杨台官快些准备!"

"怎么了?"杨藏英先是一愣,旋即面露喜色,"难道说……"

"对!"来贵极也喜道,"主簿交代,现在马上要去大理寺,杨台官务必随行。"他声音猛地压低,"快些,与张台官有关。"

杨藏英精神一振,立刻收拾停当,与梁老主簿会合,一同前往大理寺。到了御史台门外,杨藏英才发现,这一回梁老主簿统共带了十六位台官,骞为道、鱼余业两人也在列。除此之外,还有为数不少的书令史,以及仆役——来贵极照例也在其中。人多势众,足足坐了两驾马车,阵势远比前往绿槐宅邸时的庞大。

马车之后,还有一辆大车,窗上镶有铁条,显然是押送犯人用的车辆。杨藏英心中一动,他知晓御史台中有这么一辆车,任事数年,却从未见其开出过。想到此,他的心怦怦直跳,他感觉得出,这次的事情,应该不止涉及张元昺那么简单。

他正准备上车,梁老主簿走来,在他耳边轻声嘱咐:"这一回,有大人物来,务必谨慎,见机行事。"

"大人物?"杨藏英低声道,"是,我知道了。"

他很想问问到底是何等的大人物,但眼下严肃的情景,也不好问出声。梁老主簿看他知晓,放心地点了点头,但还是多嘱咐了一句:"我知道你救人心切,但万万小心,不要说错了话,被人抓住了把柄,反而对张元昺不利。"

杨藏英赶紧应诺,再抬起头,发现车中其他台官、书令也是神色郑重。想来梁老主簿这句话,既是对自己说,也是对御史台其他台官说的。

车轮旋转，不一会儿，停了下来，看来是到了大理寺门口。

梁老主簿和台官们下了车，整理衣冠，由侧门走入大理寺之内。和御史台一样，大理寺也有供人密谈的暗室，而且这暗室比御史台的大了许多。在御史台诸人到的时候，里面已经满满地或站或坐了不少人。

杨藏英跟着梁老主簿，边走边看。立在最外的，是一些证人。有当晚参加夜宴的乐师、舞伎，不少是之前御史台断案见过的。有些只披了件衣衫，有些睡眼惺忪，显然是被临时召来的，对眼前的状况很是不满，但碍于气氛，只能压低声音，窃窃私语。另外还有婢女和仆役，包括爱娘、琉璃，都在暗室角落垂头站着。

再往前走，就看见之前守着慕容宅邸的司直崔辕，他率大理寺的司直、文书，与刑部的人立在一起。旁边几个仵作、杂役，正摆开一张很大的几案，几个年轻郎君来来回回，不断自外间取了东西往上放，有些是书卷，有些是软布包裹。

杨藏英知道，那些包裹中，包的是毒杀案当夜的种种证物。

正在这时，背后传来一阵当啷声，他回过头去，绿槐正一瘸一拐地走过来。今日她没戴枷锁，但还是戴了脚镣，走起路来叮当作响。再看脸上，她柳眉倒竖，气呼呼的。自当日说出实情后，这个女子就一扫那悲戚戚的模样，她愤愤地瞪着每一个人，一心只想着为慕容燕云报仇。

"看什么？快快跟上！"

梁老主簿低声喊了一句。杨藏英应诺，重又跟了上去。御史台台官们走过人群，来到了暗室深处，大厅正中。

杨藏英抬眼，只见最高的台阶之上，摆着高坐床。床上坐着一个约莫四十岁、普普通通的郎君，他面白无须，看起来有些柔媚的女子气，但他的脊背挺得笔直，显然对眼下的场面充满把控权。

在他的左侧，坐着一个素服女子，面前没置步障，只以帷帽遮头脸。隔着薄纱，杨藏英知道那是曾经大闹御史台的卢夫人。她今日穿着的是素色礼衣，也戴着臂环、手镯等金银饰物，显露出三品官员夫人应有的派头。

而在她的对面，正首右侧则是两位官员。一位未着官服，通身穿的是皂衣皂裤，是几日前见过的大理寺少卿元武。另一位则不比杨藏英年长多少，身着绯袍，佩着银鱼袋，不时有刑部装扮的人到他身侧，低头恭敬地询问详情——

这位大约是郝善业，刑部侍郎。杨藏英隐隐记得曾听说，此人颇得朝中一位大员赏识，因此跃升很快。

——或许也是他，与皇后一派不睦，所以拒绝了此案。

杨藏英想细细辨认，却发觉郝侍郎、元少卿两人面上都是微红，一副气鼓鼓的模样，许是刚刚争执过。梁老主簿也有所察觉，但不多言，只先行礼："御史台来晚一步，真是抱歉。这位是……"

元少卿、郝侍郎都没答话，倒是正中那人立起，礼貌地欠欠身："主簿不必多礼，奴是宫中内侍，姓邓，奉凤阁上贵人之命前来，听听这次的事情。"

凤阁上的贵人，那便是皇后了，杨藏英咽下一口唾沫。

邓内侍继续说道："这几日，圣人风疾，皇后协政。您放心，今日说的，回去我会一一禀报。"

邓内侍的话语非常客气，暗室内的气氛却骤然紧张了起来，明明没有风，可依然让人觉得脖颈之处传来一丝寒意。梁老主簿大约想起皇后那语焉不详的懿旨，不由得绷直了肩膀。他暗中瞄了眼台上的元少卿、郝侍郎，彼此使了个眼色，再次深深地拜下去："听凭吩咐。"

邓内侍也抬了抬眼，问道："梁主簿，听说这回的毒杀案，抓到的犯人是清白的？"

"……是。"梁老主簿斟酌着词句，"最早抓获的犯妇绿槐并没有参与毒杀，后续有嫌疑的慕容家小娘子，指向她的证词已被证明是虚假的，她也不是凶手。"

"那么，凶犯是死掉的那个幻戏师咯？"

他这样问，显然已知晓案件详情。梁老主簿如履薄冰，谨慎作答："这点，恕老朽没法回答。幻戏师的嫌疑，目前确实是最大的。但御史台是讲究证据的地方，依照现有的调查，我们只能确定，他作了伪证，至于更深一层……是不是此人下的毒，他又如何下毒，都还没有定数。作为主簿，我不敢也不能妄下论断，还请中使①恕罪。"

邓内侍皱起他淡得几乎没有的眉头，轻声说道："看来，御史台也不知晓啊。"

这没有前因后果的一句话让梁老主簿加重了呼吸，他复又看向元少卿、郝侍郎，这两人都没吱声，且郝侍郎脸上还露出似有似无的冷笑。

杨藏英心中不忿，正预备上前，恰在此时，旁侧的卢夫人突然开口了："可不是，我述冤的时候，一个个都拦着我，连问都不乐意多问一声，当然不知。"

她声音仍旧如前，平静无波，却让在场诸官个个警惕。邓内侍的话无头无尾，卢夫人又骤然提起旧事，谁也猜不透这两人的意图。

他们尚在揣度时，卢夫人淡淡道："只有张小书令，用几句话就把事情说清楚了。"

众官肃立，尴尬地等着接下来的指示。谁知邓内侍"嗯"了声，像是发现了什么端倪，突然转头道："这位便是杨藏英？"

他指名道姓，众人赶紧答"是"。

"久闻他名姓了。"邓内侍自语，"杨藏英，总是发现关键证物的御

---

① 宫中派出的使臣，多指宦官。

长安一百零八案：蚍蜉杀　171

史台小郎君。"

这话中似有深意,杨藏英还在思虑,卢夫人却已代答:"是的,就是他。"

"哦——"邓内侍拖长语调,"听说你与那书令史,名叫张元昙的交好。"又道,"你可听过,他对这乞伏弼臣一事有什么说法?"

杨藏英一时语塞,心道如此场景,该如何应答才妥当?想了想,他强压不安与怀疑,只说道:"我也不知——"

邓内侍却笑了,道:"你们看,就连他都不知道呢。"

你们?杨藏英先是一愣,略微抬头,才发觉这句话是对着旁边大理寺少卿元武和刑部侍郎郝善业说的。再看两位,元少卿自是以胡须掩饰,面无表情,郝侍郎也冷了脸,两人都是一副抵触模样。坐在首座的邓内侍微微一笑:"御史台不知道,小郎君也不知道,所以,我们还是请出张元昙来说话吧?"

"中使。"元少卿沉吟,"在下刚才已经说过,张元昙现在的身份是嫌犯,让一个嫌犯出来解决自己犯下的悬案,这是从来没有过的规矩。"

郝侍郎也不失时机地接上:"这个口子一开,以后所有的罪犯都能为自己狡辩了。这成何体统?以后我们抓到了人犯,又该如何威压呢?"

两人说得郑重,却隐隐有股赌气的味道。杨藏英揣度情势,已经摸出一些脉络。看来,是邓内侍提出要让张元昙出来断案,而大理寺与刑部咬住他"嫌犯"的身份不放,执意不让他出来。

就在杨藏英思虑之时,只见邓内侍眼睛微微一偏,对卢夫人使了个眼色。卢夫人猛地站了起来,口中喝道:"够了!"

她声音不大,却让大理寺和刑部都住了嘴。说起来,卢夫人大闹御史台也不过三个多月前的事情,想来他们也是知道的。只听这位贵妇沉声说道:"当时你们口口声声,都说是绿槐犯案——只有张书令发现了真情。"

卢夫人声音不大,但颇有当时在御史台大闹的风范,如今又多了一丝沉稳，更让人觉得冷汗涔涔。她继续逼问："如今你们不让他出来，难道想再制造冤案？"

两位官员见此场景，都不由得连连摆手："夫人，不敢。"

卢夫人轻轻冷笑，说道："虽说这是那个搞幻戏的胡人的案子，但说到底，也与我丈夫杨思训的死有关。若你们不愿让张书令出来讲个清楚明白，那我就继续去告诉。这案已翻了第一次，难保没有第二次、第三次……"

杨藏英听着，心中不由得窃喜，当时卢夫人让御史台多为难，如今就让另两人多难堪。元少卿和郝侍郎本已怒气满满，若非邓内侍在场，估计都要忍不住发火，但现在只能低下头，不声不响。

邓内侍听卢夫人说完，道："且听我说一句吧。"

两位大官正巴不得，赶紧应声扭头，不理会卢夫人。

"两位的顾虑，我都明了。罪犯断案，这在我朝确实是从未有过的事情，也不符合一直以来的规矩。"他顿了顿，"但规矩是死的，事儿是活的，无论是大理寺、刑部，还是那边的御史台，最重要的还是辨明真相，不留冤案，是不是？如今皇后协助圣人主政，她是个明理的，两位就当是好心，帮这位伤心的卢夫人了却心愿，她想来也不会追究。"邓内侍说到此处又顿了顿，"如果张元昙恰好如之前一般，有一番运气，能将这事说得清楚明白，不是正好帮了二位，履行对圣人、皇后的臣职吗？"

邓内侍一番威逼，又一番利诱，让旁边的元少卿和郝侍郎都无话可说。前者未言语，后者撇嘴，只露出"随你高兴"的神情。

老辣的梁老主簿当然不愿放过这微妙时机，上前说道："中使说的是，御史台众台官都在，若张元昙有作伪证、狡辩的行为，我等一定会按台中规矩处置，请各位放心。"

两位大官对看一眼，能坐到这个位置，察言观色是免不了的。都说到这个份上，想来不坚持与坚持的好坏也都辨别明晰了。大理寺少卿元武首先说道:"听凭中使吩咐,一会儿就把张元昙带来吧。"刑部侍郎见状,也不再坚持,只是高声嚷嚷:"那就先跟中使说清楚,今日这情况不是什么正式的审问,刑部也不想参与!但人既已来了,就一同把前因后果理一理,做的事、说的话都做不得数——这些,还请中使酌情上告皇后。"

邓内侍点了点头。两位大官便各自喊来部下,嘱咐几句,片刻后,暗室之中的其他人也上上下下忙碌起来。又过了会儿,一个侍从小跑过来,躬身问道:"几位官人,这次的问话,谁来主持?"

杨藏英心中一动,赶紧迈出半步,低声对梁老主簿喊了声:"主簿。"

梁老主簿会意,立刻上前。谁知他还没说话,元少卿已沉声说道:"按说应由中使主持大局,但问话这事,顺利还好,不顺的话,又烦又累,怎能辛苦了中使!"他顿了顿,叉手行了个礼,"所以,暂且让这位杨小郎君代为主持,不知各位意下如何?"

郝侍郎立刻冷哼一声:"他是张元昙好友,应该回避……"

卢夫人说话了:"妾身觉得,杨小郎君十分合适。我在御史台亲眼所见,杨小郎君与张书令辩论,条理清晰,毫不含糊。"

元少卿立刻接道:"说得是,这本就不是正式的讯问,不妨让杨台官试试。大局由梁老主簿把控,也不至于出什么问题。"

之前张、杨两人为绿槐和慕容燕云的案件争辩的事情,在场的人虽然没有目睹,但多少听说过。夫人这么一提,便无人再说话,邓内侍顺势也答应了。郝侍郎脸上虽不好看,但也没再说什么。

就这样,又一番折腾之后,众人各自找到了自己的位置。杨藏英坐在暗室正席,眼前是黑压压的一片各色人等。而他的一侧,梁老主簿、大理寺少卿和刑部侍郎面色严肃,正襟危坐。他的另一侧,邓内侍和卢夫人坐在黄绸软榻上,两人饮着水,不时附耳低语,方才脸上仅有的一丝笑容也荡然无存。

杨藏英看看左，又看看右，哪一方的气氛看起来都不轻松。

他微微低头，定了定心。片刻后，他将手一挥，沉声说道："问话开始。"

全场静了下来。

他又将手一挥："带张元昪。"

一阵金属的撞击声响起，然后越来越近。两个杂役押着一个戴木枷的人缓步走了进来。满是尘灰的木枷上，是一个须发皆乱的男子的脸，脸色灰暗，眼眶下有厚重的青色，可满是血丝的眼中，却是神采奕奕。他腰板挺得笔直，穿过证人，走到杨藏英面前。环视一周后，他嘴角露出一丝笑容，对着正席行了个礼："在下张元昪，叩见杨台官。"

"好。"杨藏英不动声色，正色问道，"你可知晓你的罪过？"

张元昪摇了摇头："我没有犯下任何罪过。"

"幻戏师乞伏弼臣十一日前死于怀远坊胡肆屋中，死因系在打斗之中，被尖锐胡刀刺死，后被焚烧。多人作证，除去乞伏弼臣，只有你进过那间屋子。"杨藏英顿了顿，"可有此事？"

"确有此事。"张元昪答道，"但我没有杀害乞伏弼臣。"

他答得毫不含糊，显然与以前一样胸有成竹。

杨藏英心中窃喜，但情况所限，也不好表露，便顺着话往下说："乞伏弼臣的死，与之前杨思训大将军毒杀案有所关联，案情十分复杂。皇后仁慈，不忍见冤案，派人来听取证言，了解实情。"他顿了顿，"这次不是正式审问，但相关人等都在。你务必将实情说出，若有隐瞒欺骗——御史台绝不会有所偏袒！"杨藏英提高音量，重重地说了一句。

他声音算不上大，但在相对狭小的暗室之中，回音轰轰，可说是大吼一般了。起初证人那边，有些人见他年轻，便毫无敬意地窃窃私语，被他那么一吼，个个都住了嘴，低下头老老实实。一时间，暗室重归安静，只听得到此起彼伏的呼吸之声。

停顿片刻，杨藏英直视下方张元崟的双眼，问道："你最后一次见到乞伏弼臣，是什么时候？"

"五月十四当日夜里。"张元崟答道，"我与小……杨台官你一起，路过安仁坊，顺路到优钵昙寺礼佛，路上你向我提起，你在与吐谷浑雇工吃下有古怪风味的发酵下水之前，曾在某处闻到过同样的味道。而就在礼佛之时，我突然想起，乞伏弼臣前来审讯当天，我与你说过，他身上似乎有些说不清的气味——两相对照，那很可能是同一种气味。"

他毫不避讳地提起与审问官的会面，听审的众人顿时露出各色神情。但张元崟像是没看见一般，继续说道："如此想来，乞伏弼臣这个人，平时应该也会吃这种吐谷浑的发酵肉食。那些肉食不合长安人胃口，想来城中售卖的地方也不多。于是，"他顿了顿，"我立刻想到，可以去询问摊主是否见过乞伏弼臣。正好译人郑三娘子就在旁边，我便问她到底哪里有卖这些吃食。"

"是这样没错！"一个女子高亢的声音传来。

众人的目光，一时都聚焦到了声音的来处。杨藏英看过去，人群之中，郑茵不知什么时候也来了，正挥手大喊。见在场所有人的眼睛都看过来，饶是她都有些招架不住，只喃喃道："确实……他突然问我在哪里买，我就、我就跟他说了西市附近最大的一处，在光德坊。"

言罢，她向众人描述了那店铺的具体位置，与那夜告知张元崟的无异。

"好。"杨藏英做个手势，让旁侧的书令史将郑茵的话记下，"娘子言之有物，所以暂不治你扰乱公堂之罪。下回说话，务必谨慎。"

他声音冷漠，众人立刻安静下来，郑茵也赶紧退下。

杨藏英转向张元崟："那么之后呢？"

张元崟回答："当时虽然晚了，但我还想碰碰运气，问问能不能打探到乞伏弼臣的事。我到了光德坊，没走几步就看见一个身穿长袍的人影，脸上好像戴着面具。我看着像乞伏弼臣，就迈步跟在他的后面。"

不好。杨藏英心道。他想起优钵昙寺门口那若隐若现的视线，直觉告诉他，并不是张元昙偶然遇到了什么人，而是有人早早窥探他的行踪，给他布下了陷阱。

正如他所想一般，张元昙说道："那人一直走，我就一直跟着，一路跟进怀远坊，直到他拐进一条闹市旁的曲巷。曲巷不算窄，但几乎没有人进出。我想，就这么跟进去一定会被发现，就等了约莫一炷香的时间，才走进去。"

他顿了顿："那曲巷是条死路，路尽头有一扇门，也不知道锁没锁。我本想上前细看，还没动身，就听见远处有人喊'着火了、着火了'。再一抬头，看见门后连着的木屋顶上已经烧了起来。有几个小商贩冲进来，喊我一起救火，当时情境也不容多想，我就跟着他们跑出去打水搬沙，直忙到把火扑灭。"

"嗯。"杨藏英点了点头，扭头问道，"有人作证吗？"

好几个在胡肆小巷外做买卖的胡人站起身，用不太熟练的大唐话混着胡语说了起来。他们说了很多，但内容无非两样，一个是他们进去，确实看见张元昙站在门外边儿，只当他是路过的人，就喊了他一起灭火。另一样便是之前多次说过的，除了张元昙，并没有乞伏弼臣以外的人进入小巷。

"好了。"杨藏英转头问张元昙道，"对他们的证词，你有什么要说的？"

张元昙望了望那些不停说话的胡人，一字一句地说道："他们说的是真的。"

"那么，我之前说过，乞伏弼臣是与人打斗而死，也是真的。"杨藏英说道，"依据这两点，可以推测出，只有你才能够杀害——"

"不。"张元昙突然出声打断，"我没有杀害乞伏弼臣，这也是真的。"

"哦？"杨藏英微微低头，正对上张元昙的双眼。张元昙直视着他，没有丝毫的回避。这一回，杨藏英没有说话，也没有任何一个人发出"安静"

的指示，刚刚还在争着说话的商贩却瞬间安静下来。不止他们，在场的每一个人都没有出声，皆是静静地等着，等着见证张元昙在这几乎无解的局面中，悍然破局。

"我没有杀害乞伏粥臣。"一片寂静中，张元昙缓缓开口，"杀害乞伏粥臣的，是'乞伏粥臣'。"

第十六章
真身现

杀害乞伏弼臣的是乞伏弼臣。

张元昙这话一出，暗室立刻由寂静变为沸腾。刑部侍郎郝善业报以几声不屑的笑，他看了看梁老主簿，又转向大理寺少卿元武，小声对他说了些什么。而元少卿却满脸戒备，十分严肃地摇了摇头。另一边，邓内侍几乎没有表情的脸上露出了难得的兴致，他把眼神聚焦到了杨藏英身上。而杨藏英在思虑片刻后，挥了挥手："肃静。"

他不等众人回应，只是看向张元昙："你的意思是，他是自戕？"

"不。"张元昙又一次答道，"有人杀害了乞伏弼臣，而这个人正好也是'乞伏弼臣'。"

他的话仿佛谜语，让在场的人都有些晕头转向。不明就里的人以为他昏了头，出语嘲讽。张元昙却不紧不慢，戴着枷锁行了个礼，说道："杨台官，这事情我需要慢慢说明——首先，我想请绿槐娘子上前。"

杨藏英点点头："准了。"

又是一阵脚镣声响，被羁押在暗室角落的绿槐，被带到了张元昊的身边。

在来大理寺之前，绿槐一直被关在牢中，哪里知道事情又横生波折，先是突然知晓乞伏弼臣的死讯，尚来不及悲伤，又见审过自己的张元昊戴着枷锁，一时也不知该如何反应。想了想，她还是对着杨藏英和张元昊躬了躬身，迟疑地说道："绿槐见过各位官人，还有杨台官、张台官……"

张元昊将戴着枷锁的头转向她："绿槐，请你回答我的问题。请问，乞伏弼臣与你是如何相识的？"

就像之前刑部侍郎所说，犯人询问犯人，这是前所未有的状况，绿槐有些糊涂了。好在她是见过大世面的人，定了定神，对着张元昊答道："乞伏……弼臣是二十几年前，我所在平康坊伎馆的妈妈买下的婴儿。"

张元昊点了点头，示意她继续说下去。绿槐张了张嘴，终究觉得不妥，抬眼望了望台上的杨藏英。杨藏英沉思片刻，顺着示意道："细细说来。"

"是。"绿槐应道，向上抬了抬眼，"那是二十多年前……大约是贞观朝八年还是九年的样子，大唐跟吐谷浑打仗。而后三四年，有不少经历此战的吐谷浑人流落长安。他们不懂唐话，也找不到活儿干，只能卖儿卖女来换粮吃。弼臣就是那时，被伎馆妈妈买下的。"

到了这里，她也觉得似乎无须再刻意避嫌，于是唤起名字"弼臣"来。

"那时，他还是个襁褓中的婴儿。人牙子说，这孩子姓'乞伏'，是吐谷浑王族姓，说不定是个落难王子，日后还能念着妈妈，许她荣华富贵。"

"哦？"邓内侍突然插话，"当真有这回事吗？"

"回官人，应当是没有。"绿槐答道，"我当时四五岁，见过弼臣父母。他们穿得破烂，行事也畏畏缩缩，不像什么贵人。之后十来年，也没见吐谷浑那边的人来寻过。所以，什么皇族王子一类，应该是人牙子的花言巧语，当不得真。"

邓内侍沉吟了一下，挥手道："继续说吧。"

"是。"绿槐又应道,"妈妈本意,是说吐谷浑人擅长拉弓射箭,买个男孩,长大了能给伎馆做打手,看家护院用。可惜,弼臣从小在一群娘子里长大,养到十来岁,还很瘦弱,连马都不怎么会骑。胡人男子,又不好安排他去迎来送往。妈妈也为难,平康坊是做生意的地方,不好明着养一个无用之人。弼臣倒也知晓这一点,就暗中拜师,去学了一手幻戏。待到成年,就拜别妈妈,在长安各处酒肆卖艺为生。"

她停了停,双手摆摆:"后来,我因为掌上舞略有些名气,其他舞也练得不错,就拜别妈妈,自己出来单干。弼臣找到我,说想与我一起献舞卖艺。我把他当弟弟看待,又觉得幻术配舞确实新奇,就答应了。我们游走于长安城中各处乐坊,一同演出,若遇了我要与其他舞姬共舞,他就在旁辅助,到了慕容将军赎出我,给我安排宅邸另住后,我们才正式分开,各自过活。"

绿槐话音刚落,张元昪就接了上来,他问道:"你刚才提到,从未有吐谷浑那边的人来找过乞伏弼臣,这事你能确定吗?"

绿槐点了点头:"不会错。他在伎馆长大,与各位娘子形影不离。就算我没看见,伎馆这样的地方人多口杂,如果有人来寻,一定会有人说起。"

"那么,乞伏弼臣自己有没有刻意去结交吐谷浑密友呢?"

"这……张台官,我们是卖艺人。胡肆、酒肆,各坊各处,都要去表演。三教九流,西域各国的人多少都认识一点。但你要说相处比较紧密的吐谷浑友人,弼臣倒没有同我说过。"她的话语变得越发谨慎,显然也不能十分确定,"弼臣自幼吃穿用度,都与我们无异。所以,他好像也不太喜欢和西域人深交。毕竟我听说,胡人的衣食住行,与大唐相差甚远……"

她的声音低了下去,张元昪又问道:"娘子,最后一问,你们伎馆中人,信佛吗?"

"信佛?"绿槐重复道,旋即摇了摇头,"每逢节日和菩萨生日,妈妈都会去烧香,去捐些钱物,但算不上信吧。毕竟,她也会给道观捐,也会给胡人的神捐。只要人说哪个神佛灵验，她就会去哪里捐钱，也就是图个吉利罢了。"

"不是特别虔诚就是了，对吧？"

得到肯定的答复后，张元昙点了点头，他的下巴磕到木枷，发出轻轻的磕磕声。然后他转过头，对着台上说道："杨台官，我问完了。请传另两位证人，骞为道、鱼余业，喏，就是那两位押送爱娘的，我们曾在御史台西门见过。"

他刚说完，就有一个声音粗鲁地打断道："喂，这到底是谁在问啊？是御史台还是他张元昙？"杨藏英循声望了一眼，刑部侍郎郝善业鼓着嘴，显然已是一肚子不满。可眼下，并没人接他的话，对面的邓内侍和身边的梁老主簿自不必说，就连曾经站在他一边的大理寺少卿元武都目不转睛地盯着张元昙看。

杨藏英心中有些得意，也不答他的话，挥手道："请骞、鱼两位上来吧。"

骞为道、鱼余业两人走上前来，他们到底比绿槐知道得多，也不看向张元昙，只向杨藏英行了行礼。他俩还没有起身，张元昙已经脱口问道："请两位回忆一件事。"

骞、鱼两人自然是不敢也不能理会他的，只是眼望台上，微微弓起了背。

张元昙也不计较他们的冷漠，自顾自地说道："那一日讯问，我与杨台官带着当时还是证人的乞伏弼臣往外走。而你们两位则押着爱娘，与我们正好相遇。有疯病的爱娘看见乞伏弼臣俊俏，突然扑过来，结果误将我扑倒，还把我压在了身下。"

这是自曝丑事，后面的证人爆发出一阵笑声。杨藏英探头一看，站在爱娘身边的人笑声尤其大，有些人还趁这乱儿，伸手去掐爱娘白嫩的脸和胳膊。杨藏英看不下去，对旁边的杂役挥了挥手，杂役会意，赶紧把那些人喝住。另一边，张元昙提高了音量，正色说道："后来，你们把爱娘抓了起来,她的首饰落了一地,我和乞伏弼臣都去帮她捡。"

骞为道和鱼余业两人对看一眼,暗中交流了些什么。片刻后,鱼余业嘀咕了一句"有这事",骞为道没有答话,也只点了点头。

张元昙也不急躁,继续像讯问一般说道:"接下来是最关键的地方,请两位务必认真回忆——拾捡的过程中,我也掉了我的金佛。乞伏弼臣看见金佛掉在了角落,他伸出手,指给我看。"他加重了语调,"然而,就在'指'的一瞬间,他突然变了动作。"

坐在高台上的杨藏英猛地睁大了眼睛。

如果不是身为主持,这一刻他几乎要惊呼了。那个时候,站在乞伏弼臣身边的是他,所以他看得明明白白。确实,乞伏弼臣在指示方位的一瞬间,突然把手指屈了,握成拳头。张元昙也说起这一点:"他突然把手缩成了拳,用指节来示意。"

我看见了,我那时看见了。杨藏英几乎要将这句话脱口而出。可现在,他是这次讯问的主持,如果此刻起身把证据说出来,即使确有此事,也破坏了应有的公正立场。但若是不说,而那两个台官坚决不承认看过乞伏弼臣的小动作,张元昙的推断就无法进行下去,这场苦心营造的讯问或许就要以没有结论收场。

想到这儿,杨藏英陷入了两难的处境,表面上看来,他仍旧坐在榻上,面上没有丝毫改变,可在心中,他的思绪翻腾不已,一时间找不到一个两全的解决方法。他微微抬头,目光扫过旁边的大理寺少卿元武。元少卿表情仍旧严肃,眼角却闪现出一丝若有若无的得意之色。

而在暗堂正中,张元昙不住地提醒:"原来他是要这样指,很快,就这样,缩成了拳头。你们再想想,真的有这么一个动作。"他用他被扣在木枷里的手示意着,木枷上的洞很小,他的动作因此有些滑稽。

骞为道、鱼余业两人只是默立着,眼睛看向前方,脸上满是狐疑之色,并没有开腔言语，任凭张元昙比得满头大汗也没有答话，场面气氛一度凝滞。在场的人渐渐露出不耐烦的神情，就连有些兴致的邓内侍也不例外。

杨藏英轻叹口气，正准备开口，就在这时，一个浑浊的声音打破了胶着——

"噢！是这样是这样！"

接着，一个宽大的身影撞开守卫的人，一径跑到张元昙身侧，指着他的手。

"就是这样！他握起拳头，好像要打人，砰！谁知道是帮我捡东西呢，嘿嘿嘿！"

一连串毫无逻辑的话，把现场的人弄得晕头转向，措手不及。还是退到一旁的绿槐首先回过神来，她轻声喝道："爱娘，不许乱叫！"

她这么一喝，爱娘立刻停止了手舞足蹈，吐了吐舌头，立在原地。刚才被她推到一边的杂役这才反应过来，一拥而上，将爱娘按住。这一下可不好，爱娘立刻发出杀猪般的尖叫声。杂役们按她不住，只得用上蛮力，粗鲁地将她往一旁拖。爱娘哪里经过这个，一边挣扎，一边迭声大喊"救命啊"。绿槐看不下去了，上前一步道："杨台官，能否让我过去？这是我家烧火婢，是个痴愚的，只听我的教训。"

杨藏英赶紧点头："可以。"

绿槐当即迈步走了过去。到底是自家夫人，爱娘见到她，立刻止住了喊叫。绿槐与她说了几句，很快，爱娘便乖乖地蹲下，坐在绿槐脚边。绿槐松了口气，又与周围的杂役说了些什么。但那些杂役生怕爱娘又突然暴起，也不走，只在旁边把她围了起来。

一番混乱终于结束，杨藏英用余光瞥见，刑部侍郎郝善业一脸冷笑，而另一边的邓内侍耷拉眉眼，露出略微失望的神色。杨藏英想了想，轻咳一声，抬头说道："你们两个。"

骞为道、鱼余业像被火烫到，立刻行礼："杨台官请说。"

杨藏英轻咳一声："这娘子是个痴愚人，不会说谎——但也正因为她痴愚，她的话做不得数。眼下还请两位好好地想想，张元崀所说的情况，到底有还是没有？"他顿了顿，"你们都是御史台官，更应明白，无论是怎样，都要有个明确的证词才好判断。"

骞为道、鱼余业两人又对看一眼，虽无动作，但神情、眼色，像是实实在在地拉扯推搡了一番，到最后，还是骞为道叹一声，上前一步，行了个礼："我看见了，确实是有的，诚如张……张郎君所说。"

他既如是说，鱼余业也迈步向前，站在他身侧，沉声道："我看得不是十分清楚，但刚才这么一番大闹，好像隐隐想起，是有这么回事。所以，应该还是有的。"

杨藏英心中长舒一口气。再看张元崀，他依然握着拳头，接话道："各位，我在书中读过，吐谷浑人对佛极为敬重。对于佛，他们有比长安更多的禁忌和戒律。其中一条，就是不能以手指直指佛像，而是，像这样，"张元崀比画，"用指节，或者手腕。"

"这……有这样的吗？真的假的？"

发出一连串疑问的，是坐在右侧的卢夫人。与她有同样想法的，现场不在少数。杨藏英略微沉吟，伸手道："传郑三娘子。"

郑茵就站在一旁，早已是一副跃跃欲试的模样。听见杨藏英如是说，立刻站了出来，用她略带尖厉的声音说道："确实如此！吐谷浑人虽以游牧为生，但与匈奴不同，不信萨满，崇信佛教。他们从小就被教导，决不能用手指佛。"

卢夫人恍然大悟，却又皱起眉头，转向杨藏英道，"这娘子是谁？说话能信吗？"

那边大理寺少卿元武已欠身站起，低声说道："夫人，她是城中卖首饰的郑家的女儿。西域各国的话都懂,我们队中人同胡人谈话,大多靠她传话。虽然是个女儿家,但人品值得信赖。"卢夫人"哦"了一声,歪了歪头,显然已忘记曾见过郑茵。

杨藏英很想提醒,这便是您要割耳那天帮您出头的娘子,但见卢夫人如此,也不再多说。

正在这时,张元昪高声说道:"杨台官,我已经问完了。"

卢夫人一旁的邓内侍便对她使了个眼色:"别计较了,先看看,接下来他会怎么说。"卢夫人当然立刻答了声"是"。于是,他们和杨藏英,和暗室中所有人一起,将眼神投向了在正中的张元昪。

此时的张元昪腰板挺得笔直,双目放光,扣着他的木枷仿佛不存在一般。只听他说道:"说了那么多,眼下整件事的矛盾之处已经非常明显了。"

"矛盾之处?"杨藏英重复道,"好,你且说来。"

"我们都在乞伏弼臣身上,闻到过吐谷浑食物的发酵气味。而两位台官可以证明,乞伏弼臣即使在慌乱之中,都不敢以手指直指金佛,只能握紧拳头,用指节示意。"他顿了顿,"再依据郑三娘的说法,这些都是吐谷浑人的习惯,而且是自小生活在吐谷浑人中才会熟悉的习俗,但是——"他拖长了声调,"但是大理寺调查,长安城的吐谷浑人都认识慕容宝节,却几乎没有一个认识乞伏弼臣,这是矛盾之一。按郑三娘所说,城中售卖发酵吐谷浑吃食的地方并不多,若他要吃,总要去买,总要与其他吐谷浑人有所交集,绝不至于没有一个同族与他有过交流,甚至连表演都没看过。"

暗室中一片安静。无论是张元昪的前方还是后方,人们都定定地看着他,听他说话。

"另外,我在火场看过一眼,乞伏弼臣藏身的木屋之中,供有一尊佛像,佛像满是灰尘,看起来已经很久没被好好对待过。按说,一个虔诚到连手指也不敢直指的人,对待供养的佛像应该更加珍重,就算不是每天清洗擦拭,也不至于让佛像积那么多灰才是。"张元昪顿了顿，"这对佛像前后不一的态度，便是矛盾之二。"

有人发出轻声的感叹。那大约是大理寺的司直崔辕，他一面摆弄证物，一面暗叹自己怎么没有发现其中曲折。

"至于第三点矛盾，便是绿槐娘子的证词。"张元昪顿了顿，"食物的口味也好，处事的风俗也好，这些都是自小学来的，仿佛流淌在血液中一般，不会轻易改变。人可以假扮一时，但情急之下，很难刻意去伪装。"

这样说着，他向绿槐所站的方向迈了一步，继续说道："长安与吐谷浑的风俗相差甚远，一个人不可能既是长安人，又是吐谷浑人。现在我们眼前的乞伏弼臣，从小在长安城中长大，论口味却完全是吐谷浑人；看起来会吃吐谷浑吃食，却没有吐谷浑人见过他；连用手指指佛像也不敢，却放任屋中的佛像积灰。要解释清楚这些完全相反的矛盾，我只能想到一个可能。"

杨藏英沉声问道："什么可能？"

"从一开始，"张元昪答道，"就有两个'乞伏弼臣'。"

"什么？！"立在角落的绿槐发出一声惊呼，声音穿过围着她和爱娘的杂役，在安静的暗室中回荡。张元昪望望她，又转头看向杨藏英，说道："为了清楚一点，我们可以把那个与绿槐一起在平康坊长大的称为'真乞伏'。"

杨藏英接话道："那另一个自然是'假乞伏'了。"

"是的。"张元昪点了点头，"'真乞伏'自幼在长安长大，除了肤色外貌，无论饮食还是习惯，都与一个普通的长安少年没什么区别。而'假乞伏'不止外貌，连信仰和生活，都是彻彻底底的胡人，吐谷浑人。"

这结论让人吃惊。暗室中的人，不论是台上的官员还是台下的证人，个个瞪大了眼睛，张大了嘴，只等着张元昪说下去。而张元昪也不负众望，他停了停，接着说道："在我的推测中，事情大约是这样的——最初，在绿槐娘子刚成为别宅妇的那几年，出现在她宅邸中的都是'真乞伏'。过了一段时间后，'假乞伏'发现他是唯一能接近慕容宝节的吐谷浑人，便动了些脑筋。"张元昙顿了顿，"'假乞伏'设法接近'真乞伏'，两人私下里达成了一个协议，那便是由'假乞伏'代替'真乞伏'前往各处，特别是绿槐宅邸参加宴会，表演幻戏。而'真乞伏'只要待在那间胡肆木屋中，接受'假乞伏'提供的吃喝，懒散度日就可以了。"

杨藏英想起自己在屋中找到的五石散、阿芙蓉，觉得这并不是没有可能。但他略想了想，还是抬起手，说道："稍停一下，我有个疑问。"

张元昙微微抬了抬木枷，做出个"请"的手势。

杨藏英沉思片刻，问道："宅邸中其他的人也就罢了，绿槐娘子自幼和乞伏弼臣一起长大，她会认不出来？"

"啊……"旁边的绿槐发出低低的惊呼。她轻轻推开身边的杂役，叮叮当当三步两步走到张元昙身边，匆匆行了个礼，答道："杨台官，弼臣每次来我这里，都是装扮停当的。"

杨藏英点点头，示意她细说下去。

"幻戏师要在衣服、袖子里藏各种机关，所以衣服大多厚重，会将身子遮挡大半。加上弼臣喜欢戴遮挡大半张脸的白瓷面具，所以即使是我，也只能通过声音辨别是不是他。"绿槐把头低了下去，"我也不是推脱，但是——但是杨台官，弼臣声音低沉，又没有口音。任何人只要压着嗓子说话，都会与他有几分相似，让人无法辨别！"

"更何况，以那张朱砂纸的记录来看，绿槐一个月也见不到乞伏弼臣一次，没发现也不足为奇。"张元昙在旁补充道，"她都是如此，宅邸中的人更不必说了。就算真的被有心人发现，也可以用'一个月没见，容貌有变化'搪塞过去。"

朱砂纸、幻戏服这类东西，经过讯问的人多少还有些印象。经张元昙这么一说，他的结论似乎又有了几分实感。绿槐也在喃喃自语："难怪出事后，他没来看我……竟有这事……"

一片嗡嗡的低语声中，杨藏英轻轻拍了拍身边的榻，沉声说道："肃静。"

他声音不大，但低语声瞬间停了，众人都将目光转回他的身上，等候他的决断。杨藏英思索一会儿："所以，你所谓的'乞伏弼臣杀了乞伏弼臣'，是指'假乞伏'趁乱杀害了'真乞伏'，然后留下尸体，自己脱身？"

"是的，这样便能解释，为什么周围的胡商作证，只有我与乞伏弼臣出入，因为'真乞伏'和'假乞伏'身形相似，难以分辨。"张元昙答道，"而且，这也是为什么杀害'真乞伏'后还要点火烧了木屋的原因。因为胡肆之中人多口杂，屋子起火，必然是一片混乱，混在人群中离开火场，对'假乞伏'来说，是十分容易的。"他顿了顿，"而后，我们发现了'真乞伏'的尸首，自然会觉得'乞伏弼臣'已在木屋中死去，不必追查。此时，'假乞伏'大可恢复原先的身份，逍遥法外，顺利脱身……"

"可是，证据呢？"刑部侍郎郝善业带着惯有的不屑，冷不丁地冒出一句，"证据在哪里？"

作为主持的杨藏英望向了他，郝侍郎面色严肃地看着张元昙，而他左右两侧的梁老主簿和大理寺少卿元武同样如此。特别是梁老主簿，脸色铁青，一副不怒自威的模样。

郝侍郎站起来，说道："邓内侍，这套说法确实无懈可击，事事解释得通，只是，"他吸了口气，"只是他们御史台，是最讲究证据的地方——眼下，只凭看过的几个动作，可是无法定罪的！"

他这样说着，元少卿也站起来，边行礼边重重说道："必须拿出证据来。"

台下起初还不知道发生什么事，但看见两个大官同时站起，众人都赶紧低头，不敢出声。卢夫人看看他们，又看看邓内侍。后者眉头紧皱，却没有明显的表情。暗室正中，张元昙露出松了口气的神情，轻叹一声。绿槐略显紧张地望着他。在这样的气氛之中，唯有坐在主位的杨藏英向前挪了挪，他看了一眼张元昙，如玉般的脸上露出了笑容。

他双手撑着榻，站了起来："中使，主簿，各位……"

没有人知道他打算做什么，目光重新汇聚到他的身上。杨藏英深吸一口气，沉声说道："证据已经有了。就让我这个主持，直接展现给大家吧。"

他顿了顿，威严地说道："请传崔司直。"

第十七章
暗室辩

崔辕早在旁边听得入神，如今被点到名字，也不等自家上司应允，就快步走上前来，行个礼，使个眼神，然后呈上数卷纸。鱼余业在旁看着，好似也想到什么，对着崔辕露出了然的笑容。至此，张元昙和诸人也不着慌，均是后退几步，在一旁等候。

杨藏英也不着急问话，只是转向绿槐："娘子，有个问题，请你再回答一次。"

绿槐点头，道了声"是"。

"杨思训中毒那晚的夜宴，乞伏弼臣表演了什么幻术？"

"表演了掌上舞、黄龙变，变出牡丹和繁花，还有一些幻影……"

这些话绿槐已说过很多次，很自然地又说了一遍。

杨藏英又问道："可有什么失误吗？"

"失误？"绿槐答道，"虽然我在侍奉两位将军，看得不真切。但我看见他表演的时候缩了好几次手，应该是被火烫到了几次。"

杨藏英点点头，又宣了当夜在场的一位舞姬和一位乐师，他们的说法和绿槐相差不远，只说乞伏弼臣表演得颇为艰难，不时有缩手的情况。

杨藏英听罢，转而问立在另一侧的骞为道："乞伏弼臣前往御史台受讯问时，曾给台官表演过兔子戏法，两位可还有印象？"

这回，这位台官立刻答"是"，还说看见烟雾从乞伏弼臣袖中喷出，他们就此议论过，这烟温度不低，变戏法的人手臂上定然会有烟熏痕迹。

杨藏英又点点头："夜宴，是年初正月甲子。讯问是在初夏，距离此时不久。"他站起来，俯视崔辕，沉声问道："我听闻，你们发现的'乞伏弼臣'尸首上，有火烧痕迹，是不是？"

"是。"崔辕即答，"木屋着的火烧到了尸首，但因为火很快扑灭，只烧到头上、脚下。而尸体将手臂压在身下，所以并没有烧到手臂。但此人手臂上有不少火伤，我们细细查看过，应该都是人还活着的时候留下的。后来听说此人是幻戏师，也猜想是他平日用火、用烟时不慎烧出的。"

杨藏英点头，又问道："其中可有两三个月前的伤痕？"

司直崔辕抬起头，想了一阵，才慎重说道："没有。"

"大约半年之内呢？火伤，或者是烟熏过的轻微痕迹，这些有吗？"

"也没有。"崔辕沉吟片刻，郑重道，"尸首上的火伤大多是五年以上的陈年旧伤，近一两年的痕迹就少了很多，近半年的更少，几乎是没有。"他停了停，像是意识到什么一般，又加上一句，"这些都请文书写下了，没有任何隐瞒。"

他话音落下，暗室中立刻响起一片说话声。杨藏英也不阻止，只是翻阅手中的纸卷，慢条斯理地转向两边："邓内侍，各位。这，就是证据。"

没有人回话。无论是皇后的使者与卢夫人，还是三位大人物，他们脸上都呈现出一种略带惊讶的严肃表情，杨藏英已经看出来，这些面庞下暗藏着隐隐的喜悦。他也不着急，又停顿片刻，眼见时机成熟，这才说道："看来，两个'乞伏弼臣'的事情，已经是确凿无误的了。"

台上的众人皆是意味深长地点了点头。

梁老主簿趁热打铁："那么，我们可以把张元昪张台官的枷锁解开了吗？"

大理寺少卿元武立刻挥挥手："快快解开！"

大理寺的杂役们赶紧应诺，一拥而上，就要去开张元昪的木枷。谁知，他们的手刚碰到木枷，暗室中就响起两道声音制止："且慢。"

一个是张元昪，说话的同时他顺势一偏，让杂役扑了个空，为首的一个失去了平衡，咚的一声，摔在了地上。

而另一个，则是台上的杨藏英。

他们的声音交错重叠，在暗室中回荡。众人不知发生了什么事，看看台上，看看台下。过了片刻，杨藏英先看一眼张元昪，旋即沉声说道："各位就没觉得，事情有点奇怪吗？"

"奇怪？哪里又奇怪了？"刑部侍郎郝善业嘀咕，而梁老主簿也狐疑地看向杨藏英。杨藏英还没说话，邓内侍突然开了口："确实奇怪。"他转过身，面向张元昪："看你刚才说话，不管是推断还是证据，你应该都有八九成把握，只要开口说话就可以脱罪，为什么要等到现在？"他的眼神越发严厉，声音也变得冰冷，"这虽然是个大案，但皇后也可能不差人来。"

他最后的半句话直白到近乎逼问。张元昪微微低了低头："一定会来的。"这话好似自语，邓内侍听见了，却听不真切，不由得又一次问道："你说什么？"张元昪没有立刻答话，他想了想，转而直视台上的杨藏英。

"我相信我的这位同僚，杨台官。"张元昪答道，"他一定会来救我。"

杨藏英愣了愣，旋即低了头。邓内侍一脸迷惑，怀疑的眼光在两人之间打量，仿佛被他们合伙欺骗了。

张元昪又说道："而且我相信，他肯定能和我一样，觉察到整件事不对的地方。"

杨藏英接口道："中使，你不觉得，这事情进行得太过顺利了吗？"

邓内侍眼中闪过一丝意味深长的光："顺利？这又怎么说？"

"大理寺倾尽全力搜寻长安，都找不到乞伏弼臣的身影。而张元昙不过是拜了拜佛，问了郑三娘子几句话，就在卖吐谷浑吃食的地方遇见了他，还找到了他藏身的住处。这样好的事，苦苦搜寻的人没有一个找到蛛丝马迹，却让偶尔路过的一介小小台官遇到了。如果是巧合，那也实在太幸运了……"

杨藏英站了起来，转过身，向后踱了几步，又转过身来。

"之前在绿槐宅邸，御史台与大理寺一发现线索，乞伏弼臣就失去踪影。那时，已经有人怀疑，乞伏弼臣在大理寺或御史台之中安插了眼线，能知晓我们下一步的行动。而且不瞒各位，我与张台官礼佛完毕，就曾发现有人在盯着我们。和如今的案情一联系，就更明显了。并非是张元昙'发现'了乞伏弼臣，而是眼线跟踪张元昙，知晓他要去寻找，便让'假乞伏'出来，设计引张元昙上钩。"

杨藏英的声音越发低沉，如冬日冰水，让在场的人都不由自主地打了个冷战。唯有张元昙嘴角轻动，脸上现出些微满意的神情。

寂静的场面持续片刻，杨藏英继续说道："我与张元昙同时出现，这样大的事，这位'眼线'不可能不来。所以，他今天肯定就在这里，在这暗室之中。"

他声音不大，却仍旧冰冷，甚至带了几分杀气。众人听了，都惊讶地睁大眼睛，你看看我，我看看你，每个人都注视着身边的人，每个人都在互相猜疑。暗室仿佛瞬间变为战场，一片肃杀，谁也不敢先说一句话。

杨藏英白玉般的面庞浮上一丝笑容，这笑容在平时看来和蔼可亲，如今却显得有些吓人，台下众人无一不是战战兢兢。只听杨藏英说道："各位自毒杀案以来，都被讯问过很多次了。讯问，讯问，都是我们问，你们答。今日情况特殊，在场的每一个人，都有可能是眼线，所以，我们要进行一次不一样的……"杨藏英停了停,"不一样的讯问。"

"啪嗒",一颗晶莹的汗珠从郝侍郎脸上落下。杨藏英并没有说什么实际内容,但他越是不说,众人心里越是害怕,连呼吸都不敢大声。

他接着说道:"既是如此,从现在开始,在场的各位都可以畅所欲言——如果觉得谁可能是那'眼线',现在就可以检举揭发。不仅仅是知道的、确切的蛛丝马迹,平时偶尔听到、看到的,哪怕没有真凭实据,空穴来风,也可以说出来。会不会说错,会不会干扰办案,这些,各位都不必担心。"

他又顿了顿,用更低沉也更郑重的语气,一字一句地说道:"反正,张台官在这里。"

在场的人都望向张元昱,想到他刚才一番精彩到无懈可击的论断,仿佛他一双眼睛能看透人心,多少有些不寒而栗。看到众人恐惧,杨藏英知道目的达到,微微松了口气,正准备坐下,谁知就在这时,场中有人大喝——

"是我!"声音有些浑浊,"那个眼线是我!"

杨藏英压住吃惊,顺声看去,绿槐正训斥爱娘道:"爱娘,这是公堂,不要胡乱喊叫……爱娘?"

杂役围成的圈子里,有一个人缓步走了出来。她仍旧赤着脚,穿一身污迹斑斑的月白裙,腰间挂着的饰物叮当作响,可她腰身挺得笔直,步伐坚定,披散的褐黄色头发下,一双眼睛坚定地直视前方,是爱娘,她仿佛换了个人一般,再不是那痴愚的模样。她向暗室正中走来,如同一头丰腴的白鹿。

杂役们、台官们都被她轻巧而矫健的步伐镇住,一时间连拦都忘了。绿槐愣愣地望着她的背影,除了喃喃地喊着她的名字,别无他话。

张元昱似乎同样没有料到这种转折,他愣愣看向走过来的女子,问道:"爱娘?"

"我并非爱娘,我本名叫作汝兰,来自吐谷浑。"

她双手交叉在胸前，微微躬身，施了一礼。众人见她手腕脖颈洁白如雪，觉得她怎样都不像个吐谷浑人，但又见她胡礼行得非常流利。

而爱娘也像是知道众人疑惑一般，起身说道："正如有吐谷浑人前来大唐，同样有外族前往吐谷浑。我的母亲是回鹘人，她是吐谷浑王慕容诺曷钵的侍女。而我的父亲，则是王的兵士。"

"慕容诺曷钵？"张元昙低吟，"好像是叫这个……"

他俩突然说起吐谷浑王的名讳，杨藏英也好，梁老主簿等人也好，都齐齐地望向邓内侍。吐谷浑是胡国，就算知道有这个国度，普通人也不会清楚国王的名字，若有人知道，那也只能是侍奉皇族的邓内侍了。而邓内侍似乎也意识到了什么，急急地站起身，挥手道："是真的，你们快让其他人回避。"

三位大官听见，立刻起身，让手下把暗室中的人暂带出去，锁上大门。在场诸人正想再听张元昙断案，哪里愿走。但是大官要求，也不敢违逆，只得悻悻然出门而去。片刻之后，暗室之中，台下只剩下张元昙、绿槐、爱娘，以及掌管证物的崔辕一人。台上，杨藏英知趣地退到一旁，将主位让给邓内侍。邓内侍也不推辞，站到台前，和蔼又不失严厉地对爱娘说道："孩子，说下去吧——你说，你是乞伏弼臣的'眼线'？"

"是的。"爱娘答道，"白弥，也就是张台官说的'假乞伏'，是我同族的哥哥。大约五年前，我们来到大唐。但在更久之前，我们已经为复仇做了许久的准备。"

"复仇？"邓内侍皱起眉头，"对慕容宝节？"

爱娘迟疑片刻，微微扬了扬下巴："是的。"

"我有些糊涂了，孩子。"邓内侍依旧和蔼，但声音里已带上了丝丝冷酷，"你最多不过十五六岁，几乎能当慕容宝节的孙女，能与他有什么仇恨？"

"中使读过史书吗？"爱娘问道，"知道慕容宝节的旧事吗？"

她这话问得直接，而且有些僭越，邓内侍的脸色隐约有点不好看。虽然暗室中已经没有其他人，但梁老主簿还是给杨藏英使了个眼色。杨藏英会意，上前道："中使，这些东西，张台官比较熟悉，不如仍然由他来问？"

邓内侍还没点头，张元昙已上前一步，急切地对爱娘问道："我读过御史台中的存书，慕容宝节的父亲是高祖军中大将，他战死后，慕容宝节战场袭爵，成为右卫大将军。名为将军，但是开国之后让他干的，大多还是出使、护送一类和打仗无关的事情。比如说贞观十三年，就是慕容宝节出使的突厥，去册封那里的肆叶护可汗。"

他说得又急又快，不顾是否失礼，显然是心中有很深的疑惑。杨藏英见状，正想向邓内侍求情。谁知邓内侍挥了挥手，示意他继续听张元昙讲述。

"一年后，在贞观十四年，也就是正好二十年前，慕容宝节作为副使，与高祖的堂侄淮阳王一起，护送我朝弘化公主去吐谷浑结亲。公主下嫁的郎君，是当时的吐谷浑王，也就是你说的诺曷钵。"张元昙顿了顿，突然加重了语调，"我最在意的，是这次和亲之后发生的一件大事。"

爱娘轻轻应了一声："张台官说的，是不是——淮阳王回国之后，被赶出了皇族这件事？"

"没错。"张元昙说道，"淮阳王在送公主出嫁之后，突然被夺爵贬官。不仅由堂堂的左骁卫将军被贬为郓州刺史，就连皇族的爵位都被削去了。这到底是因为什么，我读过许多史书案卷，这件事都只写了一两句话，没有一处写明详情。而且，"他的语气中是藏不住的兴奋，"淮阳王都这样了，慕容宝节却没有受到任何……至少没有受到任何落到纸面上的惩罚。要知道，他身为副将，本是最应该共同承担责任的人，然而上峰受害，他却平安无事，无波无澜，一过就过了二十年。如果说其中没有一点曲折隐情，我是不信的……

"胡闹。"台上，卢夫人低声抱怨，"怎么扯到二十年前的旧事去了？"

杨藏英听他开始说起皇族之事，心中也隐隐有些担忧，于是看看四下，重又向前一步，低声问道："中使，是否中止？"邓内侍眉头紧皱，白净的脸上一片铁青。过了片刻，他摇了摇头："不急，先听那女子怎么说。"杨藏英听见，立刻点头退下。

此时台下，爱娘刚刚听完张元昙的长篇大论，她轻叹一声，脸上露出了冰霜般的神色，道："各位官人查案已久，想来对吐谷浑都有些了解。吐谷浑——我们的国家，夹在大唐和吐蕃之间，时常受到两国的攻势和劝诱，可说是左右为难。因了这样的局势，朝中大臣也分为两派，一派主张亲近大唐，而另一派，则想着投靠吐蕃。"

此时的爱娘吐字非常缓慢，非常清晰地说道："两派在朝中互相攻讦，也互相制衡，多年下来，倒也维持着吐谷浑朝政平衡。当时的诺曷钵王虽然五岁就继位，根基不稳，但也多亏了这相互牵制的朝政，十几年来，国内虽没有如大唐般昌盛，倒也称得上和平富足。"说到此，她的声音陡然一变，"可这表面上的和平，就在二十年前，被一件事情所打破……"

"是和亲的事情？"张元昙问道，又自答，"不，应该没那么简单吧？"

"那是贞观十四年，大唐太宗皇帝为了示好，将自己的女儿弘化公主，嫁与诺曷钵王为妻。当时吐谷浑国内，亲吐蕃一派正占着优势，暗中蠢蠢欲动，要将吐谷浑向吐蕃那边推去。太宗皇帝令公主和亲，本来是支持诺曷钵王与亲大唐派的手段，是能巩固国体的大好事，但——"

她深深地吸了口气："但是，弘化公主名为公主，实际上，却不是太宗皇帝亲生的女儿！"

"什么？！"在场的人齐齐惊呼出声，无论是梁老主簿、卢夫人这些见多了世面的，还是在场的诸位台官、司直，都被这胡女敢言语这样大事吓了一跳。邓内侍略微有所意料，不似他们那么惊讶，但脸色还是比刚才又铁青了一分。

"那，"张元昺接问，"她到底是谁？"

"倒不是什么不堪的身份。"爱娘嘴角露出一丝苦笑，自顾自地说了下去，"弘化公主是淮阳王的女儿，也算是太宗皇帝的侄女。虽比'公主'矮了一层，但到底也是高贵的皇族女。只是，唉，如果只是一桩普通的婚姻，还说得过去。但这是两国交往和亲——"笑容消失，爱娘的声音重又变得冷峻，"各位应该明白，这意味着什么吧？"

众人或是明了，或是想不通，只把声音压在喉中，嘀咕着不出声。

"天啊！若是这样，那便可说，是大唐明着欺骗吐谷浑了？"发出惊呼的是呆立在一旁的绿槐，身为别宅妇的她显然不解，会错了意，"一国欺了另一国，这……这可麻烦啦。"

邓内侍急喝："说什么欺骗？皇族女代替公主，这在外交上也算常例，只要彼此不说，也算不得什么大事——"他的嗓门骤然低下来，"所以，这事怎么泄露的？"

爱娘"嗯"了一声，想了想说道："当然是有人当面说破了。"

"说破？谁？"邓内侍的声音越发严厉，"出使他国，护送公主和亲，这不是简单的事情。使团中的人大多经历过严格训练，怎么会犯下如此低级的错误？"

"就是我们的仇人啊。"爱娘在这时露出一抹诡异的笑，"吐谷浑的仇人，慕容宝节。"

杨藏英心中微微一动，此前一些可以说是谜的东西，笼罩其上的迷雾正渐渐散去，显露出轮廓。他和张元昺两人屏息静气，只等着爱娘继续说下去。

爱娘轻叹了一声，说道："当日，弘化公主被送入吐谷浑境内，预备与诺葛钵王成亲。成亲前夜，吐谷浑军中备了酒宴，招待护送公主的使团。使团当中的贵客，就有公主真正的父亲淮阳王，以及他的副将慕容宝节。

"当夜，宾主相宜，淮阳王又多了一层送走女儿的不舍，最后喝得不省人事。他一醉倒，部下就失了管束，大碗喝起酒来，胡言乱语。他的副将慕容宝节更是借着酒疯，大肆炫耀自己知道许多秘密，然后，他口无遮拦、神志不清地说出了，那最关键的机密。"

杨藏英打了个冷战，"那……后来呢？"

"后来？说者无心，听者有意。次日，吐谷浑上下都知道了这个秘密。"爱娘声音沉下去，"诺曷钵王本就是年少登基，觊觎他权位的大臣、皇族，可是跟草原上的草一样多。多亏有大唐撑腰，才能勉强稳住局面。可弘化公主身份泄露，事情就变得大不一样。

"一时间朝中声音四起。有人说，诺曷钵王已成弃子，另有人说，大唐预备将吐谷浑收入囊中。无论哪种说法，都使诺曷钵王声誉受损。诺曷钵王的叔父得知此事，很快便谋篡叛乱，密谋挟持诺曷钵王和弘化公主，要把他们作为投名状，带去吐蕃投降……"

说到这里，爱娘又停住了，看得出来，这个女子在努力地忍住哽咽，她强撑着说道："多亏弘化公主机智，早早安排，与诺曷钵王一起逃奔到唐军军营，得到营救，这才免了受辱。不过，吐谷浑至此便开始了割据局面。虽然面上仍是诺曷钵王一统的国，内里却是各方大臣将军叛乱，连年征战不休。我的父母便是在内乱中……身亡……"

最后一句话，她只吐出了简单的几个字。杨藏英微微闭上眼睛，他想起调查时那些吐谷浑人褴褛的衣衫和腰上的彩绳，又想到他们同样欲言又止，只能苦笑摇头的模样。他脑海中涌起一些模模糊糊的场面，血，火，混合着古怪香料和烧焦味道的营帐，以及吐谷浑语的喊杀与悲鸣。

——虽然没有亲眼所见，但杨藏英心中十分明白。

即使没有细说，当时吐谷浑的状况，远远比爱娘轻描淡写的字句，残酷无数倍。

第十八章
线串珠

爱娘停下了讲述，但她那略显压抑的声音仿佛还在暗室中回荡，以致在场的其他人都在各想各的心事，眼神皆有些飘忽。

这样的气氛中，张元昙向旁踱了几步，说道："读那些卷宗的时候，我就很是奇怪，为什么淮阳王被重罚，慕容宝节却完全没事。那时我以为是他手段高明，摘得干净，但是现在看来，是太宗皇帝无可奈何。"

他声音不大，与其说是解释，不如说是在私语。

"我斗胆猜一猜，当时太宗皇帝知道机密泄露，吐谷浑失守，想来应该是大怒。但弘化公主身份已经泄露，诺曷钵王威信一落千丈，若再重重责罚慕容宝节这个吐谷浑皇族，就更显得是大唐放弃了吐谷浑，反而雪上加霜。太宗皇帝也只能作罢。"

他又踱了几步，继续说道："话又说回来，外交中泄露重大机密，若不处罚，不立军威，难保以后不会有类似的事情发生。于是，这重手就下在了淮阳王身上，太宗皇帝从重处罚，甚至将他逐出皇族。淮阳王身为皇弟，竟能乖乖接受如此重罚，想来也有为兄分忧的缘故。"

"胡闹！"他话音还没有落下，就被邓内侍的呵斥打断，"天威浩荡，岂是你能随意揣测的？"

张元昙没有争辩，兀自站着，又沉思起来。

杨藏英见状，向前一步，低声道："中使……"

邓内侍转过头，脸上最后一丝感兴趣的神情也荡然无存，只剩下无尽的思虑。杨藏英双手摆在胸前，正准备行礼请示，邓内侍已回过头去，只举起一只手，轻轻地摆了摆："事已至此，就一口气审到底吧。"

"是。"杨藏英应道。他走到台边，命令仅剩的崔辕也退出暗室。待对方一走，暗室大门关上，他立刻转向爱娘，严厉地说道："今天这场审讯，已经持续了不短的时间。但你已经供认罪过，我们御史台绝没有半途而废的道理。所以，你还是详详细细地把前因后果说一遍。"并强调，"别忘了，张台官也在。"

"不必如此。"爱娘淡漠地笑了一声，"我本来也不打算有所隐瞒。"

她脸上带笑，向前走了几步，几乎走到高台的边缘。只见她扬起头，对所有人说道："慕容宝节喝醉，泄露机密导致内乱这件事，虽然大唐和吐谷浑拼命瞒住，但当时在营帐之中的人，包括卫兵和侍女都记得十分清楚。在后来的战乱之中，他们一刻也没忘记过事情的罪魁祸首。吐谷浑人有仇必报，刺杀慕容宝节这事，就此生下了根。

"有一部分人，成了刺客。而另一部分人，把事情告诉自己的子女，或是年幼的弟妹，并要求他们习得武艺，找机会杀死慕容宝节，为多年来在战争中死去的人报仇。"

杨藏英插话："换句话说，你们并不是第一批刺客？"

"不是。"爱娘皱眉，"自我记事起，印象中至少有五六批少年人前往长安。"

原来如此。慕容宝节不让吐谷浑人靠近，想来是遇到过刺杀，所以小心行事。杨藏英心道。

爱娘接着说道："大约五年前，我与哥哥来到长安，我们的目的很明确，那便是暗杀慕容宝节。后来我们得知，慕容宝节厌恶吐谷浑人，兄长肤色黝黑，没法靠近。我肤色较白，本想装作侍女，潜入慕容家。可惜，慕容夫人的审核也颇为严格，我并没有成功。

"后来，我们又打听到慕容宝节经常留宿绿槐夫人家中，决定从此处突破。因为之前慕容家招募侍女，我去过很多次，怕家丁侍卫把我认出，索性装成疯女，在绿槐夫人宅邸外徘徊。我们本意是打探慕容宝节的情报，谁知遇上夫人和侍女宅心仁厚，把我收留下来，当起了烧火丫头。"

说到此处，爱娘轻轻地叹了一声，语气中满是不甘。

"有些事情，真可说是'双刃剑'啊，我当了烧火丫头，可以四处走动，无人在意，但也因为我是疯女，每到慕容宝节出现时，宅中其他人都对我十分警惕，我什么也不能摸，什么也不能做。遇上重要的宴会，仆人们还会把我提前锁起来，我最多只能勉强偷溜出来看上几眼，依然无法接近慕容宝节，也无法执行我与哥哥的复仇计划——"

她的声音冰冷刺骨，带有一种无情与冷漠。剩下的众人都觉得胆寒，唯有张元昊毫不畏惧地问道："然后，你们改变了计划，开始利用乞伏弼臣？"

"……对。"爱娘答道，"乞伏弼臣，就是你说的'真乞伏'，也是吐谷浑人。因为是绿槐夫人的发小，慕容宝节虽然对他不是完全信任，但至少不会把他赶出宴会和宅邸。我发现他不时来到宅中，就告知了哥哥。哥哥觉得有机可乘，于是在我装疯的时候，他在长安城中找到'真乞伏'，与他交好，并拜他为师，学习幻术。

"'真乞伏'的幻术虽然炫目，但不算很难，不过三月，哥哥就学了个七七八八。时机成熟，哥哥买下了怀远坊胡肆木屋，赠给乞伏弼臣，假称自己是微服私访的吐谷浑贵族，想要借他的身份体验大唐民生。'真乞伏'本就是个懒散之人，听见有地方住，又有人供给吃喝，自然是答应了。

"大约从这时开始，'真乞伏'就常住木屋，每日饮酒作乐，也不怎么出门。哥哥则装扮成他，前往绿槐夫人宅邸表演幻戏，接近慕容宝节。就像张台官之前所说，他们的身量和肤色相近，穿上幻戏袍子，一般人也觉察不出'假乞伏'已经替代'真乞伏'。就这样，兄长多次参加夜宴，摸清了宅中情况。就在杨思训将军赴宴的前不久，哥哥告诉我，时机到了。"

说到这里，爱娘又停住了讲述，她抬头望了望天花板，旋即像念咒语般，吐出了一个古怪的词语："摩坷婆罗。"

"你在说什么？"

"摩坷婆罗。"爱娘又念了一次，"一种来自西域的神秘毒药，无色无味，放在水中，可以轻易置人于死地。哥哥告诉我，他终于寻到了这种毒药。他决定，在下一次开宴之时，就下手刺杀——很快，机会来了。慕容宝节邀请杨将军讨论慕容燕云的婚姻大事，让哥哥前来表演幻戏。当夜，"爱娘喘了口气，"当天，哥哥在暗处目睹了慕容燕云向夫人的哭诉，又看见侍婢琉璃与夫人在卧室外谈话。两件事齐齐发生，哥哥立刻有了主意。他知道，此时此刻，正是最好的刺杀时机。"

"于是，他动手下了毒？"张元昙问道，"就像他之前说的，下在琥珀杯中？"

"嗯……嗯！"爱娘答道，"卧室里面，放着绿槐夫人掌上舞的酒。宴席之上，这几杯酒是必定会有人喝的。哥哥知道，当晚来的杨将军既是准备结亲的贵客，也是慕容宝节关系紧张的政敌。在那样的情况下，宴会上只要有一个人喝下毒酒，骤然死去——不管这个人是不是杨将军，还是绿槐夫人，甚至随便一个乐师或歌姬，都会让慕容宝节担上意图毒杀杨将军的嫌疑，身败名裂！若是慕容宝节喝下了毒酒，那我们就更是达到目的，荣耀归于吐谷浑！"

她说到此处，变得兴奋起来，兴奋到浑身都在颤抖，连呼吸也变得急促。

"之后，杨将军饮下毒酒，果然身死。哥哥身在现场，不慌不忙地对着慕容宝节说出事先编好的一段谎话，嫁祸慕容燕云，逼得绿槐夫人出来顶罪。我们本以为就此大功告成——谁能知道，这几乎完美的计划，竟被发现许多破绽……"

说到此处，爱娘的话语带上了几分幽怨，她看向张元昙，一副惋惜又无奈的模样。摇了摇头后，她不再说话，只是低头盯着脚尖。因了她刚才一直在讲述，如今突然沉默下来，众人皆是一阵恍惚。

杨藏英回过神想了想，严肃道："依你所说，'假乞伏'，也就是你的哥哥白弥，便是当夜毒杀案的真凶？"

"是的。"爱娘说得斩钉截铁，"我一看情况就明白了。"

"也是你的哥哥白弥，将'真乞伏'杀害，并点燃了木屋，意图毁尸灭迹？"

爱娘点了点头："确定。"

"而你在其中……"

旁边的张元昙冷不丁地甩出一句："他和慕容燕云有没有私情？"

"他？"爱娘一怔，"这个，就看你怎么理解'私情'了。"

杨藏英不由一愣，之前讯问，'假乞伏'也曾说过类似的话。爱娘说起来，神态动作和他几乎一模一样。只见她白而丰满的脸盘上露出一点暧昧的笑容："我知道，你们之前推测，哥哥用他学来的幻术在半空中写字，与手拿镜子的慕容燕云'交谈'——这件事是有的。但是哥哥的动机，我想，并不是什么男女之情……"

她又笑了笑："他只是同情她。人非草木，孰能无情？我们虽是刺客，但也不是无情的木偶傀儡。慕容燕云胆子小，话不多，看上去挺可怜的。

哥哥闲时，就用幻术逗她玩儿。小娘子对哥哥有什么想法，就不是我们能知道的了……"

"逗她玩儿"，听到这话，杨藏英暗暗咋舌，心道，慕容燕云本就分外敏感，偏碰上了这样的事，实在是可怜可叹。而张元昪显然想的是另一回事，只听他厉声说道："那么，将慕容燕云推下绣楼的，也是他——对不对？！"

"这！"爱娘脸色一变，脱口说道，"没有！"

"怎么没有！"张元昪厉声喝道，"他动机充足，为了掩盖自己的谎言，毁灭证据！"

这一回，爱娘没有马上接话，她仰起头，想了好一会儿，最后才喃喃说道："我不知道，我真的不知道。"她说话间，旁边的梁老主簿低声与大理寺少卿元武交换意见，后者露出郑重神色，片刻后，低声说道："不像假的。"

爱娘自语般说道："夜宴之后，我只负责给哥哥传递情报，他回信很少，从未听他提起这件事。我虽然觉得，慕容燕云应该是一时失足掉下去的，但哥哥把她推下来，好像也不无可能。唉，我不知道，我真的不知道……"

杨藏英看了她一眼，又看了一眼张元昪。张元昪对他摇了摇头。杨藏英继续刚才的问题："那么，爱娘，是你给'假乞伏'通风报信，告诉他我们的行动？"

"正是。"爱娘回答，"大理寺也好，御史台也罢，都觉得我是个痴愚女子，不需要防备。我便将你们的行动都记下，择机转告哥哥，让他避开你们行动。那日我装疯将他扑倒时，也是如此。"

她说完这话，本就不剩几人的暗室内更是无人说话。

杨藏英再次看向张元昪，张元昪依然摇了摇头。他看一眼邓内侍，邓内侍只是挺直脊背站着，没有任何动作。他又看了看卢夫人和三位大官，四人都面色严肃，各思心事。杨藏英不由得叹了一声，看来再也无人有问题了，整起案件终于有了个清晰的结论。

他转过脸，爱娘大约已觉察，抢先一步跪倒在地："汝兰和哥哥毒杀杨思训将军、杀害乞伏弼臣，可能还杀害了慕容燕云，这绝对是死罪，汝兰不会躲避。但各位官人，我等与慕容宝节的仇怨，不在一时一事，而是二十年来由诸多族人的鲜血和生命结下，汝兰虽心中有愧，但到底不后悔。"她又拜了拜，"请将我按照大唐律令处置。"

直起腰来，她又说道："我明白，整件事中我只负责通风报信，不至于死罪。但汝兰愿代替哥哥受罚，哪怕代价是腰斩都在所不惜。从出生起，我便有这个觉悟了。"

"如何定罪，自有律法决定，怎么可能有代替的道理？"

不知何时，梁老主簿站了起来，他越过杨藏英，走到邓内侍的身边，沉声道："中使，现在看来，事情已基本清楚。杨思训一案，是吐谷浑刺客意图暗杀慕容宝节，结果错杀所致。"他看了一眼卢夫人，压低了声音，"这件事关系重大。"

"是啊。"邓内侍答道，"就到这里吧。"

这结果大约正合三位大官的心意，梁老主簿行了个礼，后面的大理寺少卿和刑部侍郎也站起来，元少卿脸上满是铁色，而郝侍郎的额头上，细细密密尽是晶莹的汗珠。

杨藏英揣度现状，借机向前一步，对着几乎空无一人的暗室高声说道："本次讯问虽非正式，但搜集证词证言，已是确凿。现在时间已到——"

有人突然举起了手："杨台官，可以等一下吗？"

那是绿槐。她突然说话，众人一愣，不等杨藏英同意，她迈开步子，向跪在地上的爱娘走去。她本就纤弱，在丰满的爱娘面前，如同竹虫般羸弱。可爱娘见了她，脸上突然添了几丝恐惧神色，立刻站起身，向后躲了两步。

绿槐毫不退缩，也迈了两大步跟进，脚边叮当作响。爱娘知道避无可避，只能停下，站在原地，硬着头皮直勾勾地望着她。

台上，卢夫人小声嘀咕："好好教训她一下吧。"

话音未落，绿槐已到了爱娘面前。

爱娘看着绿槐，缩起了肩膀，低低说着些什么，绿槐也不理会，只是厉声说道："你骗得我好惨！"

她一开口，爱娘就像偷东西被抓到的孩子，浑身打战，接着"扑通"一声跪下，连连道歉："夫人、夫人，汝兰对不住，实在对不住！"

"对不住？一句对不住就可以了吗？"

绿槐脸上青筋抽动，眼中血丝也轻轻抖动。她猛地扬起了手，就在所有人都以为要听见一声脆响之时，那纤瘦的手却——

却柔柔抚在了爱娘的颊上。

爱娘本来已闭上了眼睛，准备承受一记狠狠的耳光。可这突然转变的动作让她睁了眼，抬头仰望着绿槐，半是紧张，半是恐惧。

在场诸人不知道绿槐要做什么，一时间也不知该不该阻拦。就在这时，一颗晶莹的泪珠自绿槐眼角缓缓滑落，落到爱娘脸上，从她圆圆的脸颊边，飞快地滑落。

爱娘一惊，连声音都有些变了："夫人？"

"你……你这孩子，要是这样……也太苦了……"

绿槐眼中又沁出泪花，她轻轻吸了吸鼻子，像个温和又无奈的母亲那样，抬手拭去了眼泪。爱娘愣住，片刻后，她双臂向前一伸，跪着抱住绿槐双腿，把头靠在她的膝盖上，呜呜呜地痛哭起来。

绿槐迟疑了片刻，可还是退了一步，把爱娘挣脱，然后颇为决绝地转身，迈步，连看都没有多看爱娘一眼。

她走到杨藏英面前，僵硬地行了个礼："谢杨台官，我的话已经说完了。"

杨藏英没有作声，只看着伏在地上落泪的爱娘，心中长长地叹了口气。抬起头，他沉声宣布："好，将此女押下静候处置，本次讯问到此结束。"

暗室的门开了，阳光如同潮水般奔涌进来。

门外，一群大理寺的司直列队般地站在门口，而在他们的身后，是满满的人群。证人也好，杂役也罢，他们都迫不及待地想知道结果如何。可还没来得及问，看见伏地痛哭的爱娘和高昂着头、一言不发离去的邓内侍，为首的几个司直就知道事情大约变得有些严重，只能去询问大理寺少卿如何处置。元少卿当然让他们尽快把爱娘押走，其余人等见这状况，也不敢追究，各自散去。混乱中，杨藏英急急跑出来，高声问道："枷锁的钥匙在哪位手里？"

一个杂役站出来，把钥匙交给了他。杨藏英立刻接过，转身跑回张元崟身边，把他手上、颈上那木枷统统解开。张元崟甩了甩手，伸了个懒腰："可累死我了。"

杨藏英笑了笑，他有很多话想说。但过了很久，才说了一句："没事便好。"

张元崟摇头笑道："我在牢中猜测，'假乞伏'敢下手再杀一个人，可见事情并不简单。老臣派也好，皇后派也罢，应该不会放着不管。只是没想到，他们那么快就派了人来。这事会这么顺利，杨小郎君在其中一定出了很大力。"

"这倒没有。"杨藏英低头笑道，"梁老主簿也帮了很多。"

"他是御史台主簿，没必要为我这样的流外小官出头。"张元崟笑道，"肯定是你。"

他如此说，杨藏英也不好推却，略微羞涩地笑了笑："也不算什么大事。"

就这样，二人说着话，从暗室走到了外面。大理寺仍旧是一派嘈杂的光景，各色人等来来去去，忙碌不已。不少人围在门外过道，看几个司直收押爱娘。杨藏英和张元昙经过，略停了停脚步。就在这时，一个熟悉的女声从背后传来："天啊，你是什么时候猜到的？"

杨藏英回过头，果然是郑茵。她大约也想知道结果，一直等在外面，如今是一头一脸的汗，连妆都有些花了。

见两人不答话，她又不死心地问了一遍，张元昙愣了一愣，想了很久，像是拟了一大番措辞，这才正色答道："娘子说得不对，其实我并没有猜到，只是有几分……几分怀疑罢了。"

他与郑茵简单说了一些猜测，比如吐谷浑人喜欢在腰间扎彩绳做装饰，而爱娘也有类似的习惯。郑茵很是捧场，听得入神。杨藏英退后一步，抬头静静地看着他俩。张元昙还没有脱下囚服，可他高昂着头，在郑茵一身华服面前，仍然颇有气势，没有落一点儿下风。杨藏英正感叹，突然听见张元昙笑道："所以其实，应该是杨小郎君破的案。"

杨藏英猛地被他一提，不由得惊道："什么？"

张元昙转头说道："是说多亏了你，如果不是你当场施压，摆出那副冷酷模样，我估计爱娘不会崩溃，想来，也不会那么爽快地招认。"

杨藏英摆摆手："可别说了，做出那副模样，可是耗尽我浑身力气……"

他正说着，旁边跑来个大理寺的人，对他喊道："杨台官！少卿问，那些个证物你还看吗？不看我们就收回去了。"

杨藏英挥挥手，刚想说不看了。然而话还没说出，他就觉得后衣襟被拉了一下。回过头，发现张元昙不知何时走到他的身旁，正拉着他的衣服，使劲地使眼色。杨藏英这才想起，张元昙是自卢夫人大闹之后，才突然加进这次事件的，那些证物全没看过。他也乐得顺水推舟，说道："张台官还有一些东西要确认一下，你就带他去吧。"

那人听了，立刻半弯下腰，恭恭敬敬做了一个请的姿势，张元昙兴高采烈地走了。

郑茵和杨藏英两人站着，一阵风吹过，云遮住了日头，令两人所站之处变成了阴凉之地。杨藏英正准备走开，却见郑茵盯着他看，一双琥珀色的眼睛神情复杂，看得杨藏英都有些发毛，他不由得问道："怎么了？"

"杨小郎君。"郑茵压低声音，"你竟忍得了？"

杨藏英一脸莫名："你指什么？"

"你是御史台的，竟然愿意把功劳全部拱手让人？"

杨藏英明白了，郑茵长期和官府打交道，知道御史台等级森严，下级的台官都拼了老命往上爬，哪怕是一言一语的功勋，都要抢着在上级面前展示。这一回，自己尽心尽力地操办，甚至亲自去现场搜索，最终却让张元昙出了风头。换了一般人，早就恨得牙齿痒痒，在背后对张元昙狠狠诅咒唾弃一番了，偏偏自己跟没事一样，难怪郑茵起疑。

杨藏英的心思不在此处，但若是直说，恐怕郑茵也不会信，想了想，他说了几句套话："人在这官场，不在意是不可能的，但是比起个人荣辱，查明真相，为人洗脱冤屈更为重要。这事张兄做得比我好，我当然愿意把功劳让给他。"

说这话时，那片云飘走了，日光重又照在杨藏英脸上，他刚才一片暗淡的脸色，如今散发着温润如玉的淡淡光泽。郑茵看着他，一时呆了。

然而她很快回过神来，轻轻啐了一声："天真！"

杨藏英没料到是这个发展，便不再言语，却听郑茵说道："就是因为他做得好，功劳大，这事儿才麻烦。小郎君，依我看，这事儿绝不会以什么吐谷浑刺客结案。你和你那张兄折腾得那么大，弄得那么累，到最后一点功劳都不会有，升官加爵全没指望，岂不成了笑话，白白被人耻笑？"

"御史台是讲究证据的地方……"

"别说这傻话了！"郑茵冷笑一声，"人证也好，物证也好，不都掌握在你们上司手里？到时候他们硬是不让你碰，你能把他们怎么样？"

"这……"杨藏英有些语塞,"三娘,你僭越了。"

他是好心提醒,也是不想再纠缠下去。郑茵摇了摇头,一副他不识好人心的模样。"算了,杨小郎君不在乎这些,说了没用。"她转过身,迈步离开了,口里嘟囔着说道,"不过,张元昙应该不会善罢甘休吧。"

又一片乌云来到,遮住了日头。远远地响起惊呼声,不知是不是张元昙看到了什么东西,惊喜出声。杨藏英仰头望天,看着那一轮几乎没有光芒的白色太阳,想着可能到来的情况,心中突然腾起了复杂的情绪。

第十九章
新路明

转眼就是六月底。暑热渐渐减退，一直阳光灿烂的长安中有了丝丝凉意。杨思训毒杀案和乞伏弼臣被害案的结果，终于从宫禁中传出，被放在了梁老主簿的案头。足有一人长的洒金纸卷，读下来说的是一件事——

吐谷浑人乞伏弼臣，与青梅竹马的绿槐有情。后绿槐成为慕容宝节侍妾，乞伏弼臣因此生恨，伙同疯女爱娘图谋毒杀慕容宝节。误杀客人杨思训后，乞伏弼臣畏罪潜逃。后刑部、御史台、大理寺一同追索，乞伏弼臣终被发现，自杀避罪。

至于慕容燕云、真假乞伏，还有慕容家有刺客的事，纸卷中一句话都没提。这和郑茵预料的一样，杨藏英早有心理准备，听罢默不作声。张元昜自然惊道："主簿，这算什么？"

梁老主簿枯瘦的手指卷起纸卷："什么算什么？"

"既然说到这个份上，我也不拐弯抹角了。"张元昜拍了拍桌子，"主簿，我的功劳、杨小郎君的功劳，乃至御史台的功劳，上面可是一个字都没提。"

梁老主簿像是没觉察到他的怒气，伸手掸了掸桌子。在他的身侧，另一名台官骞为道突地出声："为什么没提，你不该是最清楚的吗？"

张元昙的眼中掠过一丝阴霾，显然他心中有数，但仍旧赌气般冷冷地说道："我还真不知道，请骞台官指教指教？"

换做往常，梁老主簿早就发起火来，但今时今日，他并没有责骂张元昙，而是按着桌子，起身走到窗边，抚着胡须想了片刻，这才说道："为道，你与他细说吧。"

"是。"骞为道答话，声音沙哑而干燥："慕容宝节之前的罪名，是他对姬妾管教不严。"

杨藏英看一眼张元昙，抢先答道："是这样。"

"为这个，昔日的大将军被贬往岭南，说起来，人大概已经走到半路了吧。"骞为道看了他们一眼，"两位姑且说说看，如果这时，突然传来爱娘宣布自己是刺客的消息，那会是个什么样的光景？"

"……慕容宝节，由案件的关联人，变成了受害人。"

起初，张元昙抿着嘴，不太乐意回答，但沉默半晌，他还是接着说道。

"如果把爱娘的说法宣出去，那么，杨思训的死就是刺客误杀。与绿槐没有关系，作为情夫的慕容宝节，同样与此没有关系。虽然，二十年前的泄密导致吐谷浑受害这事，很让人觉得他可恨，但这是情理上的事。从大唐律令来说，慕容宝节是无辜的。"

"很好。"梁老主簿点点头，插话道，"说下去。"

"他没有罪过，并不意味着他能得救。就像我之前分析的，朝堂之上，皇后一派正巴不得他永世不得翻身，好给老臣们一记响亮的耳光。而另一边，老臣们就算想救下这个同一阵营的同僚，也会顾忌这样做的后果。"张元昙舔了舔嘴唇，"管教妾室不严、放任女儿私情，再加上吐谷浑泄密。如今的慕容宝节，在别人眼中的形象早已一落千丈。救下他，只会给老臣一派抹黑，造成他们不分黑白、结党营私的印象。这是朝堂大忌，得不偿失。"

杨藏英明白，张元昪的话明显有着言外之意。他说的"别人"，还包含了当朝的圣人。虽说这样想有些僭越，但如果把他杨藏英放在圣人、皇后或是朝中任何一个大臣的位置上，都会选择眼前息事宁人这一条路，就这么敷衍过去，免得再生枝节。

梁老主簿也是这样想，他点了点头："很好。"

"可这样，你不觉得不公平吗，主簿？"张元昪语气中带上了几分挑衅，"他们平安无事，而我，还有杨小郎君，我们失去了机会——"他加重了语调，"杨小郎君也就罢了，对我来说，很可能是一生只有一次，从流外提拔的机会。"

骞为道张开嘴，似乎想斥责，可最终还是不语。周围安静下来，杨藏英本不在意，但听他这么一说，也不由得满腹同情。

梁老主簿苦笑一声，脸上怜悯和同情的神色分外明显。但面对怒气冲冲的张元昪，他却说道："这件事确实可惜，我也曾为你争取过，但……"他眼角抽动了一下，"但这件事牵扯得太过复杂，改不了的，除非——"

他不过停顿了一下，张元昪立刻顶上："除非什么？"

梁老主簿捋了捋胡须，脸上的神色开始收敛，声音变得冷硬："除非，你能把那个假的乞伏弼臣五花大绑带到大家面前，让他亲口认罪。否则，这事儿没有一点回旋的余地。"

杨藏英心想，谈何容易？刑部和大理寺出动了那么多精锐，都没有发现他的一点踪影，更何况张元昪只是一个毫无背景的小小书令史。

说完，梁老主簿的神情又稍稍温和了一些，他劝慰道："机会固然难得，但也不是没有。在台中好好干，也能的……元昪，算了吧。"

他的话落在地上，如同松花一样轻飘飘的。张元昪没有说话。在突然安静下来的御史台客室里，日光静静地转移着位置，在梁老主簿脚下，突然出现一个尖锐的影子。杨藏英定睛一看,那是御史台正中獬豸像被拉长的影子。就在他走神的时候,张元崒突然低声说道:"这就是御史台?"

梁老主簿挑了挑眉毛,看得出来,他对眼前的情况早有预料。

"吞了他人的功劳就算了,如此让真相湮没于世……这,就是御史台?"张元崒抬起头,"主簿,我替你感到惭愧,替这个地方感到惭愧。"

"喂喂!"骞为道赶紧喊起来,"怎么这样对主簿说话?"

梁老主簿挥挥手:"我也无可奈何。"

张元崒低下了头,又一次沉默了。獬豸的影子覆在他的脸上,他瞪着眼睛,神色冷硬。杨藏英觉察不妙,走到他身边,试图拉他的肩膀。张元崒却猛地向前一步,叉手行礼:"杨思训谋杀案,本来与我无关,之前梁老主簿愿意为我提供诸多帮助,元崒感激不尽。"

杨藏英听出他话中深意,赶紧小声道:"张兄,不可!不要硬抗啊!"

杨藏英没拦住张元崒的话头,只听张元崒沉声说道:"但这件事,无论功名还是信念,我都有自己的坚持,还请主簿……"

他大约是要说"见谅"两个字,但话还没有说出,骞为道已迈步走向客室的门边。他打开门,门外站着鱼余业,身后跟着那来贵极以及黑压压的一小队仆役。他们神色各人各样,很是复杂,但每个人的脸上都有一种忠诚和坚定。

梁老主簿看了一眼张元崒和杨藏英,沉声说道:"案件已经结束。张书令、杨台官,你们辛苦了。"

他重又恢复平日的模样,向众人威严地说道:"善后事宜就交给我们,你俩且去歇息半月,台中的事情你们一律不要去管,好好地疗养一下吧!"

"你……"张元崒咬牙切齿地说道,他握紧拳头,指节作响。

杨藏英担忧张元崒真的跟梁老主簿或是众台官撕打起来,立刻上前,想架住张元崒的双臂,免得他冲动行事。谁知刚刚迈步,张元崒手一挥,手肘正正击中杨藏英的鼻梁。事出突然，张元昪用上了十成的力气，杨藏英脚下一晃，不由得后退几步，失去了平衡，坐倒在地。他正准备爬起来再去拉张元昪，还没起身，就口中一甜，只觉得整个客室剧烈旋转起来，直弄得他头晕目眩。他挣扎着伸手，只喊了一声"张兄"，眼见一道血河从额上流下，接着眼前一黑，不省人事。

他失去了所有的知觉，不记得自己是怎么出的御史台，又是怎么回到了暂住的崇德坊寺庙。接下来的半个月，他都在床榻上躺着。张元昪的一击打中了他的鼻梁，划破了他的眼角。这本是皮外伤，但小半年来，他与张元昪一同探案，日夜操劳，又在审讯上难得地以威压人，身心都到了极限，以致连日昏昏沉沉，半睡半醒间连话都说不出。好在弘农的本家收到消息，立刻派了几个仆人，连夜赶到长安，把杨藏英接出，另安置他在长安东北金城坊属于杨家的一处别业居住，又安排了一个童仆，贴身照顾。

童仆每天煮好浓稠的黑色药汁，强灌杨藏英喝下。这疾病来得突然，杨藏英一时也无暇顾及其他的事，只能躺在榻上，反复地做着噩梦。这回的噩梦不是他惯常做的，立在高处看见诸多兵士的古怪之梦，而是更深邃些的。梦中，一个模糊人影牵着他的手，似乎要把他引到某个孤独之处，杨藏英看不清他的脸，只觉得满心恐怖惶然。

弘农的杨家亲属前来探望，见他深深被梦魇所困，吓得连夜请来道士和尚，又是做法事又是念经，折腾了有三四日，杨藏英的精神才略微好了些，能够坐起，也能够饮食了，闭上双眼，再没有可怕的梦境来叨扰。可梦中那近乎真实的人影，又让他在独处之时总觉得心中不安。这样的时刻，他想起了一个人，便问童仆："我生病的时候，可有一位姓张的台官，来探望我？"

"姓张？"童仆一愣，"你是说，台官张元昪？"

杨藏英有些惊奇："你竟也知道？"

"当然。现在的长安,街头巷尾谁都在说他哩。说他单枪匹马,就抓住了御史台和大理寺都找不到的凶手。听说现在当今圣人也暗中找了他,封他做'暗行御史',让他专抓长安的坏人。表面上看,他只是到处走走,但不论走到哪里,他那双鹰眼只一扫,什么证据都逃不掉。他正在搜集长安城一百零八坊中的蛛丝马迹,准备将那杀了大将军之人的一干同党,一举挖出,为我大唐斩妖除魔,除尽祸害……"

这简直是说书人口中的人物。想到张元昙那瘦削而略带胡须的脸,杨藏英哭笑不得。大约是因为邓内侍那场审讯没有完全公开,反而让张元昙有了古怪的盛名。那童仆不知他心中曲折,嘟起嘴说道:"听说小郎君是他的朋友,我来到这里,本想看看这等神人到底是个什么模样,可惜他贵人事多,连面都没露。"

杨藏英微微皱眉。和自己一样,张元昙已经被梁老主簿要求"疗养",应该有很多时间才对。可他连面都没露,依着杨藏英对他的了解,他应该还在为大将军毒杀案做着谋划。想到此处,杨藏英心中也有了点底。

杨藏英先是安抚了童仆一番,又给了他一些钱,拜托他多加照顾,自己也加了药量,以便尽快恢复。五六日后,七月的上旬已经过去,恼人的疾病终于消退,可以下床走动的杨藏英第一时间回到了御史台。

半个月过去,御史台遍地的松花已被清扫干净,青石路、石狮豸的铁青色脊背毫无遮蔽地露了出来。在若有若无的松花香中,御史台的台官见杨藏英回来,都上前关心地询问。不过,对于那桩挂在杨藏英心头的大将军毒杀案,他们还是小心地绕过,并没有向他提起。

杨藏英面带笑容,与他们一一寒暄,心中却在思虑,如今的景况,贸然去见梁老主簿反而尴尬,还是先找张元昙再做打算。于是他故作轻松地问道:"张兄呢?怎么不见张兄?"

"这……"同僚们支吾起来,谁也不答。杨藏英正在为难,却见人群中骞为道与鱼余业两人正相互使着眼色，似乎又在相互推搡，看来其中深有内情。他略退一步，正想着该如何突破，旁侧边缘的来贵极突地说道："他在静室。"

"静室？"杨藏英脸色一变，"难道说……"

静室在御史台背面，说是"室"，其实是与附近司农寺共用的堆放柴草和杂物的地方，本为下层杂役小憩之地。时间久了，倒成了被排挤或是被处罚的台官们关禁闭的地方。眼见杨藏英变了脸色，骞为道赶紧解释："没有没有，不是受罚。"

鱼余业也接过话头："张台官说，他自愿进去，与任何人无关，可话是这么说……"

"可能还得杨小郎君。"来贵极在旁说起。

这话一出，杨藏英立刻明白，他们的意思是，张元昌到底是给了梁老主簿难堪，还需一人从中斡旋，但这话不好明言，他也只得笑道："多谢，多谢，我这就去找他。"其他人听了，都松了口气："杨小郎君与他交好，你快试试，看能不能把他劝出来吧。"

他们说着，连推带拉把杨藏英往静室处领。离静室门口七八步远的地方，众台官停下脚步，再不肯往前。杨藏英无奈，只得一人进了静室。果不其然，昏暗的静室，有一个人侧坐在残破的榻上，正摆弄一盘棋子。说是"摆弄"，但他如同雕像一般，动也不动，就连眼睛都不眨一下。杨藏英见状，也只能苦笑，硬着头皮喊了声："张兄。"

他原以为张元昌不会动弹，谁知听见呼唤，张元昌立刻抬起了头。半个月没见，两人都觉得彼此的模样有点陌生。杨藏英见张元昌眼眶深陷，面色憔悴，心里便有了八九分底。他打定主意，一下在张元昌的棋盘对面坐定。不等他开口，便抢先问道："开门见山，张兄，你做了些什么？"

张元昌眼中闪过一丝喜色，可说出来的话却仍略带讽刺："做？我能做些什么？这半个月来，梁老主簿可说是严防死守，他下了令，台里台外，任何人都不许谈论毒杀案。还有，他把绿槐、爱娘这些证人都押入'天牢'，不许任何人前去探望问话。"他顿了顿，"至于那书库中的案卷，已经全部封存，也不许我踏入书库半步。想来他也给刑部和大理寺打过招呼，我过去问了，统统都被婉拒。"

他这是气话。杨藏英也不接口，只是听着他抱怨。

"当然咯，"张元昙继续发着牢骚，"我也想过要用钱贿赂那些不知所以的杂役狱卒，但你知道的，可惜我啊，是个要典当狐裘度日的穷书令史。"他摆了摆手，继续说道，"我也想过，去哪里找一找可以用的人脉，可惜细细想来，我们'认识'的权势最大的人，只有卢夫人了。不过此时她却极为安静，估计是接受了这样的结果。我一个小小的书令史可没理由说服她，让她出来再申冤一番。"

杨藏英望他一眼，沉思片刻，便接话道："这样看来，想从这御史台寻找到破绽，可是完全没有办法了。"

"所以，"张元昙笑道，"莫要想了，不如我们喝酒去吧！"

"那……那我请张兄去香奁斋吧。"杨藏英接话道，"我与小柳也是好久没见了。"

他二人一搭一档，这样说着，走出了静室，从一旁的偏角门出去了。白日饮酒，有些不妥，但因他俩如今是赋闲之身，倒没有人阻拦。出了外间，骞为道打了个呼哨，另几个台官，有嫌张元昙烦的，有想巴结梁老主簿的，也有想看两人继续探案的，众人各怀心思，于是也装作没看见。

就这样，在半个时辰之后，杨藏英和张元昙来到光福坊。御史台的案子不涉此间，这里仍是一副风光旖旎的景象。来到香奁斋内，小柳知道他们的来意，便知趣地出去打酒，留下他们二人在屋里。杨藏英按捺不住，刚坐下就急道："张兄，你肯定做了安排！别卖关子了，快快说来。"

张元崇说道："这还真不是好说的事，你等等，让我理一理。"说罢，坐到杨藏英面前，手支在下巴上，想了好一会儿，才说道："虽然，爱娘已经承认她是吐谷浑刺客，可我总觉得，她的说法还有一些蹊跷之处。"

杨藏英见他开口，连连点头道："愿闻其详。"

张元崇伸出一根手指，在面前比画："首先，是那天的讯问。回想起来，在证明完真假乞伏后，我手中的筹码已经用尽。没有证据，没有思路，就算逼我说出谁是眼线，我也说不出个所以然。如果爱娘坚持装疯，或是一言不发，我们完全没有办法。可偏偏就在这时，她像中了邪一样自己跳出来。作为一个号称受过训练的刺客、一个对慕容宝节有深仇大恨的人，这实在有点古怪。"

"嗯……"杨藏英也思索起来，"或许是提到'假乞伏'，她护兄心切，关心则乱？"

"好，就当是如此。那么其次，她和'假乞伏'投毒的行为也有些怪异。就像我们一开始知道的那样，绿槐宅邸中有乌头、野葛，也有砒霜。他们放着这些现成的不用，非要拿那什么西域的摩坷婆罗毒，这同样有些说不过去——"

"这，"杨藏英想了想，"摩坷婆罗无色无味，可能比其他毒药保险。也有可能……他们是吐谷浑人，搞不懂中原的毒物。"

"说实话，我有些怀疑，是不是她不清楚详情，才说那莫名的毒物。嗯，最后一件，你还记得这事是如何开始的吗？没错，是卢夫人跑来御史台申冤。"张元崇答道，"但在大理寺那天，无论从神情还是话语，她对吐谷浑这件事全不知情。那么一开始，她又是为什么会如此笃定，绿槐不是凶手？"

"大概爱娘给她寄过匿名的书信吧……"

三处细节，处处透着不自然。可话说回来，这些东西不过是模棱两可的猜测，既不能撬动梁老主簿的铜墙铁壁，也远不能作为翻案的证据。

杨藏英正想说话，张元昪却转了话题："不对劲的地方说完了，接着该说说我们下一步的计划了。杨小郎君，你也知道，如今我们查不了证人，看不了证物，看起来似乎一无所有。"他停了停，"但我们手中，还有可以用的东西。"

杨藏英的好奇心被勾起，直直地望着他："快说，是什么？"

"名气。"张元昪答道，"我的名气。"

说到这里他停顿片刻，脸上涌起淡淡潮红，说到底，张元昪还是不大习惯吹嘘自己。杨藏英便赶紧接道："我知道、我知道，我生病的这段日子，张兄在长安是大大的有名。连我老家来的那个小孩儿，都一直说着想见你一面，看看你是什么样的神人。"

"比这个更夸张。"张元昪苦笑，"我现在不管是坐在御史台，还是去外面逛一逛，都有人在身后指指点点。"他挠了挠头，"哪怕是随手买个饼吃，都有人说，'暗行御史'一定是在饼摊上发现了什么不对。"

听他这么说，杨藏英眼前立刻浮现出那略带尴尬的场面，很想放声大笑，但考虑到张元昪的心情，他只是问道："这名气是有了，但和毒杀案有什么关联？"

"小郎君，我会有这样古怪的名气，就意味着，没有几个人知道毒杀案的详情。不管是我们探查出的吐谷浑刺客，还是梁老主簿手上那乞伏弼臣杀人的结论，长安城里的人都不知道。对他们来说，这个案子还属于谜案的状态。"张元昪的声音低下来，"对躲在长安某处的'假乞伏'也是如此。现在谣言漫天飞，他肯定也摸不准，案件到底被破解到什么程度。"

杨藏英想说话，但他止住了。直觉告诉他，张元昪接下来要说一件十分重大的事情。他不由自主地屏住了呼吸。果然，张元昪沉声说道："如果现在，我，一个声名在外的台官，突然宣布要参加一场盛大的宴会，并在宴会上公开一件要事。假如你是这'假乞伏',失去了眼线的你,会怎么做呢?"

"我……"杨藏英沉吟,"我肯定会到那场夜宴上去。"

"嗯。"张元昙点头。

"至少听听你查案查到什么程度。"

"很好。"张元昙仍旧点头,脸上的笑意却消失了,他郑重地看向杨藏英,"再想得深一点,联系他们的身份。记住,这个'假乞伏'可是个刺客。"

一个可能浮现在杨藏英脑海,他不由得倒吸一口冷气,心也剧烈地跳动起来。他兀自镇定,许久才说道:"或许,我会……"他顿了顿,"我会趁你不备,在你公开事情之前,将你……将你,杀害。"他又停了停,"'假乞伏'并不知道你要说什么,所以很有可能,先下手为强。既然已经杀了慕容燕云和'真乞伏',再杀一个,想来他也不会手软。"

"很好、很好。"张元昙低声道,此时的他睁大了眼睛,脸上流露出些许狂热的神情,"既然要杀我,那肯定会与我碰面。"

杨藏英点头:"那是当然,但那又如何?"

"既然能碰面,那么,我们就有将他逮捕归案的可能。"张元昙的呼吸都变得急促,"如果把他抓住,那么一切真相就能大白于天下!"

虽说之前早有预感,但到了现在,杨藏英才明白张元昙的话。他也睁大了眼睛:"你的意思,是把自己当作诱饵设一个局,诱惑'假乞伏'上钩?"

张元昙点了点头。

"你一个文官,要去应付一个经验丰富的刺客?"

他这么说,张元昙迟疑了一下,不过还是点了点头。

杨藏英张大了嘴:"张兄,你……你疯……"话说了半句,他便说不下去了。即使是他也不得不承认,这是目前唯一能找到"假乞伏"的办法,也是唯一能破局的办法。

"怎么？"张元昙大约读出了他眼中那一丝赞赏，笑道，"不打算劝阻我一下？"

"这……"杨藏英有些语塞。片刻后，他向后一仰，看着香夌斋那雕花的房梁，苦笑着摇了摇头，低声道："劝阻啊，与其说是劝阻，倒不如说，我想先提醒张兄一件事。"

"哦？"张元昙露出感兴趣的神情，"什么事？"

"你说，你要在一场宴会上假装公开案情。"杨藏英说道，"这场夜宴必须理所当然，不然很容易露出破绽。"

"你说得很对。"

"而且，要想把消息传到'假乞伏'耳朵里，那么这场宴会还要声势浩大。就算不邀请达官贵人、商家巨贾，也要有五十人往上的规模才行。"杨藏英抬起头，问道，"张兄，短短时间，你要去哪儿弄那么多的钱？"

他这样问着，张元昙却没有回答，低了头，只是默不作声。

杨藏英摇了摇头："还有设摆夜宴的地方，也得讲究，既要能容下那么多人，又要制造出能单独接近'假乞伏'的机会。长安城中能满足这样的地方，实在不多……"

"确实不多。"

张元昙吐出了四个字，他抬起脸，脸上却是志得意满的神情。

"不过，杨小郎君，我们的运气真的很好。因为，"他顿了顿，"就在眼前，有一个完美的、能满足条件的机会。这机会，还是你带来的。"

第二十章
谜画师

"机会?"杨藏英迷惑道,"还是,我带来的?"

他的眉头越皱越深。刚才张元昌说的设局、诱饵,他多少有些预料。眼前的事,他还真是摸不着头脑,不知所以然。张元昌见他有些起急,也不隐瞒,赶紧说道:"小郎君不是在'真乞伏'家,发现一张吐谷浑地图吗?"

"有这事。"杨藏英答道,"但那是二十年前的地图,没什么用了。"

"有用的。"张元昌说道,"你且想一想,那地图有什么特别的地方?"

"特别之处……"

杨藏英思索着,缓慢地回忆起来。那张地图画在布面之上,墨线流畅。边界之内,是以吐谷浑文写就的地名,还有当地的建筑以及穿着西域服饰的小人儿。虽然不知出自何人之手,但也实在想不出有什么能令张元昌注意的机关。他又想了半天,最终只能扬起脸,对张元昌摇了摇头。

张元昌立刻说道:"讯问那一天,我看到地图,一开始也没有多想,但随后细细想来,地图上那画在边边角角的小人,有色彩,有影子,看起来凹凸不平，像是雕刻上去的一样。"他顿了顿，"我不懂画，但我觉得，这肯定不是我大唐画师的手笔。画地图的人，应该是一个来自西域的画师！"

杨藏英不知这意味着什么，只能问道："然后呢？"

"然后？前段时间小郎君生病，梁老主簿又不许我查案，我也只能满长安城地去找这个画师的线索，一面呢，是确实无聊，另一面呢，也想碰碰运气，或许能挖出更多与'假乞伏'有关的线索。"

他如是说着，指尖在几案上轻微地敲击。

"万幸的是，比起'假乞伏'，找一个画风独特的画师还挺容易的。"

"竟找到了？"杨藏英问。

"是。"张元昪说道，"很快，我就找到了这个人。他叫尉迟乙僧，是于阗国人，现在就在长安，为城内大大小小的寺庙画壁画。"

"尉迟乙僧？"杨藏英回忆起不久前曾见过的壁画，又问，"是优钵昙寺？"

"不止，还有光宅寺、罔极寺几处。"张元昪答，"之前是在城东乐游原上的灵感寺，那寺是前朝建的，如今要复立为观音寺①，去年他受托绘制壁画，与那边的住持很是熟悉。"

杨藏英点头，心道，这不无可能。那一天，他与张元昪、郑茵一同前往优钵昙寺的时候，知客僧就曾说过，寺内后楼住着一个有名的画师。

那时不过随意一问，经过许多曲折，反而帮了张元昪的忙？

他不言语，张元昪反倒自己说开："我试着去优钵昙寺寻他，本不抱希望，谁知他是个大善人。我跟他聊了几句，他甚至——"

到此，张元昪好似想起什么，看看周围，突然笑道："说起来太麻烦了。

---

① 即日后空海求学的青龙寺。唐武德四年（621年），灵感寺废；龙朔二年（662年），复立为观音寺；景云二年（711年），改为青龙寺。此时显庆五年（660年），观音寺即将建成。

反正你今天来了，此人这段时日仍旧在优钵昙寺，不如我们一起去拜访？带上小柳姑娘，我们一同礼佛去。"

他既这样说，杨藏英也没有推辞的理由，只能叫回小柳，一同前往优钵昙寺。小柳昨天晚睡，面上是老大不愿，不过她并没有多话，而是简单梳妆，就与两人一同出了香奁斋。杨藏英心中有愧，便雇了几架肩舆。半个时辰后，他们已被人抬到了优钵昙寺门前。三人走入大殿，张元昙与知客僧说了几句，僧人很快让出道路，让他们前往尉迟乙僧暂居的寺后大屋。

杨藏英沿着小路，一路走，一路看，心中不由得感叹起来。

优钵昙寺大殿已经不小，这大屋规模也不低。地方广阔，容纳六七十人不是问题。杨藏英心中盘算，如果能在此处大屋举办宴会，倒是不错。若如张元昙规划，他中途离席，那会相当显眼。"假乞伏"一定不会放过机会，毫不犹豫地跟上来。只可惜这里没有适合围困刺客的地方。杨藏英心道，张元昙的方法确实合宜，只是不知他到底如何设宴，又如何以文官之身应付刺客。

他不安之时，只见前方的张元昙停下脚步，推门道："我们到了。"

杨藏英一惊，如梦初醒。这才发现，自己已身在大屋。如同外面看到的那样，大屋十分宽大。屋中只有一个胡人男子席地而坐。他身穿一件灰色长袍，没有戴帽与幞头，也未束发，一头发红的齐肩长发散乱地披着，正在慢悠悠地饮酒。

看见三人进来，他只是一抬头："你来了。"

"来了。"张元昙笑道，"我带了两个朋友来，先试试效果。"

他们两人显然已经谈过很多次，不需多说。杨藏英站在一旁很是莫名，他很想问问张元昙这人是否就是尉迟乙僧，但眼下情境，看来也不便出声，只能往小柳身边贴了贴，静待张元昙指令行事。

只见张元昙回过头来，对着他们两人笑道："两位请抬头，品品此处的壁画。"

杨藏英依他所言,仰头张望。只见三层高的屋里,四面墙壁都被划分成二尺见方的小块,每个小块里都画满人物图画。再细看,只见小块里画的都是飞天、金刚和菩萨。菩萨双手合十,飞天翩翩起舞,他们的衣饰异常精美,线条清晰,红色、绿色、金色和蓝色等各色飘带相互交织,无风而动。飘带之间,各种圣花、圣宝纷纷掉落。屋顶正中,则是一尊佛像。佛面悲悯,低眉垂目,静静注视着这四面华丽而神圣的诸神。

杨藏英正看得入迷,张元昙道:"杨小郎君,小柳娘子,你们说,这画的是什么?"

他突然问起,杨藏英有些犹豫,倒是小柳先答了话:"是西方极乐世界吧?"

地上坐着的灰袍胡人,嘴角突然掠过一丝讽刺笑意。杨藏英看见了,心道不妙。果然,张元昙摆手道:"说得不对,小柳姑娘再看看。"

小柳本不是喜欢声张的女孩,既被这么一说,就不再说话。杨藏英又抬头,将四面画仔仔细细地看了一遍,看得眼睛都有些生疼,也没发现什么机关。他求助般地向张元昙投去一个眼色,张元昙立刻笑道:"小郎君也看不出来吧?"

杨藏英苦笑道:"这难住我了,张兄,还真看不出来。"

张元昙点了点头,走近壁画,伸手一指:"你看。"

他指的是眼前墙壁上一个天女的飘带,那飘带是蓝色的,里头星星碎碎,都是光亮的小点。杨藏英不知所以,反倒是身旁小柳低声说道:"瑟瑟[①]?不,啊,这……这是青金石!"

[①] 在唐代,蓝宝石被称为瑟瑟。

听到这儿，杨藏英也不由自主睁大了眼睛。青金石是来自波斯乃至更远地方的一种矿物，本就稀罕，做成颜料更是价格不菲。如果用如此贵重的颜料，只为画仙女的飘带，实在有些暴殄天物。他看向张元昙，只见张元昙笑得颇有深意："好聪慧的小柳娘子，来，你们再看看。不要一块一块地看，把青金石当作线去看，只看蓝色，只看蓝色！"

杨藏英退后两步，按他所说一径看去。视角改变，一切都仿佛不一样了。深蓝色的飘带如同线条，青色的服饰如同色块，蜿蜒曲折，在墙壁上拼成了一个巨大的、青面獠牙的恐怖怪物。这个怪物脚下燃着火焰，踩着几个人，那些人还带着哭喊的神情。

杨藏英陡然一惊，脱口说道："地狱变！"

"说对了，小郎君。"张元昙轻轻击掌，"这其实是一幅地狱变图。"

杨藏英抬头张望，果不其然，不单是西面墙壁。大屋的四面，都是如此。乍看是天仙极乐，但若只看青金石色，就会变成巨大的魑魅魍魉。这些鬼魅面目恐怖，却极有张力，让人看了心生恐惧，又挪不开眼睛。

分开是仙境，合起是鬼魅。在这样技术高超的画前，杨藏英只能瞠目结舌，低声感叹："如此一来，这屋顶的佛，又是另一番含义……"

"哈哈哈哈，好，好！"

此时，屋中传来一阵豪放的笑声。那个坐在地上的灰袍胡人站了起来，看着杨藏英和小柳的表情，满身满心都透着得意。张元昙走到他面前，躬身一拜："尉迟大师，我这两个朋友的表现，你觉得如何？"

"很好、很好！"名为尉迟乙僧的画师笑道，"我很是喜欢。"

"是吗？谢谢。"张元昙的眼中闪过一丝狡黠，"您的打算没有变吧？"

"没变、没变！"尉迟乙僧手持酒杯，望着满墙的画，露出看孩子般的眼神，"还是在盂兰盆夜，还是在新昌坊那快建好的灵感……哦不，观音寺！"

他二人仿佛在打哑谜,听得旁边的杨藏英是云里雾里,开口问道:"打算?"

张元昙微微侧脸,也不隐瞒:"在那城东观音寺,尉迟大师有一幅新作,比此处的《地狱变》设计得更为精妙繁复。"

"好。然后?"杨藏英问。

"这里是城中,盂兰盆日自然到处是人,车马难行。观音寺那边在乐游原上,群山之顶,比此处清净得多,更适合于盂兰盆夜做道场、开夜宴,还有,同赏新画。"

张元昙如是说,朝尉迟乙僧挤挤眼。

"如果我也参加,我能保证每一个到观音寺赏画之人,都会露出同我这两个朋友一样的惊讶神情。"张元昙深深地行了个礼。

一旁的杨藏英,总算听出了个大概。看来,大约是这个画师尉迟乙僧想要在盂兰盆节,通过一场夜宴公开他在观音寺的新作。张元昙正设法加入被邀请人的行列。

想到此,他便不再言语,张元昙也继续问道:"大师,如何?盂兰盆日我可赴宴?"

"当然、当然!"尉迟乙僧也很是高兴,"不是什么难事!你们稍坐一会儿、稍坐一会儿!"

杨藏英不由笑笑,只觉得是胡人画师看重张元昙,想与他结交而有意放行,略想想,又觉得有几分不对,恐怕是张元昙设法利用画师那有几分天真的古怪脾气,借他尉迟乙僧宴会的壳,布一出自己的局。

只见尉迟乙僧拍了拍手,有个管事模样的人走了进来。尉迟乙僧也走过去,两人在门槛边,嘀嘀咕咕地说起话来,留杨藏英、张元昙和小柳站在屋子中间。

杨藏英刚才听他让三人坐下,不愿拂了主人的意,就四下张望,寻找坐的地方。但遍看一圈，大屋内什么都没有，既没有能坐的榻，也没有能垫的毯子，甚至连个蒲团都没有，他不由得苦笑着摇了摇头。这时突然有一股焦煳的味道飘进他的鼻中，像是煮过头的饭菜。杨藏英不由得警觉，高声道："张兄，尉迟大师，这是什么味道？"

他话音还未落下，就见西北角腾起一股黑烟。只听尉迟乙僧大叫一声"不好"，就往角落跑去。在那里，有一个一尺见方的小炉灶，灶上放着个铜锅，显然里面的东西已经煮干，正冒出黑烟。尉迟乙僧急了，将身上长袍一脱，往上一罩，硬是把铜锅从火上掀了下来。管事随后赶到，拎着一大桶水，对准炉灶，"哗"的一声倒了下去。只听见一阵"滋滋"声，黑烟中混上了一股白汽。

小柳以袖掩面，低声咳嗽起来。杨藏英也觉得喉咙发呛，但生怕还有火情，只能睁大眼睛盯着。好在烟气散去，火被扑灭，地上只剩一堆灰烬以及那件做工考究的灰色袍子。袍子的后背上被烫了个碗大的洞，像是突然凸出了一只大眼睛。

"哎呀。"小柳咋舌，"这衣服不能穿了。"

"没事、没事。"尉迟乙僧摇手道，"比起锅里的东西，算不得什么。"

"咦？这应该是宫内所用丝绸，说不定还是那有名的独孤家绣坊所织。"杨藏英有些迟疑，"比这还好的东西，那会是什么？"

他不过随口一问，尉迟乙僧却变了脸色。他看看身旁管事，又看看张元昺，手足无措，一副不知道该如何答话的为难模样。张元昺推了推杨藏英："这大约是他们画师用的什么秘密颜料吧，快别问了。"

杨藏英听他这么说，赶紧把话移开："不管是什么，反正没有起火，无事就好。尉迟大师，我和张兄搭把手，帮你收拾吧。"

"不必、不必！"尉迟乙僧飞快地摆手道，"让他做就是了。"

"他"说的是那管事。管事似乎也习惯了这样的状况，走上前去半跪着清扫起来。杨藏英见他从锅炉后拿出一把把大小不一的小锤子和小锥子,顿时觉得这画师大概不是在熬颜料,而是在修补什么东西。

但既然张元昙让他别问,杨藏英也没有吭声。

现在,尉迟乙僧外袍被烧,赤着上身,小柳也在场,多少有些尴尬。杨藏英便拐弯抹角地催促张元昙告辞,张元昙不解其意,又与尉迟乙僧说了好一会儿。杨藏英无奈,不得已主动提出告辞。直到这时,尉迟乙僧才发觉自己有些失礼,大笑几声,催促张元昙离去,又说一定尽快补下帖子,正式邀请张元昙和杨藏英同来。张元昙趁势要他多多宣扬,最好能昭告长安,尉迟乙僧似是不察其中曲折,爽快点头,将要求悉数答应,。

如此又是一番礼节,三人这才离开优钵昙寺。

目的达成,杨藏英心中替张元昙高兴,再看张元昙,却是面色生硬,想来他也是开心的,只是不愿表露。两人雇肩舆将小柳送回光福坊香奁斋后,重又踏上长安城的街道,街道之上,人群熙攘,两人漫无目的地走了阵,杨藏英觉得,终于能好好地说上几句话了。

他想了想如何开头:"这尉迟乙僧倒是个好说话的人。"

"的确。"张元昙答道,"之前去信,听说他是皇族的人,估计会有点架子。谁知只要一提到画,他就跟你说个没完,而且头脑也不复杂,很是好……"

他大约想说"好骗",但终究觉得不妥,没有说出来。杨藏英笑了两声,笑过之后,突然想到那个问题,沉声问道:"如今万事俱备,张兄,你真的要去吗?"

"这话说得可笑,小郎君,万事俱备,我为什么不去?"

杨藏英猛地站定,想说什么,又觉得这事不好直说。此时,恰见旁边有一褐色衣服的少年抱着只毛羽斑斓的雄鸡经过。杨藏英意识到附近要斗鸡,便拉了张元昙,朝少年那边走去。果不其然,少年脚步一转,到了一处早已划好的圆形赛场，他的对手与作为裁判的驯鸡师已等在其中。

竞赌之人早已有了十余个，如今双方到场，街上不少人也拥过来围观，一时间人声鼎沸。张元昪、杨藏英的声音如水滴入海，只有彼此听得清晰。

杨藏英压低声音，重叙话题："张兄，那个'假乞伏'，他可是个真刺客——"

"我知道。"

"你若去，那便是白白送性命。"

"这我也知道哇！"张元昪如是说，连头也不回，只是扬着脖子看圈内斗鸡。只听一声令下，几声斗志昂扬的鸣叫后，就传来激烈的争斗之声。圈外竞赌也成了两派，边喝彩边互相笑骂起来。

杨藏英诘问："有这个必要吗？"

"什么？"

"为了一官半职，把命都搭上。"

"这……"张元昪仿佛在此时才发现杨藏英是认真的，他后退两步，离开人群，对着杨藏英苦笑道，"小郎君你不懂的，我们这些没背景的流外人，机会于我们来说，就像是蚍蜉撼树的那最后一口，千万次中都鲜有一次。"

没有那么严重。杨藏英在心中如是想，可他没有说出来。

张元昪仍在感慨："如果没有抓住，一辈子就算勤勤恳恳、鞠躬尽瘁，仍会一无所获。到老了、死了，也不过是个八品……八品小官在这偌大的长安城中，算什么呢？"

杨藏英顿住，想说话，却突听一声得意的鸣叫，扭头看，刚才那褐衣少年抱来的斗鸡赢得了上风。顷刻间，张元昪的脸上竟露出与那斗鸡同病相怜的神色来。片刻后，圈中驯鸡师高呼，众人大肆拍掌喝彩。

就在这喝彩声中，张元昪扬手，示意杨藏英靠近，接着突然地附在他

长安一百零八案：蚍蜉杀　233

耳边说道："你不是一直问我，祭拜的是什么人吗？"

杨藏英心中再次一震，此时此刻说起这话，张元崀是真的有冒死托付之意了，他赶紧说道："我可不听。"立即想着该如何应对，却听张元崀已经开口。

"我并非一开始就居于长安城郊。小时候，我住在武安——约莫五岁时，我阿爷①被上司设计，顶了别人的罪过，被贬官外放，在那穷乡僻壤足足过了七年。"

武安。杨藏英在心内重复，他隐约记得这处官员好像出过大事，但一直想不起来。

正思虑时，圈内外又是一阵呼喊，似乎第二场斗鸡又要开始。杨藏英在如浪般的呼声中迟疑片刻，道："找一处食肆吧，我请客。"

转眼他们已走近长兴坊，之前杨藏英随大理寺的人来过多次，也知此处有一家胡人开的毕罗店，做法多样，馅料也各式，既有蟹黄、苦荬这样咸味的，也有樱桃、梨花蜜这样甜味的，所售吃食味道甚好。杨藏英带着张元崀来到此处，问他要吃些什么。对面只说随意，他便把店中的各色毕罗都点上两三个，在候着店主把东西拿上时，张元崀继续说起来——

"在武安的七年，我阿母与兄弟，受阿爷罪责影响，犹如过街老鼠，根本抬不起头来。不过倒有一人信我阿爷无罪，愿意帮我们。"

杨藏英问是谁，张元崀说是他阿爷在武安的上司。他迟疑了一下，最终还是没说出那人的名姓来。

"因了此，我兄长、阿爷甚至阿娘都跟着他，为了申冤而奔走。小时的我无人管束，大部分时间都与我的弟弟，族中称为十三郎的，形影不离。"

---

① 指父亲。

杨藏英一愣:"这个你从未跟我说过。"

张元昙却好似没有听见,只是喃喃道:"武安的冬天如果不烧炭火,那是真的很冷。夏天没有东西吃,也的确是很饿……"

正说话间,店主端上了毕罗,整整两大盆置于几上。他是满脸堆笑,但张元昙没有动手,杨藏英也没有,只是追问:"我从未听说你这幼弟,莫非……"

"是的,正如小郎君所料。"张元昙叹一声,"我无人管束,十三郎也无,年纪小,吃不饱也穿不暖,更没有人教养。小儿郎也没有那么多心思。冷了就抱在一起取暖,饿了就去……就去偷别人家的吃食。人人都当我们是乞儿,痛恨不已。"

他说得轻描淡写,杨藏英却无端想到另一件事。当初相识时,张元昙当掉的狐裘,是族中子弟凑钱买给他的。彼时他就觉得,这张氏一族的关系未免也太好了些。如今看来,那多少有些赎罪的味道——这从未见过的张家十三郎结果想必不太好。

但他仍忍不住问:"那……后来呢?"

某天,张元昙与十三郎又去偷窃。那家本是武安县内一位文士,知道两小儿郎可怜,就睁一只眼闭一只眼,甚至还会在显眼处放些吃食,供他们拿取,权当做些善事。但那一日,这好心文士因故逝世,家中正摆着祭仪。

这两小儿郎毫不知晓,仍旧偷摸,被抓了个正着——

文士的家人不知是当日心情烦闷,还是早对两个小儿郎厌恶至极,也不顾脸面,直接报了官,让衙役前来捉拿。衙役前来,起初听见是官家子弟,还有几分忌惮,之后听是张元昙阿爷——这罪官之子,二话不说就把人拘了。

确切地说,是只把小一些的十三郎拘了。

"那一日,本是我取东西,十三郎望风。但我见衙役凶狠,就设法把所有的罪都推到了弟弟身上。那些衙役就把他带走了,说是先关几天……

后来细想，大约是想让我回去给阿爷、兄长通风报信，好勒索一笔。"

他停了停，咽下一口唾沫。

"十三郎年纪尚小，话都说不清楚，突然不见了哥哥，孤立无援，又被带到了牢中，大概因为惊吓过度，于是……于是……"

于是他冤死在狱中。

纵使彼时张元昪还年幼，做出那样的事也是无心，但无论如何害死自家兄弟，难免记挂多年。杨藏英想安慰几句，但如今说什么都不恰当，只得注视着桌上未动的两盘毕罗，扭头喊店家再弄两杯酒来。

毕罗虽好，酒却一般。店主端上两杯浑浊绿酒，见两位客都没动，脸上有几分不快，又有几分惶恐。杨藏英扬手，让他退去，也不等张元昪，自己仰脖灌下一杯。

杨藏英叹口气，道："我明白了，张兄是因了阿爷之事和幼弟之死，对蒙冤深恶痛绝，故而宁愿冒死赴宴，也要让'那起大案'真相大白于天下。"

张元昪反而松了口气，低声答"是"，探手拿过一块毕罗饼。

"不仅仅为了晋升、入流，还是为了了却一直以来的心结——张兄，我不会再阻拦你。"

"你知晓就好。"张元昪仍旧低声。

他那边埋头苦吃，杨藏英这边亦是放下了酒杯。如此沉默片刻，杨藏英突然开口，冷不丁地爆出一句："事情不止如此吧？"

张元昪持箸的手停在空中："什么？"

"十三郎的事。"杨藏英低声，"张兄若要警醒，无须如此刻意、不留姓名。张氏子弟能凑钱给你买狐裘，想来无人会阻止你为十三郎立碑。"

你在顾虑谁？他真正想问的是，或者，你到底在祭拜谁？

这话问得张元昪哑口无言，他撇过头去，半天都不敢把目光转回。

但回过头来时，他似乎已有了坦白的决断，靠近杨藏英，问道："杨小郎君可知道,我阿爷在武安的上司是谁?"

杨藏英自然是不知的,只是摇头。

张元昙的声音压得更低:"是李君羡。"

杨藏英一愣,李君羡乃是开国功臣,后来因为一些匪夷所思的原因被远贬外放,后来又因同样匪夷所思的原因被定罪、杀害——

这些都是十余年前发生的事情,细节他当然无法得知,只记得他人提起这人,都像张元昙如今这般小心翼翼,不敢声张。

张元昙觉察出他的茫然,伸手做个示意,自己先站起来。杨藏英会意,唤店主来将剩余吃食以纸包了,两人作无事样,往回走去。

走出毕罗铺,长安街道仍旧熙攘。鼎沸人声中,张元昙说道:"彼时,我阿爷蒙冤,我一家四处奔走,我与小弟沦为乞儿一般——愿意帮助我等的,也就是这位上司,只可惜他后来获罪,我阿爷与我一家虽感激,却也不得不与他断绝往来,不再提起。"

杨藏英轻轻咋舌,张元昙不藏私不隐瞒,这事他比谁都清楚,如今就连他都斟酌词句,可见此事复杂,于是杨藏英只是点头,任他继续说下去。

"不过我不是祭奠他,他的恩情是与阿爷的,和我关系不大。"张元昙低声道,"我所纪念的,是我的老师——"

"老师?"

"是一位布衣百姓,但也是李君羡……阿爷上司身边的第一幕僚。无论是作文写字,抑或是这发现矛盾之处的功夫,都是他一手教导予我的。"

到此处,张元昙似乎已不愿再多说,但走出数步,还是感叹:"老师是个奇人。"

他的骄傲、尊敬之气溢于言表,杨藏英还是第一次看见。说话间,两人又走到刚才那斗鸡圈子旁,那褐衣少年的大公鸡连赢数场,正扬着头立在圈中,等待接下来的挑战。

张元昪、杨藏英再度挤入人群。

"按你说,你那老师也与上司一同……遇难了吧?"

"……其实,我也不知。"张元昪使劲摇头。

过了好一会儿他才续道:"不瞒小郎君,当日法场未见老师尸首,他是随上司去了,还是逃脱后改名换姓,我那时离了武安,无法知晓。成年离家后,我四处辗转,到处寻找他的消息。是生是死,总要有个结果。"

杨藏英点头,如此一来,墓碑无名、张元昪似乎别有目的以及他被密告等事,总算是有了缘由来处。杨藏英轻叹一声,仰起头,突见又一只斗鸡被放入圈中,这次的鸡满身黑羽,脖颈高耸,似乎与那彩羽鸡势均力敌。

张元昪也忍不住欢呼一声。

喊毕,他侧头道:"这事便到此,我再不能多说。多说,就连累小郎君了。"

杨藏英一愣,想到长安城中大约只有自己一人知晓此事,不禁神色复杂,笑道:"张兄啊……"

"怎么?后怕了?"

"倒没有——只是讶异,你总是如此信任我。"

"那是因为小郎君值得信任。不瞒你说,第一次见到你的时候,我就想,若是没出那事,十三郎也是这个年纪,或许也是这般利落的模样。我也想把你当弟弟看待,但日子久了才知道,小郎君不是一般人——是我的知己。"

这个词分量倒是不轻,杨藏英笑了起来。笑过之后,他突然有了几分感慨:"反过来也是一样。张兄,你也是我的知己……"

张元昪苦笑一声,似乎说了些什么,但他的话被喝彩声、欢呼声盖过,圈里两只斗鸡正打得难舍难分,好一会儿才稍有歇息。

"以前有人和我说过,白发如新,倾盖如故。人和人之间是有缘分的。"杨藏英突道。

"这倒是，认识容易，交朋友难，成知己更难。"

"所以，我不阻拦你去那场夜宴——而且，我也要一起去。"

张元昙肩膀一动，扭头急道："小郎君别这样。"杨藏英却扬手止住他的话，只是说："莫要再感慨了，眼下可是一个大局面，多说无益，反而扰乱心神。"

话已到此，张元昙也不好多说，只是与杨藏英并肩立着，看圈里两鸡相斗。

这一回与之前不同，的确是难分伯仲，圈内鸡羽纷飞，直斗到两鸡筋疲力尽，都没有结果。驯鸡师见状不妙，令人把它们带出。周围看客有赞叹，有嘘声，亦有人觉得不必斗至两败俱伤。张、杨两人各怀心事，便走了开去。

走了一段，杨藏英心有所感，突然说道："真不敢想，张兄……如果没有一位朋友，在这偌大的长安，会是多么的寒冷，多么的寂寞啊。"

张元昙也停下了，轻轻地哼了一句，似乎在说"但愿吧"。

看得出来，他对杨藏英的说法深表认同，只是眼中流露出一种深切的悲观。短短片刻间，他们都停住了脚步。接着两人默契地肩并肩，继续向前迈步，走向眼前长安城内笔直延伸，或分岔或交错的道路。

第二十一章
再夜宴

女儿家热烈讨论的七夕一过，文人墨客就停止了牵牛织女星一类的唱咏，齐齐地开始颂圣。圣人和皇后回到长安的消息传遍了大街小巷，整个长安城洋溢着一种淡淡的愉悦气息，就连御史台也不例外。张元昙和杨藏英分外忙碌，他们小心地于台外与尉迟乙僧接触，做着观音寺内盂兰盆会的种种准备。

观音寺位于长安城最东的新昌坊，在乐游原之上。一面枕着高原，前侧对着南山，是登高远望的绝佳之处。张、杨二人这些时日随着尉迟乙僧前去看过。这处寺院布局与优钵昙寺酷似，前为大殿，殿后左右有斜坡慢道，层层向上，到后间设宴的大屋——更妙的是，往后有数间无人使用的小楼——一路直到山顶崖边藏经阁，地势高峻陡峭，再无他路，恰是最佳的布局之地。

按照张元昙的计划，他诱出"假乞伏"后，只要在小楼外大声呼喊，唤来参加宴会的人，帮着一起抓住对方就好。杨藏英得知后，暗中拿出些钱来，亲自会了几个习武的长安少年及有名的护卫，恳请他们当日在观音寺外候着。

"假乞伏"到底会不会出现，他心中没底。张元昙会不会知道自己的计划，他同样没有把握，但思来想去，最终他还是决定，按自己所想行事。

另一面，尉迟乙僧大方地安排了所有，出面邀请了不少人。画师、墨客、官员、平民，形形色色的人等都将来参加这新昌坊盂兰盆会。张元昙作为受邀之人，被轰轰烈烈地宣扬了一番。这消息当然传到了御史台，也传到了梁老主簿耳中。不过，除去隐隐约约的暗示和告诫，他也没做任何干涉。整个宴会完全是一位广交朋友的画师最普通的一次邀请。就算梁老主簿想阻拦，也没有任何破绽供他下手。

同为贵族的骞为道也受到邀请，他却说自己有事在身，不会前去。

到底真是如此，还是他嗅到了某些风声？杨藏英忙于行事，也没去深究。

就这样，时间飞快过去。转眼就到了七月十四，盂兰盆会就在明天。杨藏英和张元昙都不回家，寄宿在御史台中，为一切可能的状况做准备。

次日，中元节到。家家起了供奉，燃烧火烛，祭祀逝者。观音寺更是竖起经幡，敲起铜锣，自清早就做起一出盛大的水陆道场。

在坊门关闭之前，张元昙和杨藏英依照约定，于夕照之时到了寺中。知客僧见是他俩，热情上前引导。在大殿做完一整套烧香祈求冥福的祭仪后，他二人一前一后，不动声色地走上小道，来到了尉迟乙僧设宴的大屋之中。

宾客已经来了不少，人声鼎沸。屋中灯火通明。无数燃烧的烛火照耀着墙壁，壁上悬挂一圈尉迟乙僧的新画，画中神佛在灯火下微微晃动，仿佛随时都会飞出石壁，翩然落下。正中一张大圆台，往东南西北方向延出四张长桌，桌上放满了长安和西域的美食。另有数十个美丽的胡人侍女，不停地在会场中穿行，为宾客们添酒。还有五六个模样可爱的小丫鬟，手捧装有清水的瓷盆，供客人擦手洗脸。角落里，已有几个人躺倒在歌姬的膝上，正满面笑容地与她们说话，另有数个器乐的名家，也在会场中不时奏起悠扬的曲调。

杨藏英也参加过不少宴会，但眼前的景象仍让他目不暇接，正四下张望，突然耳畔响起一个熟悉的声音。循声抬头，宴会的主人尉迟乙僧大步走来，在他身后跟着几个女客。即使在大屋之中，那些女客也戴着幂篱，从头遮到脚，在一片金碧辉煌的宴会中反倒显眼。尉迟乙僧把她们安顿到桌边，转头见到两人，笑道："张台官，你来了。"

张元昙笑道："真是热闹的场面，很配你的画。"

一提到画，尉迟乙僧就高兴得不行，他伸手拉过张元昙："来，来，我们过去说。"

两人就这么并肩离去。杨藏英正要跟随，偏偏在这时，角落里的演奏者"噔"的一声，拨动了琵琶弦，弹奏起一曲欢悦的舞曲。在场有许多胡人，听到乐曲满面欢愉，拿着酒杯，随乐曲翩翩起舞。杨藏英无意跳舞，低着头，只想往前走，旁边却跑来两三个穿着艳丽的胡姬，猛地牵住他的手，笑道："好俊俏的小郎君，可否赏光与我跳个舞？"

胡姬们声音很大，引得四周目光都往他身上集中。音乐动人，美人在侧，就这么拒绝太奇怪了。杨藏英无奈，只得与那几个胡姬跳起舞来。说是跳舞，也不过是随着她们的舞姿，简单转上那么几下，待到乐曲不那么激越，杨藏英就摇头道："可以了，可以了。"胡姬们哪里肯依，娇笑着不放手。杨藏英想了想，抓着一个胡姬说道："跳舞就不必了，我们去旁边，我与你喝上几杯吧。"

那胡姬笑了一声："好，跟我来。"

她倒是善解人意，大约看杨藏英频频往尉迟乙僧的方向看，就找了一处几榻。那里可以清晰地看见酒宴的主人尉迟乙僧，还有他身边的张元昙。那两人正站在门槛那边，低声对谈。杨藏英望了片刻，只见尉迟乙僧举起

长安一百零八案：虮蜉杀　　243

戴满宝石戒指的手,对着天空拍了几下。

"啪、啪",声音清脆。瞬间,琵琶、箜篌和击鼓声齐齐停了下来。音乐一停,来客们也渐渐止了话语,大屋中一时变得安静非常。

尉迟乙僧手握酒杯,缓步走到正中圆台旁,弯下腰来,双手一撑,竟是站到了那圆台上。不等别人惊讶,他已经举杯笑道:"今日虽是中元,但诸多的魍魉,想来都被金刚菩萨挡在了外面。逝者已逝去,生者当尽欢,各位务必尽情欢聚,不负生时快乐!"

杨藏英微微皱眉。

尉迟乙僧这么说,在长安人看来或许是对死者大不敬,但在场多是胡人,生死观念与长安人想来大相径庭。这一点,经历过吐谷浑发酵肉食的杨藏英倒是清楚。

那胡姬不知他心中曲折,倒了一杯玫瑰色酒,送至杨藏英唇边,杨藏英接过,仰脖子喝了。热气浮上他的脸庞,他抬头向四周张望了一圈,眼睛扫过每个人的脸。在场的人都盛装打扮,单凭一眼很难认出。杨藏英不知道"假乞伏"到底有没有上钩,有没有潜入其中,这样的情境让他有些焦躁,却又无可奈何,只能静观等待。

正中高台,尉迟乙僧还在祝酒。他说完了一长串吉庆话,突然猛一伸手,将圆台旁边的一个人拉了上来。杨藏英只觉得眼前一晃,就看见张元昺站在了尉迟乙僧的身旁。

张元昺虽然特意穿了正式服饰,但到底有些寒酸,站在一身华服的尉迟乙僧身边,倒像是主人身边的小厮。在场宾客都压低声音,猜测他的身份。尉迟乙僧大笑起来,没有丝毫怠慢地执起张元昺的手,郑重宣布:"今日夜宴,还有幸请到了御史台的张元昺,大大有名的张台官。"

话音还未落下,台下已是一片惊呼。

尉迟乙僧又笑道:"今夜夜宴之上,他要公开一个惊天动地的秘密。"

台下又是惊呼一片，还夹杂着猜测的窃窃私语。不时有人喊出来，鼓动尉迟乙僧和张元昱马上说出秘密，尉迟乙僧却卖着关子，笑而不答。杨藏英知道，尉迟乙僧说的秘密，不过就是观音寺内壁画的真相，一件与大将军毒杀案毫无关系的事情。但，如果现在"假乞伏"在场，一定芒刺在背，心中不安。就在他思虑的时候，他身边的胡姬突然说话了，她用带有口音的话语问道："那个人是你的上司吗？"

"上司？"杨藏英一愣，"谁？"

胡姬指了指台上的张元昱，说道："他。"

"不是。"杨藏英摇了摇头，"你误会了。"

"哦，你一直看他，我还以为你要去跟他喝酒，巴结他。"胡姬说道，"应该没那么快，后面还有傩戏，还有跳舞……"

她的长安话说得不太好，到后面变成了低声的嘀咕。杨藏英听不懂，但也知道不是什么重要事情，便随她去了。而台上的尉迟乙僧仍然在卖关子："秘密如酒，越捂越香，各位莫要着急，晚些张台官自然会公布，为夜宴助兴。大家喝酒，喝酒——"

这位皇族画师有些微醺，他高高举起酒杯，猛地摔在了圆台上。

就在这时，"呼"的一声，大屋中所有的烛火突然熄灭。突如其来的黑暗里，只有一丝苍白的月光，从窗间照进来。杨藏英叫了声"不好"，握紧拳头，正准备一跃而起。他旁边的歌姬却伸手，按住了他，比画着说道："傩戏、傩戏。"杨藏英还没弄明白，倏忽间，大屋又亮了。那是诸多的仆人手持烛火，围住那正中的圆台。明亮如白昼的台上，一个青面獠牙、戴着恐怖面具的舞者出现了。他弯腰，低头，在地上匍匐，模仿出猛兽的种种姿态。

"是傩戏！"胡姬轻声细语，"傩戏开始了！"

周围有人站起来，往圆台走去。那胡姬也拉起杨藏英走向中间。圆台已经围了不少人，挤挤挨挨。杨藏英松了胡姬的手，站在人群中抬头望去。只见台上的舞者又增加了一个，两个青面獠牙、面目可憎的"怪物"舞动着，一会儿一个站到另一个的肩上，仿佛两个合成一个，一会儿又仿佛撕打般地搏击起来。突然间，"咚"的一声，万籁俱寂，一个血色罗裙的女子出现在正中，那是一个美艳的胡姬，手中拿着两把弯刀。

　　台下众人一时愣了，一般的傩戏，驱赶怪物的都是佩剑的大汉。今日，尉迟乙僧却反其道而行之，以艳丽的舞姬扮演这个角色。这景象牢牢地吸引住了台下诸人的目光，所有人大气都不敢出，只是盯着高台看。只见那个胡姬挺直腰背，高喊一声，双手拔出了弯刀，身子以极快的速度旋转了起来。她的舞姿融合了胡旋和剑舞，一时间，罗裙翻腾，剑光四溅。台下众人有诸多是见惯了世面的，也被这精湛的舞戏惊得合不拢嘴。很快，两个怪物也渐渐地由趾高气扬变得服服帖帖，胡姬舞者的刀光慢慢收歇。最后，她猛地跃起，令罗裙如同石榴花般绽开于空中，伴随着一声裂帛般的琵琶声响，落于地面。几乎同时，高台边的仆人吹灭了蜡烛，一切归于黑暗，一切归于沉寂。

　　观众们似乎还沉浸在舞蹈之中，一时间无人说话。不知谁先喊出了一声"好"，旋即如同水波般，掌声、喝彩声猛地起来了。像是知道他们心意般，屋中的烛火逐一被点亮，重又亮堂起来。众人的眼光都聚焦于圆台。

　　圆台正中，三个舞者正低头鞠躬，尉迟乙僧站在他们身后，一脸心满意足。与此同时，一个身材单薄的人影走下了圆台，来到后门门槛，乍一看，他像是个因为太过热闹而不舒服的酒客，想要去外面僻静之处静一静。可仔细一看，杨藏英屏住了呼吸，那是张元昙！

　　他的布局就要开始了。

　　杨藏英也顾不得许多，迈开脚步，推开人群，向着他的背影追去。

　　可刚跑几步，突然撞上一人，同时有什么又小又硬的东西弹起来，砸在他的肩头，又落在地上。一阵烟雾自他耳处腾起，味道很是甜腻，眨眼间，他的咽喉和鼻腔涌起灼烧般的疼痛，他强忍着睁大眼睛警惕地问道："谁？"

对面连声道歉："对不住，对不住！"

烟雾略微散去，杨藏英看见眼前的人正弯腰捡起什么，虽然穿着男装，听声音却是个女子。杨藏英只觉得声音耳熟，问道："是三娘吗？"

"是呀。"女子直起腰，手里拿着一个打开的、镂空的金属小球。杨藏英顿时明白过来，他与郑茵撞了个满怀，她袖中的香球掉出，正好砸到他身上，香粉扑了他一身，有些甚至漏到了衣服里面。好在那香气散得飞快，现在已不是很能闻到。

郑茵看清是他，立刻松了口气："小郎君本就俊俏，如今这香了一身，怕是更受欢迎了！"

杨藏英苦笑一声，郑茵还是如此大大咧咧。见她装束，知道她大约又是为了父亲的商事盛装出席，他不由得笑道："既然是三娘，就没事了。"旁边一个丫鬟见状，赶紧捧着水盆跑来。杨藏英伸手在水里洗了洗。这动作不过片刻，他再抬头，发现门槛边的张元昪已不见踪影，心道不好，便向郑茵说道："我有事，去去就来，回来再和你饮酒。"

郑茵一愣，旋即眉目带笑，说了声"好"。杨藏英走过她身边，也顾不得许多，大步跑起来，身后郑茵嘱咐道："小郎君千万小心。"

郑茵大约也猜到杨藏英与张元昪又在做危险的事情。她心中应该担忧不已，但终究还是没有阻拦。杨藏英对她充满歉意，不过眼下情境，也不是操心这些的时候。他脚下不停，三步两步越过后楼门槛，冲上连接大屋与小楼的阶梯。

阶梯细长，即使有月光照耀，也看得不甚清晰。杨藏英一路奔跑，很快就到了小楼的门前。空无一人的小楼，如今在漆黑无边的夜色里更显得可怖。

杨藏英停了脚步，微微喘息。四周荡漾着泥土的气味和今早开始久未散去的热气。他不敢停顿，试探着低声呼唤："张兄、张兄。"

回答他的是一声低低的呵斥："回去。"

杨藏英抬起头，月光之下，小楼的门被推开一条缝，一道若有若无的火光照着一个人影，"呼"地闪了进去。杨藏英哪里肯放过这个机会，他低头猛冲，侧身一挤，在张元昙关门前的最后一刻挤了进去。他还没站定，就有一只手按在他的肩膀上，将他往外推。杨藏英深吸一口气，反手一拉，把门关了，又摸索着把门闩上。

如此一来，张元昙一时半会儿是没法把他赶走了。

"小郎君你……"张元昙的声音听不清是什么情绪，"你竟真的来了……"

"张兄莫慌。"杨藏英压低声音，"如此一来，那'假乞伏'就更会清楚我们在这里面了。"

他将背靠在门上，看着张元昙手中光芒微弱的烛火，声音压得更低："这楼统共有三个门。锁上一个，人还可以从其他门进出。那'假乞伏'看见我们从这个门进来，又发现门被锁上，自然能推断出我们在这里。他是个刺客，这样一来，他一定会从其他门进来。"

杨藏英说得很快，声音急促。张元昙在旁听着，没有言语，只有手中烛火微微摇晃。

"我看看……"杨藏英继续说道，"我们背靠着门站，这样背后没有破绽。等'假乞伏'杀过来，我们拉开门闩，马上就能出去求援，这样万无一失。"

"嗯哼。"张元昙发出一声轻呼，"我说，你怎么比我还上心？"

"张兄是我在长安城中唯一的朋友。"杨藏英说道，"我不想让你死。"

他说完这话，浑身不由自主地打了个冷战。那仅有的一丝烛火猛地晃荡了一下，不知是冷风，还是真的有人隐藏在暗处。

张元昙似乎觉察到他的紧张，探手护住火光，但他的手也在微微颤抖，显然，作为毫无武艺的文官，真到现场，心中也没底。

　　张元昙轻声自语："当真会来吗？"

　　"难说，"杨藏英重复，"真的难说……"

　　两人就这样在黑暗中等待，肩并着肩，呼吸急促。夜晚的寒意渗透进来，让人汗毛直竖。也不知过了多久，突然间，风停了。那呼呼的声音骤然消失，黑暗之中，只余安静与沉默。就在这无声的境地之中，"咔啦"，一个微弱的声音传来。杨藏英竖起耳朵，那是有人踩到了地上的枯枝。

　　"有人！"他对张元昙耳语，"'假乞伏'。"

　　他弓起了背，把手放在身后，紧紧握着门闩。而张元昙向前挪了一小步，举起手中的火烛，用极轻极轻的语调问了声："谁？"

　　话音刚刚落下，就有一阵细碎的脚步声传来，那是一个人在急速地奔跑。杨藏英抬起头，在微弱的烛光间看见一个黑影，直冲张元昙而来。此时，一股强烈的冲动自杨藏英心底奔涌上来，他脱口喊道："张兄小心！"然后近乎本能地迈步，对着张元昙的背影猛地推了一把！

　　一声闷响，烛台落到了地上，仅有的光明霎时熄灭，四周一片漆黑。杨藏英只觉得脑中混乱得嗡嗡直响。过了好一会儿，他才发觉身上有些不对劲，伸手一摸，自己胸口上插了一把坚硬的器物。

　　那是一把匕首，锋利、冰凉的匕首。

　　刀没入心口半寸，虽不致命，但足以让他流不少血。

　　疼痛涌了上来，杨藏英不受控制地"嘶"了一声。对方想对着张元昙一击致命，但是因为被杨藏英猛地推了那么一下，失手了。

　　眼下，黑暗之中什么也看不见，什么也听不清，杨藏英不知张元昙被自己推到了何处，也不知道那个刺客退到了什么地方，甚至连门都不知在何处。他沉思片刻，突然手中用力，猛地把胸前的匕首拔了出来。一瞬间，鲜血染上了衣衫，浓烈的血腥味喷薄而出，这样一来，在无法确定他人位置的黑暗之中，他变成了一个极其明显的目标。他微微闭上眼睛，深深地吸了口气。然后他大喊一声："休想！"

大喊的瞬间，连杨藏英自己都吓了一跳。他不知道，中刀的人竟还能发出如此响亮的巨喝，震得四周嗡嗡响。停顿片刻，也顾不得许多，他往前走，一头撞进了无边的黑暗。一边走，他一边喊道："张兄你搞什么！天啊，天啊……"隐藏在黑暗中的刺客，此刻一定会觉得，他是和张元昰在一起的，从而快步追来。

而张元昰想必能立刻明白，杨藏英如此行动，是为了误导刺客，给他在黑暗中找到门的时间。

杨藏英口中轻声喊个不停，又拉开一点衣襟，让血顺着衣摆滑落。

伤口不浅，他胸前的血汩汩地流着，甚至滴落在地，那腥味更强烈了。走了足有十来步，大约走到小楼的正中，杨藏英脚下一个不稳，一阵眩晕向他袭来。

这是失血过多的前兆，杨藏英想。而就在这天旋地转的时刻，他仿佛听见，有缓慢而轻微的脚步声，向他一点、一点地接近。

"我知道是你。"他故作镇定，"你准备将我俩置于死地。"

黑暗之中，没有人回话。

杨藏英深吸一口气，站稳脚跟。此刻他已变得镇静，慌乱离他远去。他轻咳一声，对着更远的地方喊道："张兄别背我了，走，你快走。"然后他沉下肩膀，像是一只在等待猎物的猫。四周没有脚步声，他警惕地等待着，数着自己的心跳，一下，一下。突然之间，他猛地跃起，对着黑暗中的一个方向，扑了过去。

"抓住你了。"他得意地喊道，"张兄快跑！他被我拦腰抱住，动弹不得！"

眼中仿佛有一道光闪现，在这性命攸关的瞬间，杨藏英反而想起自己幼年时的场景。他突然出现在弘农杨家，兄弟姐妹都觉得事出古怪，且又觉得他瘦弱不堪，都不与他玩耍，甚至不多理会。他只能日日流连于书斋中、长廊下，独自一人靠着思虑打发时间。什么技击、摔跤，他只是看过，根本没有学过。如今这么做起来，与其说是打斗，不如说是和刺客耍无赖，不过用尽力气，聊胜于无罢了。他正这么想着，突然手一缩，"哎哟"地叫了一声。

　　"张兄快走！"他大声惊呼，"他还有别的武器！"

　　杨藏英发出几声疼痛的冷哼，却又忍着挥舞起拳头。拳头带起呼呼风声，偶尔会有几声击中的闷响。也不知他是打中了刺客，还是击到了小楼的边角。杨藏英就这样毫无章法地胡乱攻击着。他又打了一阵，也不知过了多久，突然身体向后倒去，发出"砰"的一声。

　　"你……呼……你、你……"

　　黑暗中，杨藏英的声音是那样的干涸而急促。这声音之中还夹杂着混乱的风声与摩擦声，他躺在地上，依旧四肢摆动，又抓又打。起初，这些声音还充满着力气，渐渐地变得绵软无力。他的呼吸也越发急促，声音随之嘶哑。

　　——只有被死死掐住脖子，或是被他人手肘压住喉咙的人，才会发出这样难听的声音。

　　"咳咳……来啊，我……咳咳……不会让你跑……"

　　杨藏英每喊一声，都引发剧烈的咳嗽。泪水和鼻涕伴着艰难的呼吸喷涌出来，不时呛住气管，给本就不畅的呼吸雪上加霜，让他变得分外狼狈。

　　"你……你这……啊！啊啊！不许走！"

　　呼喊变成了惨叫，平时礼貌的小郎君绝不会如此失态。

　　别人流血受伤的伤口被狠狠击中，也会发出这样的声音吗？杨藏英倒抽了一口冷气,他不知道,他的意识开始模糊……突然间,他发出了怒吼——

"不!不,我不会放手的!"

这样与人舍命搏斗般的怒吼,只持续了四五声就忽然低了下来。失血过多的杨藏英只觉得眼前金星直冒,再也无法支撑。他看不清四周,不知道张元昙有没有寻到门,他的手脚已经使不上力气,呼吸又一次变得艰难,话语变得模糊。他知道自己快要昏厥,只能用最后一星一点的力气,勉勉强强地吐出几个字:"张兄……快……跑……"

有那么一瞬间,他当真觉得,这是他人生中说出的最后几个字了。说完这话,他整个人虚脱一般,即将失去意识。但就在这时,他的眼前突然出现了一道巨大的白光,他猛地一惊,又回过神来,抬起眼,只见小楼的门已经大开,风呼呼地涌进来,一轮圆月悬挂空中,分外明亮。

一个略带沙哑的声音正在呼喊:"救人——快救人——"而在这声音之后,是更远的喧哗,似乎有一大队人马正向这边赶来。

那是张元昙。他在黑暗中终于找到了门,并且喊来了救援。

很好,事情并没有失败。

杨藏英顷刻间放松下来,听见有人在喊:"杨小郎君!"又听见有人尖利在喊:"刺客在那边,快追!"另有弹丸破空发出的呼呼风声,应是郑茵也赶来出手相击。如此一来,杨藏英心中更为宽慰,但除去郑茵的声音,他也分不清其余人是谁。又是片刻,有人奔跑至他身侧,半跪下来。

杨藏英已认不出他是谁,但还是对着模糊的身影,缓缓地伸出手。

他的手心里,躺着一张纸片,十分轻薄,还没有被沁出的汗水濡湿。

"这是……刺客身上……拿……"

话还未说完,杨藏英眼前一黑,带着一抹淡淡的、欣慰的笑,昏了过去。

第二十二章
终局现

　　杨藏英只觉得身在微光粼粼的深水之中不停地浮沉。有很多东西在眼前掠过，又有很多东西消失，不知过了多久，他才勉强睁开眼睛。出现在他眼前的，是陌生却又带着一丝熟悉的景象。他定了定神，低声自语道："这是什么地方啊？"

　　四下寂静，无人回应。如大梦初醒一般，杨藏英的记忆渐渐复苏，他想起了夜宴，想起了楼中的一团混乱，想起自己身在乐游原上的观音寺。低下头，他看见自己胸前裹了一层止血的白布，上面有淡淡的褐色，是止血的草药。

　　再抬头，他发现不远处的门边站了两个人，其中一个身影滚圆，是御史台台官鱼余业。看见杨藏英扭头，他急急跑过来，蹲下说道："小郎君可觉得好些？"

　　"疼倒是还有点，其他的，好像没什么……"

　　"那便好。"鱼余业笑起来，浑身赘肉都在微微颤抖，"事出突然，也不好请外面的郎中，他们就巴巴地把我叫来了。还好，我自验尸之中确实研究出些医术。"

杨藏英觉得这话有些不吉利，但也只能无奈一笑，双手撑地，挣扎着坐起来。

鱼余业伸手扶他，继续把话说完："而且小郎君吉人天相，这伤不重。"

这本是平常话语，杨藏英却听出些话里有话的味道，他想起之前情景，转而低声问道："刺客抓到了吗？"

"抓？"鱼余业扭头看了看，"当然抓到了！"

杨藏英顺着他的方向瞥了一眼，与鱼余业同来的人还恭顺地站在那里，很面熟，却不是御史台中人，杨藏英想了好一会儿，才想起他是尉迟乙僧的那位管事。他为什么也在这里？杨藏英正在思索，面前的鱼余业突然单膝跪下，叉手向前一拜："恭喜！"

"啊？"杨藏英被吓了一跳，"鱼台官，这是……怎么回事？"

"小郎君立了大功，加官晋爵，指日可待……"

鱼余业面带喜色，恭喜连连，或许太过于激动，连话语都变得含糊起来。杨藏英面露疑惑，向那管事投去求助的眼神。那管事似乎早有准备，在鱼余业翻来覆去说了好一段话后，这才上前，拱了拱手，沉声说道："杨小郎君，主人和张台官让我带话，那'假乞伏'已经被抓住。梁老主簿连夜赶到这观音寺中，因为正好有贵人在场，他们晚些就在山顶藏经阁进行最后的讯问。张台官交代，不管杨小郎君醒没醒，务必要让你参与。"

"这样啊，那便好。"杨藏英松了口气，又望向鱼余业，"但是……"

"小郎君有所不知，"那管事又说道，"昨夜，我们听到张台官呼救，冲到那小楼去，只见'假乞伏'匆忙离去，你倒在地上。其他人去追刺客了，我和张台官赶紧查看你的状况，发现你胸口中刀，伤得不轻，但还有模糊的意识。我们唤了你好几声，你就把手中东西给我们看。"管事比画一下，

"那是一张手心大的纸片。"

"纸片？"

"对，你说是从刺客身上扯下的，说完就晕了过去。"管事看了一眼旁边兴奋的鱼余业，压低声音说道，"上面写着字。"

"是……是什么？"

那管事略低了身子，凑近他耳边道："待其并州归，与吾起兵斩妖后。"

"什么？"杨藏英睁大了眼睛，"这是……谋反吧？"

"对。"管事低声道，"我家主人看见，脸都吓白了。张台官也立刻通知御史台。梁老主簿赶到，一看就说像是慕容宝节的字，即刻命人取来文牍核对，又叫刑部与大理寺也派人来，当夜一一查验核对。"

"是吗？"

"确是慕容宝节的字迹无疑。"

杨藏英微微咋舌，现在他对许多状况都尚不清楚，但有一件事可以确定。那就是张元昙绝不会放过探究这张纸的机会——这张纸为什么会出现在试图刺杀慕容宝节的"假乞伏"身上？字纸上既有"与吾"二字，肯定是写给另一个人的，那么这神秘的同伙是谁？会不会就是那被杀的杨思训？像是一盆冷水兜头浇下，杨藏英本有些模糊的思绪瞬间清醒，他几乎可以想见，张元昙站在他面前，不停地提出这些问题。

他抬起头，问管事："刚才你说，他们晚一些要进行讯问？"

"是。"管事答道，"现在日头已出，应该大约在一个时辰后。"

"好。"杨藏英点头，"那……在场的贵人是谁？"

"荣国老夫人。"管事略微迟疑了一下，"当今皇后……皇后之母。"

"明白了。"杨藏英顿了顿，还是答道。他双手支撑，勉力站起来，不知是鱼余业的"医术"，还是自己太过于兴奋，他胸口的伤倒不算很疼。四下张望一番，他沉声道："管事，劳烦借我一件正式的衣服。鱼台官，一会儿可能……要麻烦您帮我更衣。"

"哪里，哪里！"鱼余业急着接话，"小郎君立功，已是板上钉钉，当然要穿得好一些前去受奖，这也是我们御史台的脸面。"

他这么一说，杨藏英有些哭笑不得，但也不好与他计较。管事立刻准备了一条墨绿色的外袍，让杨藏英穿上。鱼余业在旁搭手，口中仍是说个不停，胖脸上的喜悦令杨藏英有几分尴尬。末了，他得意地拍了拍杨藏英的肩膀，笑道："去吧，小郎君，把该做的做完——往后我也好指望你。"

他也是好意，杨藏英不好与他多说，赶紧告辞，出了房门。

观音寺位于乐游原之上，本就地势高耸，往上走，只觉得山风越发冰冷。杨藏英迈步沿着坡道逐级而上，偶尔停顿，向下张望。整个长安城，齐整的一百零八坊沐于晨光，仿佛能覆于掌中。扭头看另一侧，只见山间的苍松翠柏、蜿蜒如长带的曲江皆在脚下，更让人觉得如同站在一处悬崖边上，令人头晕目眩。

抬起头，深深地吸了口气，胸口仍然疼痛，杨藏英却有万事皆已结束的安心之感，这样想着，他到了藏经阁前，推门进去。甫一进去，就被阁中景象吓了一跳。这藏经阁有东西两扇大门，正正相对。他走的是东门，正对着的西门，门槛外就是万丈深渊。

两扇门之间宽五十余步的过道上，一个人笔直地站着，另有一个人，跪在他的身边。刚进来时，因为背光，杨藏英一时看不清两人模样，过了一会儿，眼睛适应光线，他才看见站着的人是张元昙，而跪着的人，应该就是那假乞伏弼臣——爱娘好像说过，他的名字叫作白弥。

杨藏英没料到这种情景，一时间只能低声道："张兄……张台官。"

张元昙听见声音，回过头来，说了声："他来了。"

杨藏英看不清张元昙的表情，但听语调，张元昙是在对着旁人说话。他看了看四周，只见过道两旁各摆了七八个蒲团，除去梁老主簿、骞为道，御史台再无他人。还有几个面孔陌生、但坐得笔直的人，杨藏英看过去，觉得应是刑部或是大理寺的官员，但所相识的仅有司直崔辕——大理寺少卿元武、刑部侍郎郝善业二人都不在。

他又张望了一下，并没有看见管事说的那位尊贵的老妇人，想了想，他走到梁老主簿身边，在蒲团上尽量悄无声息地坐下。刚坐好，就听见张元昊道："人已经齐了，开始吧。"

藏经阁静悄悄的，无人应答，但众人的目光，都停留在张元昊和跪着的"假乞伏"身上。杨藏英这才发现，此时的"假乞伏"被麻绳缚得紧紧，完全动弹不得。但即便如此，他的神情却是迷惑多过凶狠。他睁着迷离的眼睛，好像连他都不明白自己为什么在这里。

张元昊说话了："你说吧，从哪里说起都可以。"

杨藏英觉得有些奇怪，眼下看起来像一场新的讯问，但张元昊的语气，却像拉家常一般。他来得晚，不知张元昊之前和各位官员又做了什么约定，只能默不作声，在一旁偷偷地观看。"假乞伏"，也就是白弥听张元昊说话，也愣了愣，许久才问道："汝兰……爱娘她是怎么说的？她说，我们是从吐谷浑来的刺客，对不对？"

他的语气里充满了怀疑，杨藏英跟着疑惑起来。张元昊倒是不惊讶，只是点了点头，说道："是的。她说，你们是吐谷浑皇室侍从的后代，专门为泄密的旧事来找慕容宝节报仇。"

"这样啊……"白弥揣度着词句，"那个……各位应该不信，但、但不是这样的。"

杨藏英心中不满地哼了一声，但张元昊没有丝毫的恼怒，只是沉声问道："不是这样，那真的是哪样？你说出来，大家听听。"

他言语和蔼，白弥也没了初见时的圆滑。沉思片刻，这吐谷浑人缓缓开口道："我确实是吐谷浑的孤儿，而爱娘来自回鹘或是突厥，我们两个自幼被卖进慕容家。家主慕容宝节把我们从童仆里挑出，找人教我们剑术、骑射之类的功夫。后来我们知道，家主养有一支三十余人的护卫队，无论吃食还是俸禄都比其他家奴好得多。有了这一层好处，我们自然尽力学习，习得一身武艺，就等着家主同意，升为护卫，为他所用。"

他顿了顿，又说道："谁知到了我们十六七岁，就是慕容将军开始留宿绿槐夫人宅邸的那段日子，他突然要从这批家奴中挑出两个人，说要去执行特殊任务。我与爱娘，就是在那时被慕容将军选中。"

"特殊任务？"张元昪问道，"是什么？"

"有点复杂，我一项一项说。"白弥舔了舔嘴唇，"首先，他让我与爱娘前往吐谷浑待上小半年，将自身从言行到习惯，都变得与当地吐谷浑人无异之后，再回到长安。回长安后，我们两人决不能再自称是他的奴仆，而是要扮成吐谷浑来的刺客——两个因为仇恨他曾经的泄密，风尘仆仆前来的刺客——就像爱娘和你们说的一样。"

梁老主簿突然问道："杨台官，你怎么看？"

"这……"杨藏英顿了顿，神色冷静地摇摇头，"这事情也太荒唐了。"

梁老主簿没有答话，而是看着他，仿佛在思忖他的回答。杨藏英想了想，又说道："让家奴扮成要杀死自己的刺客已经极为古怪，更何况还要他们去西域转上那么一圈，这本钱未免下得太大了些。按我看，这是'假乞伏'到了绝境，编出的离奇谎言。"

梁老主簿点了点头，目光重新回到张元昪身上。

而那一边，白弥还在说着："假扮刺客过去小半年后，家主又让我们做新的事，并且让我与爱娘分开行动。我去接近幻戏师乞伏弼臣，偷偷模仿他的姿态，学习他的幻术，顺便给钱给物，也给五石散和阿芙蓉，让他变得懒散，乐于把身份给我用。至于爱娘，"他咽下一口唾沫，"就是让她装疯，在绿槐夫人家附近徘徊，让夫人遇上，顺势被她收进屋中，作为柴火婢女。"

"换句话说,所有伪装,都是慕容宝节对你们的要求?"

张元昙提出疑问,白弥连连点头:"是的,全部是家主要求的。因为我们是慕容宅中的秘密护卫,又外出接近一年,加之也用了些西域的装扮——幻戏师也好,绿槐夫人也好,都没有认出我们来。"

杨藏英环视一周,在场的官员都面露严肃神色。或许他们和他一样,也觉得这是一个囚犯临死前无趣的胡编乱造。他又偷眼看了看梁老主簿,却发现这位老人神色不变,正注视着张元昙,满眼期待,还带着微微的赞许。

他身侧的骞为道也不见往日的骄傲,同样眯着眼睛看着。

而在他们目光的终点,张元昙又问道:"那么,你们家主还要求了什么?"

白弥抬头,看了看周围,他似乎也察觉到旁边众人不信任的气氛,带着点自暴自弃的语气说道:"不管你们信不信……反正,家主有一次把我们叫到他面前,深谈了几乎一夜。他对我们说,往后,绿槐宅邸可能会出'大事',他让我们做好准备,一旦出现什么事情,尽可能地往绿槐夫人、慕容家小娘子或是幻戏师身上牵连。若是牵连不着,就让我和爱娘以吐谷浑刺客的身份,前去顶罪。

"总之一句话,绝不能让人来查家主,不能让他有事。"

说到此处,白弥停了下来,环视一周,又继续说道:"我们也觉得家主的要求十分怪异,但既然是慕容家家奴,就得按家主要求行事,更何况慕容将军待我们俩确实不错。于是,我们也想了些办法……"

他解释起来,既然接了家主的任务,他和爱娘也费了一番心思。比如说,他既在空中写字,与慕容燕云玩耍,又做了那张朱砂纸,营造出与小娘子似有似无的私情。又比如说,爱娘早早地准备好一套吐谷浑刺客的说辞,一旦真的需要,她可以从容不迫地说出,就算别人探查,也查不出一丝破绽。

就这样,两人在绿槐宅邸潜伏了近两年,终于,慕容宝节担忧的事情发生了，杨思训被毒杀在宴席之上。依据家主的要求，白弥和爱娘使出浑身解数，把这件事往绿槐、慕容燕云和吐谷浑刺客身上引——

"做了这么多，可惜碰上了你。"白弥说道，"最终还是功亏一篑。"

杨藏英看着张元昙，心中又是为他高兴，又是为他后怕。如果张元昙没有费尽心思，一层一层地探究真相与谜底，那么他现在就不会站在这里，这桩大将军毒杀案的后果也不堪设想。至少，生怕制造冤案的他，良心上会过不去。

杨藏英正想着，张元昙双手背后，颇有威严地说道："好，前因后果你已经交代完，那么你且说说，你到底犯下了什么罪过？"

"我……"白弥抬起死狗般的眼睛，支吾半天，还是说不出话。

"直说便是。"张元昙冷冷道，"别忘了，我们已经找到那封信。"

"是。"提到谋反，白弥瞬间低下了头，他以几乎听不见的声音说道，"我为达目的，趁乱杀了幻戏师乞伏粥臣——"

"仅此而已？"

"真的，我就杀了这个人，这是早就约定好的——"

两旁的座席传来细微的声音，官员们忍不住低声地讨论起来。在一片嗡嗡声中，张元昙却继续问道："那么，慕容燕云从绣楼坠落而亡，这事可与你有关？"

"无关。"白弥答道，"在毒杀案后，我只和爱娘联络，并未去过慕容家。"

"很好。我再问你，昨夜携带谋反信，并且意图刺杀我和杨台官的，也不是你吧？"

"不是。"白弥答得斩钉截铁，"我确实有杀害张台官的意图，但我来到寺里，就看见已经有人袭击了两位台官。后来楼门打开，便有一女子用弹弓袭击我的脸面，让我猝不及防，摔倒在地，尉迟家护卫、杂役跑上来，我被抓了个正着——

"但我可对天发誓,刺伤杨台官的人,绝不是我!"

座席边的议论声更大了,张元昙却不为所动,问道:"还有,当夜杨思训将军被毒害,那杯子中的毒可是你,或是爱娘下的?"

"这更不可能了!"白弥几乎是喊出来的,"爱娘只是眼线,她没有接近绿槐夫人的卧室。而我,甚至连后院都没有进过!"

"嗯。"张元昙低低地应道,"既然如此,在你看来,这另三桩案子是谁犯下的?"

刚才还在高谈阔论的白弥突然沉默了,他重又低下头。与之前的畏缩不同,这一回,他的沉默中充满了犹豫。他咬紧嘴唇,似乎思虑了许久,最终还是抬起头,用极其坚定的语气说道:"应该是家主慕容宝节。"

"这话怎么讲?"

"前面我已经说过,慕容家有一支三十来人的精锐护卫。"白弥说道,"我与爱娘不过是两个家奴,他都做了如此详尽的部署。对于这三十来人,他要是没做安排,实在说不过去。我虽然没有打听过,但或许,只是或许,"他顿了顿,"家主对这些精锐下过类似的指令,为了'大事'不败露,无论是自家女儿还是台官,都格杀勿论。"

他停下话头。张元昙想说话,可白弥很快又接着说起来:"我与爱娘是慕容家家奴,家主说的'大事'是什么,之前我们也不敢详细过问。但如今看来,应该就是他意图发动兵变,加害皇后这件事。"说到这儿,他张望一下,咽下一口唾沫,"这样一来,在杨思训将军酒中下毒的人,只能是他了!"

他们间的一番对话,听起来平静,可细想之下,每一句都如惊风暴雨。如今终于跳到核心,杨藏英也不由得心跳加速。他看看张元昙,又看看白弥,只等着他们把接下来的话说出。

只听白弥说道:"正月甲子那场夜宴,开始之前,家主一直和杨将军在内室密谈。他们说，是在讨论小娘子的婚姻大事，实际上，应该是家主想要拉拢杨将军，让他加入这场兵变。"他顿了顿，"毕竟，杨将军也是从三品大将，手中握有不少的兵权。"

他一个家奴，平时里说这话算是大大的妄议，应该会被拖出去杖打。但此时，众人都全神贯注，只是听着他说话。

白弥继续说道："那时虽然是正月，但若要在'并州归'时动手，那么得开始调兵遣将了。杨将军手握兵权，又是皇后表弟，他选择哪一派，是兵变成败的关键，家主应该是拼了最后的力气意图赌一把，看能不能把杨将军拉拢过来。"

"结果，"张元昱接口道，"杨将军最后还是拒绝了。"

"是的。在夜宴时，家主提到'那件事'，而杨将军回答了'还是不行'，看语调，杨将军应该是在夜宴前就做了拒绝。家主为了拉拢杨将军，多半已经把兵变的大部分计划告诉了他，如果放任杨将军回去，一旦将军倒戈，上告皇后，事情就糟糕了。"白弥摇头道，"当然，家主也可以派护卫暗杀，但这样太过于明显，会引起皇后的怀疑。所以他干脆一不做二不休，亲自前往绿槐的卧室，将毒下在酒中。"

"很有道理。"张元昱点头说道，"如果慕容宝节自导自演，那么他有很多可以操作的关节。比如他大可以在琥珀琉璃杯上做下标记，免得自己喝下毒酒。或者杨思训在宴上转了念头，他就可以以主人的名义把毒酒泼了。再加上，他早安排好你、爱娘、精锐护卫等一干人，就算事发，也只是一个流放的刑罚。"说到此处，他转过头，看向杨藏英，"如果不是小郎君机缘巧合从那刺客身上扒下密信，这最关键也是最大的秘密，估计现在还隐没在黑暗中，无人知晓。"

一长串话说完，杨藏英望向张元昱。此刻，太阳高高升起，一缕明亮的光从他背后照来，令他如同一个剪影，笔直而伟岸，乍看之下，宛如佛殿中举手而立的护法金刚。杨藏英想到之前他说的十三郎旧事，心中又是钦佩又是安慰，如今大案已破，张元昙肯定既能升迁，又能抚慰心中旧伤，这结局可谓皆大欢喜。

然而正当杨藏英这么想的时候，张元昙突然问道："当真如此吗？"

白弥以为他是普通问话，沉声答道："虽是我的猜想，但应该八九不离十。"

张元昙顿了顿，向前走了一步。他的声音骤然凝重，不再像此前那般和蔼。他低头向白弥问道："你认为，你家主口中的'大事'，指的是'他暗中策划的兵变'？"

他问得文雅，白弥想了好一阵，才点头道："是。"

"你觉得有没有其他可能？"

白弥想了想："依照我看见的、听见的，我只能这么觉得。"他话说得谨慎，但眼下看来，对于整件事情知晓最多的，应该就是他了。

杨藏英不由觉得奇怪，此刻的张元昙为什么还不提出寻找证据速速结案，反倒在一个证人的证言上使劲地打转。他心中越发不安，本就怦怦跳的心脏更是跳得剧烈。就在他兀自呼吸急促、浑身发冷的时候，张元昙突然说道："可你家主口中说的'大事'，不是这个。"

他不再提问，转而陈述，而且是斩钉截铁的陈述。

"他说的'大事'，是'有敌对一派的暗探，诬陷他要制造兵变'。"

这话一出，仿佛晴空之中打响一个霹雳，令在场的所有官员都失了礼仪，他们异口同声地发出惊呼，杨藏英也不例外。他脸色苍白，随着其他官员的呼声望向张元昙。张元昙却看向身侧的梁老主簿。

这一刻，梁老主簿岿然不动，他的身姿如同御史台那终年不变的青松。

第二十三章
是何人

——杨藏英站了起来。

在张元昇说出那一番颠覆之前所有的言论之后，偌大的藏经阁内惊呼声此起彼伏。然而，时间过去很久，也没有一个人站起来询问或是质问。观音寺浑厚的钟声自下方传来，杨藏英再也忍不住，双手撑地，从梁老主簿身边站起，走到了张元昇的对面。

"张兄，"他低声说道，"你的话，是什么意思？"

张元昇和他正面相对，并没有马上回答，而是低下头，从头到脚将杨藏英打量了一番，就像他在御史台中一样。在这仿佛要将人看个透彻的审视之后，张元昇举起手掌，清晰地说道："这桩毒杀案我们探查了那么久，现如今我们已经知道，"他一个手指一个手指往下按，"绿槐，不是凶手；慕容燕云，也不是；'真乞伏'，不是；这'假乞伏'，如今看来也不是。"他注视着仅剩的小拇指，又把无名指竖了起来，说道，"那么，可能的凶手只剩下两人了。"

"这第二个人从何而来？"杨藏英语带愠怒，"我很疑惑。"

"有的。"张元昺答道，"还有一个人。这个人，我们从始至终就没有怀疑过他，可他一直就在这案子之中，从未远去——"

杨藏英看着他，这一刻，只觉得张元昺有点陌生，特别是他的眼睛。此前杨藏英从未想过，张元昺会用这样一种深潭一般，令人猜不着摸不透的眼神看着自己。

"就是死者本人，杨思训，杨将军。"

"这算什么？这到底算什么？"杨藏英摇了摇头。如果不是周围还有其他人，他或许会冲上去，按着张元昺的肩膀使劲摇晃几下，"张兄，你也……也太糊涂了。这结果……自尽，死者自尽！张兄，你想想看，杨将军堂堂一个三品大员，仕途光明，家中又有妻有女，他有什么理由自尽？难道你要说，他是为了陷害慕容宝节，把一条性命搭上去也在所不惜？我不能接受，实在不能接受！"

他难得地把话说得又急又快，到最后仿佛变成了怒吼。

张元昺却不似往常，没有急着截话，而是任杨藏英继续说下去。

"且不说动机这一块，就说下毒的时间。你我都听过很多遍证词，他们都能证明，杨将军从来到宅邸，就没有进过后院，更不要说接近绿槐的卧室，接近那掌上舞用的葡萄酒。他根本就没有时间，更没有机会去下毒，这点你如何解释呢？"

"毒，是在宴会之前下到酒中的——这件事，有任何的证据可以证明吗？"

张元昺慢悠悠地问道，杨藏英张嘴想答，可细细一想，却哑口无言。

"是的，小郎君，我们都被误导了。"张元昺说道，"回头看，之前能证明这一点的证词，之后都被证明是伪证。换句话说，我们完全可以认为，毒药说不定是在宴席过程之中、之后，才出现在酒里的。"

"张兄，事到如今，我不想跟你玩绕弯子的游戏。"杨藏英的声音冷漠下来，他直接甩出了撒手锏，"证据呢？既然以前的都不算数，请把证据拿出来。"

"证据……"张元昙低低叹了一声，"不错，我们御史台，最讲究的就是证据。"

他抬起手，轻轻地挥了一下。仿佛接到号令一般，旁边的座席上，两个人站了起来。一个是骞为道，另一个便是梁老主簿。杨藏英惊讶地睁大了眼睛。按说，此时诸事应由更年轻的骞为道传递，骞为道却立着未动，只是望向梁老主簿。平时严厉的老主簿像杂役一样，毕恭毕敬地走向张元昙。在一片寂静之中，老人微微弯腰，递给他一个拳头大的油布包裹。

杨藏英不由得屏住了呼吸："这是什么？"

无人回答。而张元昙接过包裹，当着众人的面，将它小心翼翼地打开。

包裹之中，露出了一套交叠放在一起的酒杯，杯身透明，上面镶着一粒粒蜜色石头，反射着丝丝的淡色金光。杨藏英一见，脱口说道："琥珀琉璃杯？"

"对。"张元昙絮絮说道，"绿槐家的杯子，西域进贡来的贵物，只在她家有这么一套。案件当天，死者剧烈挣扎，宴席上的玻璃杯被碾压成了碎片，御史台无法复原。好在，这段时间，我们在长安城中找到了一位独一无二的工匠。他用高超的技术，将碎片一片一片地拼凑粘合，将现场的琉璃杯恢复原状。"

杨藏英心中一动："那个优秀的工匠难道是……"

他仔细观看，只见张元昙手中的杯上，有不少细如发丝的金色线条。看见这样的工艺，他隐隐想起听别人提过，有一种巫术般的修缮技艺，用漆与黄金将碎裂物品粘合起来。这项技艺难度极高，在长安城中没有多少工匠会。但是有一个人，不仅可能精通，还能轻易提供为数不少的金子……

一个画面划过杨藏英脑海。他想起他与张元昜前去拜访尉迟乙僧时，对方正在角落煮着"比丝绸袍子还贵重"的东西。

"是那个皇族画师，尉迟乙僧吗？"

"正是。"张元昜点头。

看来，熬煮的应该就是修补琉璃杯用的漆液了。

果然是有什么不对。杨藏英心中想道。这样说来，张元昜，或者说御史台，应该早在他病愈之前，就请尉迟乙僧开始做这复原修缮之事了。那么，偌大的御史台，为什么没有一个人跟他说，也没有一个人向他提起？

他看向骞为道，复又看向张元昜。此时，张元昜眼中的雾气仿佛更加浓厚，令他猜测不透。

两人对视片刻，张元昜突然席地而坐，将手中杯子放在地上，又从包袱中取出剩下的杯子，一个接一个，同样放在地面。

杨藏英望着他，也不知道他要干什么，只听他突然问道："这里有几个杯子？杨台官，你数数看。"

"一、二、三、四、五、六。一共有六……六个？"

他记得很清楚，绿槐在供述中说过，这套琉璃杯子只剩下了五个。那这第六个杯子，从何而来呢？

张元昜仿佛知道他心中疑惑："这是杨思训自己带进来的。"

杨藏英只觉得额上渗出了微微冷汗，他低声问了句："怎么回事？"但他自己都没听见自己问话的声音。

张元昜意味深长地看他一眼，然后转向身边依旧跪着的白弥，沉声问道："你们家主慕容宝节安排你们前往吐谷浑，是在什么时间？说详细些，这很重要。"

他神色郑重，白弥埋头想了想，许久才肯定地说道："是两年前，确切地说，是显庆三年年底，大约十一二月的冬天。"

"那正好也是长孙丞相被贬出长安的时候,不是吗?"

听见这句话的瞬间,杨藏英和白弥齐齐睁大了眼睛。这涉及朝政的话题,张元昙竟当着那么多人的面,直截了当地说了出来。然而抬头一看,往常最爱插话的骞为道竟没有阻拦的意思,其他人更是一声不响。

杨藏英想,或许在来之前,张元昙就已经让官员们同意,他可以口无遮拦地说话。

想到此处,杨藏英面上松了口气,然而内心深处的不安,越发强烈起来。

张元昙仍在说着:"丞相被逐出长安,朝中局势有所改变,老臣一派和皇后一派正式对立。你们家主慕容宝节不过是老臣一派的末端,尚且对你和爱娘做出了如此复杂的安排。身为皇后一派的杨思训,怎么会不做出相应的安排呢?"他转头问道,"小郎君,杨思训是从什么时候开始风眩加重的?又是从什么时候开始,每次赴宴都要琉璃前往查看?"

"两年前。"杨藏英咽下一口唾沫,"也是,两年前。"

"很好。"张元昙点头道,"我刚才说过,慕容宝节的安排是'防着别人诬陷',反过来,杨思训的安排,就是'诬陷慕容宝节'。慕容家这边的棋子,是绿槐、女儿和家奴,那么杨思训的棋子,就是卢夫人、琉璃,还有其他人士。"

他弯腰拿起一个琉璃杯:"两年前,大幕拉开,杨思训从慕容家带走一个宴客用的琉璃杯。按绿槐所说,这在宴席中是常有的事情,所以,谁都没有在意。但是,从此之后,他每次去慕容家,都在这杯中装上能一口吞下的毒药,揣在身上,才去赴宴。

"之所以会如此猜测,是因为绿槐提到的一件事,我曾经隐隐觉得奇怪——

"那就是杨思训贵为将军,家中婢女、仆妇不会少,可为什么这两年来,每次宴席总让琉璃这个小姑娘前去传信,连个替换都没有呢?"

"起初，我也以为是琉璃可靠，夫人信赖，但后来细想，我才明白其中的原因。"

"那是因为，琉璃有其他人没有的东西——力气。"

"力气？"杨藏英重复着张元昙的话语。

"对，力气。我曾亲眼看过，琉璃能徒手折断手腕粗的竹竿。有这样的能耐，那么把一个小小的琉璃杯踩碎、压烂，根本就不是难事。"张元昙说道，"杨家大概早早训练过琉璃。名义上，她是去检查杨思训有没有吃下不能吃的东西。实际上，她是要配合杨思训的行动。一旦有一日，杨思训在慕容家吃下毒药自尽，那么琉璃就要设法第一个跑上前去，抢在所有人前面去'搀扶'主人。这动作看起来是帮忙，实际上却是用她的力气，趁乱把装有毒药和没装毒药的琉璃杯都弄得粉碎。这样一来，没人会发现宴会现场其实有六个玻璃杯。至于杨思训携带毒药，更是没有人会发觉。"

在场诸人听得目瞪口呆，说不出一句话来。

张元昙像是早有预料，他又看了一眼杨藏英："这也是我跑遍长安寻找尉迟乙僧的真正原因。如果不能确定琉璃杯有六个，这番推断说得再好，也会被当作胡言乱语，被人嗤之以鼻。"

杨藏英的心怦怦直跳，他静了静心，问道："还有吗？"

"当然，毒杀案只是开始——杨思训既死，绿槐应下了所有的罪过。这时，就轮到卢夫人出场了。她以死缠的姿态大闹御史台，逼得御史台重审案件，去除了绿槐的嫌疑。这样一来，绿槐无法顶罪，杨思训这边的人马就能继续行动，一层一层地消除慕容宝节设下的迷障，将慕容燕云、乞伏弥臣、吐谷浑刺客作案的可能性抹掉，然后就可以在最恰当的时机，出示那张虚假的谋反信，让兵变与毒杀的指控，同时不偏不倚地落到慕容宝节的头上。"

如果说刚才众人是听呆了，如今都转成了惊讶。表面上看，这起涉及两名三品大员的毒杀案虽然略微复杂，可说到底还是人杀人而已。如今经过张元昙一番剖析，却发现内里是一场涉及朝政的智斗棋局，层层对弈，层层拼杀。

一阵山风吹过，令藏经阁中充满了冷酷的气息。就在这样的时刻，梁老主簿缓缓地站了起来，他面向张元昙，用他一贯苍老而坚定的声调说道："我还有一事不明，请张台官赐教。"

张元昙立刻回礼："主簿请说。"

老主簿捋了捋胡须："我们都知道，卢夫人前往御史台大闹，是你一个小小的书令史拼命辩论，才去除了绿槐的嫌疑。后续许多关节，也是仰赖你的思虑才有所进展。整起案件，你一力侦破，身为主簿，我很是欣慰。可现在你说，这些事情都是杨思训事先安排好的，那么，老朽就有些怀疑了。元昙，卢夫人遇见你，真的只是偶然吗？"

"主簿。"杨藏英出声，"你怎么能怀疑张兄……"

"您顾虑得是。"张元昙打断，"既然卢夫人是来御史台大闹，而非大理寺、刑部，可见杨思训安排的另外的棋子，应该是在御史台中。不过，苍天可鉴，我与杨思训素不相识，这枚棋子也不是我。"

这番话他说得诚恳，却没有什么说服力。周围的气氛仿佛凝滞，所有的呼吸汇聚成厚重的雾气。张元昙毫不慌乱，抬头看向梁老主簿："不过，棋子是谁，我已经推断出来了。"

"……是谁？"杨藏英的声音打破四周的寂静，"张兄，你当真推出来了？"

"是的。"张元昙答道，微微有些颤抖，"为什么你还问得出来？"

杨藏英睁大了眼睛，同一时间，张元昙看向他，一字一句地明晰说道："那个人，杨思训的棋子——杨藏英，就是你啊！"

又一阵山风吹来。这一回的山风远比之前猛烈，呜呜直响，把张元昙和杨藏英的衣摆都吹得猎猎摆动。直到风过了，众人才露出惊讶的神情，就连跪在地上的白弥也瞪大眼，张开嘴，许久才挤出一句："怎么可能？"

杨藏英沉默了，然而片刻后他露出惯常的、温和的笑，像是在陪一个不懂事的孩子玩闹。张元昪却丝毫没有说笑的意思，他向前迈了一步，正色说道："是你，杨藏英，你一直借着御史台官的身份，肆意歪曲事实，干扰办案。"

"张兄这话说的！我可是一直跟你在一起……"

张元昪却冷不丁地开口了："你看过证物吗？"

"这……还用说吗？当然看过。我也是参加查案的一员，案发之后，我就看到了。"

"是吗？"张元昪说道，"大理寺把慕容宝节桌边的碎片与杨思训桌上的碎片，分成两个包裹装起来。而当晚，绿槐跳舞的时候，曾经把花钿洒在空中。你要是看过证物，那你应该知道，杨思训那边包裹里沾着的花钿，远远比慕容宝节那边多，甚至多出了两三倍——小郎君，你觉得这意味着什么？"

杨藏英没有接话，他咽下了一口唾沫。

"按照其他人的供述，那一天，慕容宝节是主人，于是宴席之前换了布衣。但杨思训没有衣服换，他在宴会上还穿着皮毛衣服。那琉璃杯上镶嵌有小块琥珀。琥珀与皮毛摩擦，可以吸起细碎的东西。知道这个的人，只要一看到证物就会想到，至少有一个琉璃杯曾被装在杨思训或是琉璃的衣服中，这很反常。"张元昪顿了顿，"别人不知道，情有可原。但是小郎君你不会不知道的。毕竟，你不久前还向小柳姑娘讲述，我与你、与慕容燕云相识的场景。"

杨藏英只觉头上冒出汗珠，但他说道："这点我没张兄看得仔细，疏忽了！"

"我曾经也是如此想，但另一件事你又如何解释？小郎君，你是怎么知道，慕容燕云的披帛是绿色的？"

"披帛？"杨藏英答道，"可它不就是绿色的吗？"

"对啊，绿色，孔雀绿，漂亮的孔雀绿。但是，你想想看，你发现它的时候……"张元昇说道，"那时候，我刚下楼梯，走到一层，你走出来，对着我喊：'张兄，快看，披帛，孔雀绿的……'那时我离开得匆忙，也没注意。但细细一想，从你找到披帛到喊住我的这段时间，你根本没有走出过绣楼一层。"

"是这样没错。"杨藏英答道，"那又如何？"

"那里是一层，光线本就昏暗，又因为放的是书信，不能点灯烛。无论是多么鲜艳的东西，看来都是紫色或者墨色，只有深浅，没有颜色的区别。"张元昇反驳道，"那么，杨藏英，你是如何做到在没出一层门槛的情况下，就知道披帛是绿色的，而且还是如此准确的'孔雀绿'！"

此时有人发出一声惊呼。杨藏英肩膀一动，循声望去，看见除去御史台外唯一熟悉的面孔，那是崔辕，那一天管理绣楼的大理寺司直——对了，他这样低等的官员在这里，看来是作为人证而来。

张元昇摇了摇头："除了你提前就知道，我找不出其他可能。"

杨藏英不再说话，他微微弓起脊背，像是戒备的兽。张元昇似是早料到会这样，把头偏了过去，说道："确认了这两点后，我就对你有所怀疑。于是，一面与你同去安排引诱'假乞伏'出来的布局，一面，又对关于你的诸多疑惑处，再设了关键——"

他在这时拍拍手："为道，麻烦你把东西拿给我。"

一向倨傲的贵族后裔鞏为道这时从袖中取出一件东西，与此前梁老主簿那样小心迈步，又同样恭敬地递给同僚张元昇。那是个小小的手炉，看起来是女子用的，里面正燃着小块的火炭。

长安一百零八案：虻蜉杀　　273

在他们身侧，梁老主簿又探手入怀，郑重掏出一张发黄的纸。

杨藏英清晰地看见了上面的字，"并州""杀""妖后"。

——这是鱼余业提起的，自己从"刺客"那里"扯"来的东西。

梁老主簿拿起那张纸，伸向张元昙手中的手炉。

在场众官都惊讶不已："要烧了它？"

可并不是。梁老主簿的手，停在手炉上面一指高的地方。手炉燃起温热的烟，缓缓上升，熏到那张纸片之上。不过片刻，略有些发黄的纸面上，开始显出大块的红色，起初淡淡的，渐渐地变深，变浓，到最后彻底变成了胭脂色，如同沾染了传说中女子的红泪。

这一切映在杨藏英眼中，让他陡然想起小柳说的话，他喃喃道："这是……慕容家特制的香粉。"

"对。"张元昙说，"如今慕容家已被抄家，整个长安，应该只有我手上有。"

杨藏英抬起头，喉结上下滑动。张元昙微微抬眼："不要狡辩，这绝不是你指尖残留的香粉。三娘可以作证，你在撞上之后，立刻洗了手。"

杨藏英呆住了，很快，苦笑爬上他的脸。这时他已经明白，张元昙到底暗中安排了什么。

张元昙说动郑茵，假装撞上他，将香球内的香粉洒了他一身。因为香味并不浓厚，他自己也没有在意。其实，香球的香粉中早已混进了曾经慕容燕云的馈赠，那遇热便会显出胭脂红的特制香粉。也在此刻证明了，那封足以置慕容家于死地的所谓"密信"，其实，从宴席开始就在他杨藏英的身上。

远处传来钟声，沉重而迟钝，伴随着坊门打开的声音，长安城又要恢复日常的熙熙攘攘，但在这巨大的藏经阁之上，有一些东西正渐渐地天崩地裂，再也无法恢复了。

梁老主簿放下了那张纸，静静地注视着杨藏英。而他身边的张元昌没有出声，只是把眼神转向了别处。在这样的时刻，杨藏英反而笑了，他问向张元昌："还有吗？"

"没有了。"张元昌转过头，正面接受他的挑衅，"不过足够了。"

"那么，"杨藏英的声音低下来，"你还有什么要问的？快说吧，要不来不及了。"

梁老主簿站在张元昌的身侧，他警惕地看了张元昌一眼。张元昌却像没看到他一样，抬起头和杨藏英对话。此刻，藏经阁不存在，周围的人不存在，就连这桩毒杀案也不存在，天地之间仿佛只剩他们两个人在对峙。

"昨天晚上，袭击我们的'刺客'，其实是你请来的护卫之一，对吗？"

杨藏英点了点头。

张元昌露出"我就知道"的表情，继续问道。

"你'拼命'和刺客对抗，不过是一场表演，对吗？"

这回杨藏英略有些迟疑，不过还是点了点头。

"在'真乞伏'家中找到的那张二十年前的吐谷浑地图，也是你自导自演的，对吗？"

杨藏英头点得飞快："是，我之前就得到此图，在身上带着，于乞伏木屋趁拉下帘子，灰尘遮眼时将地图取出。我本欲将此案往吐谷浑上引，却未想到……未想到这地图作者是那尉迟乙僧。"

他露出一丝苦笑，又极快地收敛："也未想到，世间竟有如此巧合——"

张元昌听见，嘴角微微抽搐。

杨藏英继续接道："他会修补琉璃杯，又能替你开夜宴，当真是助你破局的大贵人。"

这句话饱含讽刺，令张元昌有些许色变，但他顿住，很久，才问另一句话："那么，慕容燕云，是你……你推下去的？"

"这……是也不是。"杨藏英面无表情地回答道,"那天,我随御史台前往慕容家,本来想上去吓唬她,试图让她不要依照父亲的期望,承认自己下了毒。当时场面混乱,慕容燕云大约是被吓到了,我还没说两句,她就连连后退。退到凉台边缘,一个没注意,脚下一滑,掉了下去。"

他顿了顿,笑道:"我想去拉她,却只抓到她的披帛。为了避免节外生枝,我就把披帛塞进了一楼藏书信的地方,再出来混入御史台的人群之中。后来为了让查案继续,我就用手沾了灰,在上面印了个模糊的掌印,拿出来作为'乞伏弼臣'的罪证。谁知道竟成了你破解我身份的关键。"

"好吧。"张元昪道,"你没杀人,我很庆幸。"

杨藏英冷淡地说道:"多谢。"

张元昪似乎陷入了沉思,不再说话。也不知过了多久,张元昪那略带沙哑的声音才重又在藏经阁之中响起。这一次,既像是询问,又像是剖白。

"都说这起案子是由我破解的,可是当真如此吗?"张元昪说道,"夫人跑来申冤,如果我不跳出去,你也可以借机审绿槐,确定她无罪。至于后面那些镜子、墙壁,没有这些,凭着那条披帛,你也能让大理寺再去找乞伏弼臣。至于真假乞伏——"

张元昪低头看了身边的人一眼,重又说道。

"这完全是个意外。要是没有我,你在'搜查'其他地方的时候,趁机拿出那张地图,总有办法把爱娘逼出来,给自己博得神探的名声。之后,就算没有尉迟乙僧,以你的人缘,找个张家李家做个小点的宴席,安排一场找到'密信'的戏码,也完全不是难事。所以,你为什么……为什么要把一切,都让给我来做?"

杨藏英挑了挑眉,没有作声。不过,他面上冷静,心中却是翻江倒海。

"杨小郎君,我们相识、相熟,也是在两年前。"张元昪喃喃自语,"我是你准备好的替罪羊,对吗?"

杨藏英握紧了拳头，他的身子微微晃动起来。

"你与我交好，目的只有一个，就是让我出头，去完成你可以完成的事。一来隐藏你棋子的身份，二来……二来万一中途出了什么状况，你会设法把责任推到我的身上，自己全身而退。不幸的是，我干涉这起案子太多了，以致你发现了我的另一个用法。"张元昙的声音变得模糊，"昨晚，在寺中小楼，你安排的'刺客'匕首其实是要刺向我，让我在那里一命呜呼的，是不是？"

杨藏英喉咙里咕噜作响，发出一声同样模糊的"嗯"。

"张元昙因公殉职，杨藏英舍命对敌，一口气拿到慕容宝节叛变的证据，为朋友报仇。这个戏码，才是更完美、更容易成功的。"

张元昙这时不说话了，他眼中的迷雾越发浓重，而在这雾气中，有什么被隐藏得很深、很深，正逐步展现出它的身形。

过了很久，他说道："但是，你把我推开了。"

杨藏英身子不动了。他抬头，同样注视着张元昙，如同僵住一般，许久没有动。又过了好一阵，他像是终于下了什么决心，突然就笑了。

带着微笑，他用一向轻快的语调说道："是的，你说的没错，都没错。从慕容燕云那事，我就发现，你这人还有点聪明，只要加以诱导，就能说出我想让你说的推断。而且，你没有钱，没有靠山，在御史台也没什么人脉，真是再好不过的替罪羊人选，所以我就假意跟你交好。只是我没想到……没想到真的……"

他的声音倏忽低了下去，近乎听不清，似乎说了些什么，又似乎什么都没说。

张元昙道："你说过的，在长安城，我们是彼此唯一的知己，是在冬夜中能一起取暖的人。"

"这不是假话。"杨藏英低下头，"我知道的。在这世上，连朋友都没有，那实在是很孤独，很难受的。"

这话说出来，两人同时沉默了。

在某一个瞬间，张元昪和杨藏英似乎又恢复到自正月以来的模样，并肩探案，一同发现线索，为那些蒙冤之人大声呼喊。但这时刻转瞬即逝，再抬起头，张元昪沉声说道："杨藏英，你身为御史台官，目无王法，制造伪证，已经触犯大唐律令，眼下证据确凿，快快束手就范，与我和主簿一起下山说明理由，接受制裁。"

杨藏英却像还没从刚才的情绪里出来："什么时候竟会说这套官话了，原来不是只会'该当何罪'吗？"

张元昪被他噎住，一时不知说什么好。

杨藏英微微埋头，语带悲伤："说明理由？就算你们上报好了，此事一出，老臣一派在圣人面前也已经失了体面，皇后一派当然会趁机兴起。虽说这是杨思训将军拼死获得的开端，但以我一个八品小官做到如此，已是以一只蚍蜉，成功撼动了整棵大树。我所有的愿望因此而实现，我心满意足。"

张元昪还想说些什么，但梁老主簿有所觉察，伸手拦住张元昪，说道："这桩毒杀案，我等会上报，由圣人和皇后定夺。杨藏英，你还是御史台官，理应受御史台制裁。"

"随你们的便吧。"杨藏英面露沮丧地摇了摇头，"来押解我吧。"

他把手伸出，微微躬身，一副乖乖就擒的模样。梁老主簿不敢怠慢，做个手势，旁边立刻跑出数名埋伏着的杂役，就要上前抓捕。但这些人还没走出两步，张元昪脚边的白弥突然高喊一声："不对！"

话音未落，看似放弃的杨藏英，压低身子，猛地扑了出去。他对准张元昪脚下的包袱，狠狠地踢了一脚。包袱飞上半空，划出一道雪亮的弧线，直直地飞出藏经阁西门，向着下面的悬崖落了下去。

张元昪睁大眼睛，惊道："他要毁灭证据！"

那些杂役急了，都扑了上去。杨藏英本应躲避，却反其道而行之，转过身向他们冲去。杂役们正想伸手去按他，可杨藏英肩膀一低一撞，把围过来的杂役撞到梁老主簿身上。

老主簿虽有准备，但到底年事已高，站立不稳，摔倒在地，袖中那一小片"密信"滑落在地。杨藏英眼疾手快，一把捡起。张元昌没料到他竟藏有武艺，一时间，也不知应该先去扶主簿，还是先去抢信纸，就在这片刻的迟疑间，白弥嘶哑的声音又响了起来："拦住他！他要——"

在这个声音中，杨藏英大步跑到西门边缘。他回头看了一眼，然后——然后向下方漆黑的悬崖，一跃而去！

尾声

尉迟，不要发抖，也不要发呆。

站在你面前的是我，曾经的杨藏英。我是人，一个活生生的老人，我并不是鬼魂。虽然，某种程度上的确也很相似。再喝一口茶吧。让我来告诉你，这个故事最后的结局。

关于毒杀案，御史台向朝廷上报了所有的情况和张元昙的推断。然而，因为关键证物遗失，案子并没有被马上定夺。在半个月后，圣人，那位高高在上的皇帝亲自命人快马前往岭南，将被流放的慕容宝节以谋逆罪当街斩首。

这起冤案无异于一枚明确的讯号，告诉老臣一派，圣人更偏向于皇后，更偏向于老臣一派的敌人。

至此，老臣一派失去了几名大臣，失去了领头的长孙丞相，又失去了最后的圣宠。墙头草们纷纷倒戈，他们再也无力阻止皇后一派的崛起。而接下来发生的事情，便是风疾的圣人将所有的政务交给皇后，很快，日月同辉，二圣临朝。

接着，就是皇后当家，登基，喏，就是如今现在这个景况，不需要我多说……

至于我，就像前面说的，我落下了山崖，却没有马上死去。就在我奄奄一息，坐以待毙的时候，有人把我救下了。身受重伤的我，被安置在附近一处隐秘的樵夫小屋中。阴暗之中不分日月，也不知过了多久，那位久等的人才前来探望。

"您终于来找我了。"见到她，我不由一声长叹。

白发苍苍的贵人自阴影中缓慢地现出身形——皇后的母亲，荣国老夫人，也是我曾经的傅姆和老师，看着我同样是一声心绪复杂的长叹。

"你已经做得很好了。"她唤着我的乳名，枯瘦如柴的手按上我满是伤痕的手背。

她告诉我，她已与皇后说好，要为我安排一个新的身份。我可以在长安城中做任何事，无论是重新入仕，还是做一个普通人，抑或成为农夫、渔民，我都可以平静地了却余生。

然而我拒绝了她，我说不，只要还有一口气，就还要为皇后做事。

"这是何必？"慈悲的老妇人哆嗦着嘴唇，"孩子，你是一个人，不是——不只是一个棋子。"

"因为我看得很清楚。"我回答她，"老臣一派……"

老臣一派固然有所成就，如今也有相当的势力、相当的贤能，但如今的他们同样也充满贪欲，裙带牵扯、不思进取。就像这回，若不是邓内侍，张元昪或许会被押在牢狱，不得翻身。如果让这样的人继续掌权，结果必然是冤案遍地，民不聊生，未来不堪设想。

老妇人流露出意料之中的神色，但仍旧心疼地叹息："你这孩子，想得真多。"

我顿了顿："夫人，我不只是为了我自己，还是因为——大唐，需要新的血液和力量。"

"这些大话，和我女儿说去，我不喜欢听。"老妇人不住地摇头。

"那，这样说，只有跟着凤阁上的贵人，才有机会弄清我的身世，我是何人……"

老妇人本还想说些什么，话到此也只能停住。她的手指如枯枝般冰凉，犹豫许久，还是缓缓地放开了我。

她再没多说话，也再没来过。不久，又有亲信将我带回长安城，在一处深巷偏宅内隐匿起来。随后，故乡弘农传来杨藏英"死"去的消息。大约是不想闹大，梁老主簿甚至派了犇为道等台官前去吊唁。

心照不宣的沉默中，只有香奁斋的小柳始终不愿意相信这件事情，她时常跑到御史台，想找张元昙讨个说法。

张元昙当然是避而不见。

也许他比小柳更不愿意面对这个事实。

那段日子里，窗外的长安城季节变换，人们再度换上狐裘和毛袍，正如我与张元昙相遇的时候一样。吐谷浑的消息传来，弘化公主逃回了长安，那本就多灾多难的一族，变得更加的衰微。张元昙加了官职，虽然不过是九品，但到底入了流。而且，官职已经无法掩盖他的声名。郑家三娘郑茵看中这份名气，主动与他交好，渐渐地和张元昙变得熟稔起来……

就在不停地听着各式消息的时候，冬至时分，一面磨得光滑透亮的铜镜被交到了我的手中。

在镜中，我看见了自己。曾经的玉面小郎君不复存在，取而代之的是一个苍老、丑陋的男人，脸上满是胡茬、伤痕，还有抹不去的悲伤与疲惫。看着我毫无波澜的脸，携镜前来的人沉声说道："你已有了新的身份。"

我知道，时间到了，杨藏英真正"死去"的时间到了。在此之前，我已早早做好了准备,但在这时,一股莫名的不甘从心中涌起。我对来人说:"我还想去见一个人。"

来人顿住,不回答,也不说话。

"已过去小半年了,而且我这样子,谁也认不出。"

我挣扎的样子让来人笑出了声。片刻后,对方正色说道:"夫人早就猜到了。"

"猜到什么?"

"你要见张元昙。夫人还说,老话说得没错,有时候,敌人是最好的朋友。"

我突然意识到什么,仰头,望着来人帷帽下垂纱后若隐若现的脸庞,沉吟许久,还是开口:"有时,朋友也会是最好的敌人——你想这样说,是吗,小柳?"

"是啊。"脱下帷帽,来人露出一张浓妆的脸庞,只有仔细查看,才能看出昔日娇俏的痕迹,唯一未变的,是那淡淡软糯、甜美的语调。

"你是何时开始怀疑的呢?"

相处日久,破绽自然不少,单是去面见尉迟乙僧那次就足够了。一般的酒肆娘子知道瑟瑟已是古怪,更何况她还知道青金石这种稀罕东西,可见不是凡俗之人。如此之人出现在我这样的"棋子"身边,当然别有目的。

我只是这样想,并没有说出来,"小柳"没有多问,也没有多解释。她只是告诉我,自己奉他人之命前来侍奉。在我获得新的身份之后,她会成为府中的侍女、掌家的管事,在我身侧,配合为事。

"只需随意差遣我——但不要问我太多,我不会说的。"

女子如是说,但有几分为真,几分为假,我也不确定。或许她是在此事之后,武家派来的监视者,又或是另一派势力的来人。但眼下情境,并不是多生枝节的时候,问了也无用,于是我只有静默,静默地答应。

对方大约也知晓，劝了一句："时间不多，要做什么，便去做吧。"

我在坊与坊间的街道行走，光福坊香奁斋已然倾颓，崇仁坊慕容宅邸已成废墟，而浩浩长安一百零八坊并不因这一两处变迁有所更改，臣、官、民、商，依旧熙熙攘攘，各安其位，没人认出我，也无人为我停留。于人群中，我独自而行，经过皇城外舍光门，如今的我不得进入，不得停留，只能继续向前，再向前，又到了布政坊，甫一进入，便能望见御史台租赁的院落了。

鬼使神差地，我走近前去。

院落窄小却沉重的木门今日紧闭。外间也无申冤人，落了一地厚雪。我停在门前张望，晃眼间，仿佛看见院中伸出几枝翠绿松枝，带着熟悉的松花香。

——就像御史台一样。

此时是严冬，风雪呼啸，无论如何也不会有这样气息，是我自己恍惚。摇摇头，我重又走入风雪，此时突有开门声响起，扭头看，院落东侧门被人推开，一个人影缓缓步出。

是张元昪。他穿着一身青色的官服，面容如同我曾经熟知那般，身份却大不相同了。

心骤然绷紧。我拉紧冬帽，裹住脸面，加快步子前行。张元昪则反向走，与我擦肩。

有那么一瞬，我很想停下，但理智告诉我不能。于是只能咬紧牙关，向前迈步，一步，两步，三步……直到十来步远，我再也忍不住，停下，回头。

我看见张元昪的身影已经消失，只在地上留下一长串官靴的痕迹。

那些痕迹都很轻，唯有在离擦肩处五六步远的地方，很深，很杂乱。

似乎有人停下了，长久地注视，徘徊，最后无言地转身，重新又迈步。

那时我并不知晓，这一切，都被在院中值守的另一个人收于眼中。

第二天醒来，我就不再是"杨藏英"了。我获得了新的身份。令我没有想到的是，我还能与张元昙有所交集，而且再会的时候，他已经成了皇后面前的红人，甚至主动制造冤案……

有缘由？当然,有很深的缘由。你还想听吗？尉迟,好吧,天色已经晚了，蜡烛在桌下，你去把它点燃吧，让我想想先给你讲哪个故事，是废太子妃于一间紧锁的房室内凭空失踪，还是道士祈福时从不到一人高的石块上莫名坠亡？是针对魏国夫人贺兰氏的几重毒杀，还是那场贯穿王朝十余年旧事，神秘而起，又神秘而终的狮子楼大火？

抑或是，仆役来贵极是如何更名为来俊臣，并且登堂入室？

好的，好的，不要急，我会讲给你听的，关于张元昙所有的事，还有这些事后，那无名墓的神秘主人……

后记
我的大唐，我的长安

灵感总是突然出现的，最开始或许仅仅是虚空中的一个点。

于彼时，身为作者的我并不确定最终会呈现出什么样子，只隐隐觉得这个故事应该发生在大唐，应该发生在长安。

长安，这座自汉高祖刘邦定都后，历经几次兴盛、几次衰退的城市，随着历史的长河经历过分裂、乱局，也经历过统一、兴建，直到在隋朝建造完成，于唐代趋于繁盛，直达巅峰，直至今日仍是历史记忆中的梦想之城、民族符号。

《蚍蜉杀》故事发生的时间，长安城正是繁华初现的模样，在这承袭大隋旧制、占据城市主体的一百零八坊之中，无论是将军、贵族，抑或是官员、杂役，乃至外间的贩夫走卒、歌姬胡人，都过着各自的人生，品味各自的喜怒哀乐。

动笔之初，作为背景的长安城是模糊的、抽象的，随着时间的推进，随着查找资料的丰富，斗鸡、走马、行猎、踏青，唐人种种日常在《撒马尔罕的金桃》《唐人的衣食住行》《唐代女道士的生命之旅》等书籍的细读后越发清晰可见。在后续逐次修改中，不断添加的城市、建筑、宴饮、吃食等无数细小的水滴，成就了文中长安，也构成了气象宏大、生机勃勃，如大江大河般烟波浩渺的诸般气象。

现今发掘的唐人墓志中，随处可见冠以"大"字的国家名号——"大唐"，可见无论古今，中国人都乐于以"大唐"和"长安"作为自己的标签。这也是区别于长安城内"小处"的"大处"，不限于一朝一地、一人一事，而是牵引万千、恢宏大气。

万邦来朝、四邻震撼，既是整个世界的一部分，又独立于世界，同时又与世界各处紧密相连，诚如后世看到的唐人之精神世界，广阔、肆意而分外强大，于历史长河中独树一帜，成为一份无论何时拿出，都颇有吸引力、足以令人骄傲的精神遗产。

本作的初心，也即是在历史的恢宏和细微间做出虚构和描述，以一己微薄之力和探究之心，试着写出我的大唐，我的长安——

"栖乌之府，地凛冽而风生，避马之台，气威棱而霜动，惩奸疾恶，实藉严明，肃政弹非，诚宜允列。"

这是唐人笔下御史台的威严气象。

不同于时常在唐代背景故事中出现的大理寺，御史台既有监察、弹劾权，也有进谏之职，兼能探查冤狱——在内，御院、台院、察院三院各司其职；外间，与大理寺、刑部构成"三司"，相互帮助也相互制衡，进一步而言，还具有弹劾百官甚至上诉皇权的权力和可能。因此，有唐三百余年来，御史台中注定会出现不少为民请命的廉官，也不可避免地存在许多陷害忠良的酷吏。

加之现有的《御史台记》《唐御史台精舍题名考》等史料，以及今人对御史制度的研究，令我们得以一窥唐代御史等人如何为事，过着怎样的生活。

于是，我将御史台选为本作的舞台，让张元昪、杨藏英、来贵极这些御史台中的台官、书令史和杂役等，前去探寻一桩历史上切实存在过的悬案——

唐显庆年间（公元656—661年），朝中大将军慕容宝节的姬妾毒杀另一位将军杨思训，杨的夫人多次申冤，导致案件重新审判。这是新旧《唐书》、《太平广记》和部分墓志中能翻出的旧事，也是真实发生过的谋杀。诸多的史籍只是提及了这起案件的结果，以及朝廷因此案修改了《贼盗律》，修改了其中以毒药杀人的律条，大大加重了往后对投毒杀人的处罚，而对于案件的参与人——慕容宝节、杨思训、下毒的姬妾以及申冤的杨氏夫人，却并未记载和描述。

他们是什么样的人，过着怎样的生活，在毒杀案之后又度过了怎样的一生？

这些疑问，无人知晓。今人可见，仅是案件并非表面上那么简单，其中定有不能书写的曲折。

历史学者黄楼先生的论文《唐高宗显庆五年慕容宝节毒杀杨思训案发微》，依据新旧《唐书》及出土的墓志中对慕容宝节相互矛盾的记载，对此案可能涉及的政治背景进行了详细的考释。而陈灵海教授的《唐代重大外交泄密》一文，则依据慕容宝节的履历、唐代的外交情况，推断出这起毒杀案与吐谷浑国、弘化公主和亲有微妙的关联。只是案件最终的真相如何，即使是这两位专业人士，也只能感叹史料散佚，仅能考据推测，得出一些似是而非的结论。

历史记载的空白是故事生存之处，人物模糊则是虚构的生长之地。

这仅有两篇论文考据的案件，恰好作为种子与圆心，既催促故事中人脚步不停，不断探寻，也可以小见大，让笔者与读者追随他们脚步，在真实与虚构之间的长安穿梭。

为使故事更加精彩，我将现代相互辩论、相互举证的"法庭戏"融入探案过程，一来是各取有趣之处加以融合，令小说好读好看，二来则是虽有古代和现代的时间间隔，但御史追查与法庭断案，两者追寻真相、判断正义的目的可以说是殊途同归，无论过去还是未来，人性总不会有太大变化，追寻事实真相、贯彻所信正义的追求，恐怕没有很大的区别。

屈指算来，距离写下《虮蜉杀》，已经过去五年时间了。

初写时，我也曾有完全复原唐朝社会的野心。但查阅诸多资料后发现，如果全部据实写来，故事会离今人生活太远，影响阅读。资料中关于官职、称谓的记载，也存在烦琐重复、前后不一的情况。因此，故事里写到的日常生活、官职官位等，肯定存在一些谬误，加上精力所限，不能一一查阅、勘误，为了剧情安排，也有简化和挪用的地方，还请各位熟知、热爱历史的读者，多多见谅。

因为材料不足、笔力不够，写作过程中我几次打算放弃，但到了最后一稿末尾，故事自己"走"出了节奏，角色们也于虚构的长安城中"活"出了自己。对于作者来说，这是一件可遇不可求的幸事，虽然有些玄乎，但我也不敢抢功。这个故事很大一部分是两位主角自己的努力，我这个作者，只是跟随着他们去观看他们所见的世界，并记录下来，仅此而已。

而在写作之时，恰逢梁清散、杨晚晴两位老师也在写《不动天坠山》与《金桃》，因为都是唐朝故事，我们经常互相交换参考的论文和资料，在这交流过程中，仿佛可以看见不同的、平行的"大唐""长安"同时出现、相互碰撞，不断展现出各自的形态，迥异的侧面，实在是件赏心悦目又非常有意思的事。

鲁迅先生曾写道："汉唐虽然也有边患，但魄力究竟雄大……凡取用外来事物的时候，就如将彼俘来一样，自由驱使，绝不介怀。"本文中所提及的重要西域国度吐谷浑，自汉朝成型，自鼎盛至灭亡，与唐、吐蕃、匈奴等政权有过诸多交集，时而结盟，时而战争，在本文之中，一场涉及吐谷浑的外交夜宴与慕容宝节毒杀案交叉，引出了更加错综复杂的局势，也展现了大唐与吐谷浑之间的紧密关系。

这是我心目中大唐与长安的又一侧面，胸襟博大、风流劲健，对于不同文化、不同观点，从不躲避，主动融合，于文化外交、各处交流之中开放包容、不畏冲击。这一点，与我追求的写作与为人之境有深切的契合之处，立足此刻，却不拘于眼前之境，无论是困顿还是丰足，都看得更远、想得更深，向着更宏大的时间与空间前去，挑战、融合，不畏不惧，于追求上永不止息，于境界上永不停步，诚如许多人曾引用过的、洛夫先生的诗句——

"去黄河左岸洗笔，右岸磨剑，让笔锋与剑气，去刻一部辉煌的盛唐！"

廖舒波

2021 年 8 月 15 日于秀英

2024 年 11 月 29 日修订于秀英

《长安一百零八案2》
出版预告

　　大唐麟德元年（公元664年）冬，大雪覆盖长安。一次觥筹交错的夜宴中，废太子李忠身穿女子服饰荒唐死去，一盘生死大棋随之轰然开场。

　　已化名为柳怀璧的杨藏英，受天后之命彻查此案。杨藏英不曾想到，张元昙也早已入局，故友相逢，却是生死博弈。他更不曾想到，一直窥视他的神秘之人，也已悄然布下一场诛心之局——大理寺、刑部、御史台，乃至大唐三省六部，满朝文武，都已身在其中。

　　对弈者落棋有声，既要杀人，又要诛心，所有牵连者，命运都将彻底逆转，生与死的抉择，明与暗的较量……让人几近窒息。

　　帷幕缓缓拉开，一代酷吏来俊臣狰狞走来……作为棋子的杨藏英和张元昙，是生？是死？！能否逆风翻盘？

扫描二维码，回复"长安2"，抢先试读
《长安一百零八案2》

参考文献

[1] 刘昫等.旧唐书[M].北京：中华书局，1975.

[2] 欧阳修，宋祁.新唐书[M].北京：中华书局，1975.

[3] 赵钺，劳格.唐御史台精舍题名考[M].北京：中华书局，1997.

[4] 胡沧泽.唐代御史制度研究[M].福建：福建教育出版社，2000.

[5] 陈玺.唐代刑事诉讼惯例研究[M].北京：科学出版社，2017.

[6] 郑显文.唐代律令制研究[M].北京：北京大学出版社，2004.

[7] 岳纯之.唐律疏议[M].上海：上海古籍出版社，2013.

[8] 王立民.唐律新探（第六版）[M].北京：北京大学出版社，2022.

[9] 霍志军.唐代御史制度与文人[M].北京：中国社会科学出版社，2013.

[10] 孟宪实.武则天研究[M].成都：四川人民出版社，2021.

[11] 蒙曼.武则天[M].杭州：浙江教育出版社，2021.

[12] 赖瑞和.唐代高层文官[M].北京：中华书局，2024.

[13] 扬之水.曾有西风半点香[M].北京：生活·读书·新知三联书店，2012.

[14] 黄正建.走进日常：唐代社会生活考论[M].上海：中西书局，2016.

[15] 姚平.唐代妇女的生命历程[M].上海：上海古籍出版社，2020.

[16] 王南.梦回唐朝[M].北京：新星出版社，2018.

[17] 吴功正.唐代美学史[M].西安：陕西师范大学出版社，2020.

[18] 陈望衡，范明华，等.大唐气象：唐代审美意识研究[M].南京：江苏人民出版社，2022.

[19] 薛爱华.撒马尔罕的金桃：唐代舶来品研究[M].北京：社会科学文献出版社，2016.

[20] 石继航.唐朝入仕生存指南[M].广州：广东人民出版社，2016.

[21] 森林鹿.唐朝穿越指南：长安及各地人民生活手册[M].北京：北京联合出版公司，2013.

[22] 森林鹿.唐朝定居指南[M].北京：北京联合出版公司，2014.

[23] 刘勃.传奇中的大唐[M].北京：文化发展出版社，2018.

[24] 左拾遗，苏勇强.盛唐一日[M].西安：陕西人民出版社，2021.

[25] 周伟州.吐谷浑资料辑录[M].北京：商务印书馆，2017.

[26] 万军杰.唐代宫女生活研究[M].北京：社会科学文献出版社，2019.

[27] 陈步云.唐风拂槛：织物与时尚的审美游戏[M].北京：社会科学文献出版社，2022.

[28] 赵丰.寻找缭绫：白居易《缭绫》诗与唐代丝绸[M].杭州：浙江古籍出版社，2023.

[29] 沈从文.中国古代服饰研究[M].北京：商务印书馆，2011.

[30] 杜希德.唐代财政[M].上海：中西书局，2016.

[31] 黄永年.唐史十二讲[M].北京：中华书局，2007.

[32] 岑仲勉.隋唐史[M].北京：商务印书馆，2015.

[33] 杨心珉.钱货可议：唐代货币钩沉史[M].北京：商务印书馆，2018.

[34] 徐畅.长安未远：唐代京畿的乡村社会[M].北京：生活·读书·新知三联书店，2021.

[35] 邱庞同.饮食杂俎：中国饮食烹饪研究[M].济南：山东画报出版社，2008.

[36] 陈尚君.行走大唐[M].桂林：广西师范大学出版社，2018

[37] 向达.唐代长安与西域文明[M].北京：商务印书馆，2015.

[38] 霍斌."毒"与中古社会[D].西安：陕西师范大学，2013.

[39] 张丽娟.唐代御史台司法职能研究[D].吉林：吉林大学，2010.

[40] 黄楼.新出《唐故曹州刺史尉公夫人慕容燕国墓志》考释——唐高宗显庆五年慕容宝节毒杀杨思训案发微[J].魏晋南北朝隋唐史资料，2016（02）.

[41] 唐华全.唐代御史台狱置废探析[J].河北师范大学学报（哲学社会科学版），2013，36（05）.

[42] 刘雪亮.唐安史之乱前和亲公主送行官小考[J].西安文理学院学报(社会科学版)，2021，24（02）.

[读小说，就读紫焰]